Re:제로

Re: Life in a different world from zero

부터 **시작** 하는 **이세계 생활**

「──로즈월 L. 메이더스 변경백의 사용인 필두」

「지금은 단 한 명의 사랑하는 사람. ──머잖아 영웅이 될 내가 가장 사랑하는 사람, 나츠키 스바루의 시중꾼,

렘. ……이랬던가?」

「──거기서 끝이다.」

다음 순간에는 마치 바람처럼, 사신의 정면에
한 청년이 천상에서 내려와 있었다.

「미움을 사고 말았네요.」

테레시아는 뽑을 수 없어진 『용검』을 내던지고 바닥의 장검을 주워 덤벼들었다.

Re: Life in a different world from zero

The only ability I got in a different world "Returns by Death"
I die again and again to save her.

CONTENTS

Re: Life in a different world from zero

부터 **시작**하는 **이세계 생활**

나가츠키 탓페이 지음
오츠카 신이치로 일러스트

표지 · 본문 일러스트
오츠카 신이치로

프롤로그 『월하광상곡』

1

 피의 맛이, 색이, 냄새가 가필의 존재를 통째로 덧칠했다.

 물에 잠기는 감각과 핏물에 잠기는 감각은 너무나도 다르다. 온몸이 끈적거리는 액체에 파묻혀 자유를 잃지만, 내뱉은 호흡은 거품마저 눈에 띄질 않는다.

 머리 위에서 가필을 비웃는 하얀 달의 모습마저 보이지가 않았다.

 ──쿠르강과의 전투 도중 가필을 집어삼킨 것은 정체 모를 핏덩이였다.

 언뜻 보고 『색욕』의 대죄주교라고 여겼지만 그것은 생명이 있는지조차 미심쩍은 부정형의 핏덩이에 불과했다. 꿈틀대는 피 웅덩이라고 하면 못 알아먹을 존재지만, 지금 이 도시에는 마수(魔獸)조차도 아닌 아수(亞獸)가, 산 사람조차 아닌 송장인간이 횡행하고 있다.

 그것들의 일종이라고 여기면 움직이는 핏덩이쯤이야 놀랄 것도 아니다.

문제는 핏덩이에 삼켜져 호흡이 막히고 자유를 빼앗긴 가필의 상황이었다.

미각, 시각, 후각이 피로 물들었으며 청각 또한 핏속에선 틀어막힌 거나 마찬가지. 촉각까지 전후좌우를 놓쳐서 오감에 기댈 수 없는 현재 제6감에 의지할 수밖에 없다.

제6감. 아마 스바루가 그걸 식스 센스라고 가르쳐 주었던가.

"──큭."

잡념, 잡념, 잡념. ──가필은 잡념이 많다. 몇 번씩, 수도 없이 자각했던 그 잡념이 중력이라는 멍에에서 벗어난 세상에서도 아직껏 가필의 마음을 옭아매고 있었다.

마음이 홀가분하지 못하면 의지는 손발에 전해지지 않는다. 허우적대는 몸은 아무것도 잡지 못하며 적은 산소나 괜하게 축낼 뿐, 의식이 천천히 붉은 핏물 아래로 떨어질 상황이었다.

승리를, 타개를, 결단을 바라는 모든 것을 움켜쥐지 못하고 흘린다. 그대로, 그냥 그대로 가필은 구슬픈 패배자의 죽음 너머로 ──.

──분홍빛 머리의 정인, 주황색 털빛의 고양이 소녀, 흑발의 미덥지 못하면서도 믿음직한 소년.

떠올랐다가는 사라지는 무수한 잡념 속에서 저버리기 어려울 존재를, 보았다.

"──큭, 르르르르."

녹색 눈에 빛이 깃들며 날카로운 이가 자란 입이 열렸다. 피가 부글대며 목으로, 폐로 흘러들지만 상관없다. 부르짖고 부르짖고 부르짖으며 발톱을, 이빨을 휘두르겠다.

가필은 잡념이 많다. 그렇기 때문에 죽음의 순간에도 구차한 생각이, 미련이, 집착이 생명이 다하기 직전까지 구질구질하게 솟구친다.

손이, 발이 피의 수면을 가르지 못한다. 닿지 않는다. 닿지 않는 건 가필의 몸이 작기 때문이다. 그렇다면 손과 발이 길고 크고, 발톱이 이빨이 날카롭고 굳세다면 어떠냐.

그리 존재하겠다면 어떠냐는 말이다.

"크어엉——!"

삶을 갈망하는 본능에 따라 가필의 온몸이 맥동하며 육체가 변질했다.

소리와 함께 골격이 변하고 사지가 삽시간에 부풀었다. 온몸을 금빛 짐승의 털이 뒤덮고 발톱이, 이빨이 한 단계, 두 단계 더 크고 굳세며 날카롭게 변했다.

타고난 피의 힘이 가필 틴젤을 대호(大虎)로 바꾸어 붉은 수면을 갈랐다.

날카로운 발톱이 수면에 닿은 순간, 핏덩이는 거품이 쪼개지듯 터지며 날아갔다.

——죽였다고 확신했다. 피 웅덩이에 있던 생명을 발톱이 뜯어 냈다고.

피보라가 쏟아지면서 한 번은 홍수에 씻긴 길거리가 새빨갛게 물들었다. 피와 짐승 냄새가 밴 숨을 거칠게 내뱉으면서 현현한 대호는 익사의 고통에서 해방되고──.

"────."

순간, 굳건한 팔이 바람을 가르며 수화(獸化)한 가필을 무자비하게 날려 버렸다.

어린애 머리통만 한 주먹이 대호의 안면에 꽂힌다. 이어서 같은 궤도를 그린 주먹이 옆구리를, 명치를, 하복부를 연속해서 구타하고, 수백 킬로그램짜리 몸이 공중을 날았다.

타격에 뼈가 비명을 지르고 내장이 꼬이는 고통이 뇌를 관통했다. 하지만 핏속에서 익사하는 감각과 비교하자면 치고받는 고통은 낙원과 같았다.

──어느새 전장은 처음 맞붙은 길거리에서 멀찍이 이동해 있었다.

핏덩이에 삼켜진 뒤 얼마나 지났는지 시간 감각이 애매하다. 하지만 옆에서 벌어지던 『검귀』와 『검성』의 칼부림이 보이지 않는다. 소리도 들리지 않는다.

시야에 멀리 있던 제어탑이 거침없이 다가오는 모습이 보였다. 공중을 날아가는 중에 몸을 틀어 사지를 바닥에 박고 기세를 죽였다. 제어탑 앞의 광장에 착지, 크게 입을 벌리고 정면을 향해 사납게 포효하니 자신을 쳐날린 자의 기이한 모습이 있었다.

뒷발에 힘을 주고 다가오는 거구를 요격하고자 이빨을 준비했다. 순간, 바로 옆에서 발생한 적의에 눈길을 주지 않으며 발톱을 휘둘렀다.

"카악——."

짐승 발톱이 찢어발긴 것은 굵직한 비명을 터트린 괴이한 짐승. 사지 일부를 도검으로 대체한, 무기질과 유기질이 융합한 부자연스러운 생명——『아수』였다.

하나같이 일그러졌으나 그럼에도 한 개체도 똑같은 형상이 아닌 아수 무리가 포석에 사지를 댄 가필을 둘러쌌다. 아까 죽인 피웅덩이와 똑같이 아수 무리도 제어탑으로 다가오는 해방자를 요격하고자 배치되어 있었던가.

그렇다면 그것은 너무나 참혹한 지휘이자 정녕코 무의미한 시책이었다.

"크어엉——!"

포효를 터트리며 밀려드는 폭력의 기적에다 발톱을 후려쳤다.

직격당한 아수의 머리가 터진다. 짐승의 군세는 피와 뇌수를 뿌리는 동포의 죽음을 밟고 넘어서서 여전히 멈추지 않으며 닥쳐든다. 그 군세가 대호의 폭력에 오는 족족 짓밟혔다.

승산 없는 싸움에 주저 없이 죽으러 뛰어드는 아수 무리. 그 행동은 죽음을 느끼는 본능이 마비되었음을, 삶을 갈망하는 본능을 상실했음을 의미하고 있었다.

본질이 뒤틀리고 생명의 존엄이 짓밟힌 아수라는 존재.

무슨 경위로 탄생했는지는 모른다. 하지만 대호의, 가필의 본능은 이해했다. ——죽여야만 한다.

혐오도, 모멸도 아니다. 강한 사명감에 근거해서 아수는 죽여야만 했다.

"————."

그렇게 끝없는 투쟁심이 시키는 대로 아수를 도륙하는 가필에게로 패기(覇氣)가 꽂혔다. 고개를 돌려서 보지 않아도 알 수 있는 압도적인 귀기. 그것이 파괴의 기술로 화해 대호에게 쏟아졌다.

빗발처럼 퍼붓는 폭력이 가필의 온몸에 쏟아졌다. 회피 동작을 취할 겨를도 없는 상황에, 발이 미끄러져 물러난 몸이 뒤쪽 돌벽에 격돌했다. 피와 부러진 이를 뱉어냈다. 그 상황을 호기로 여긴 아수가 날카로운 도검을 처박고자 쇄도하고──.

그 순간, 『여덟팔』의 공격이 빈틈을 노리던 아수를 포석의 붉은 얼룩으로 만들었다.

"————."

말없는 쿠르강에게로 아수들의 적의가 쏠렸다. 그 즉시 쿠르강은 산길에서 작은 가지를 걷어내는 것처럼 쉽게 적의를 보인 아수 무리를 쓸어 버렸다.

『여덟팔』에게 가필을 구하려는 생각은 없었을 것이다. 그러나 죽은 몸에까지 남은 전사의 도리가 아수의 무도한 참견을 용납지 않았다.

대호와 투신, 죽일 적이 둘로 늘었어도 아수의 행동은 변함이 없었다. 그렇기에 아수들을 기다리는 선혈의 결말도 변하지 않았다.

"카아──!"

포효하는 가필이 휘두른 발톱이 쿠르강의 왼팔 세 개에 막혔다.

포석을 밟아 깨트리며 반대쪽 발톱으로 무방비한 아수의 몸통을 쥐어 터트렸다.

"_____."

말없이, 그저 귀기만을 두른 쿠르강의 주먹이 대호의 옆구리에 꽂히고, 다른 일곱 팔이 달려드는 아수의 머리를 모조리 터트렸다.

피가 튀고 살이 터지며 뼈가 으스러지고 영혼이 타오른다.

춤추듯이 파괴가 미쳐 날뛰고 가필과 쿠르강이 광장에 잇달아 죽음을 양산했다.

왜 싸우는가. 왜 죽고 죽이는가. 왜 생명은 여기서 끝나는가.

발톱에, 이빨에, 피에, 눈에, 목에, 온몸에 물음을 가득 담아 눈앞의 상대에게 쏟아냈다. 그것이 바로 투쟁이라고, 끓어오르는 본능이 갈채를 보내고 있었다.

"카악──."

거대한 손바닥에 턱이 잡히자마자 뒤에 있던 건물에 뒤통수를 찍혔다. 충격에 의식이 하얗게 물들었다. 반사적으로 온몸의 근육을 구사해 결사적인 각오로 저항했다. 그 팔다리가 어이없게도 쿠르강의 다른 팔에 모조리 붙잡혔다.

무시무시한 악력이 대호의 팔다리를 가차 없이 쥐어 터트렸다. 뼈가 으스러지며 근섬유가 끊어지는 생생한 소리가 나고, 격통과 유혈의 예감에 목구멍이 절규를 터트렸다.

죽음이 코앞에 있다. 구속을 풀지 못하면 흔적 하나 못 남기고 목숨이 끊긴다.

"──스읍."

순간, 일부러 투지를 죽이고 온몸의 활력을 낱낱이 흩었다.

쿠르강에게 잡힌 팔이, 다리가 느닷없는 사태에 파르르 움츠러들었다. ──아니, 움츠러든 게 아니라 본래의 탄탄하고 탄력적인 상태로 돌아온 것이다.

짐승 털이 빠지고 체격이 절반 이하로 작아졌다. 두 번씩 통하지 않을 잔재주. 이 순간에 그 잔재주를 발휘해 구속에서 벗어난 가필은 땅에 다리를 딛고 가호를 전력 발동했다.

『지령(地靈)의 가호』가 가진 효과가 쿠르강의 발밑 지면을 융기시켜 거구를 튕겨 올렸다.

"────."

물론 투신에게 그런 잔재주는 통하지 않는다. 찰나의 판단으로 곧장 융기한 대지가 부숴졌다. 한순간 발꿈치가 떠올랐던 몸은 즉각 지상으로 귀환했다.

그러나 찰나여도 빈틈은 빈틈. 가필은 그것을 놓치지 않았다.

"오, 오오오오오──!"

머리를 숙이며 상대의 허리에 달라붙었다. 곧바로 떼어내려는 팔이 온다. 아슬아슬한 순간, 거구를 껴안아 뒤의 건물── 제어탑에다 혼신의 힘을 담아 내던졌다.

온몸으로 벽에 격돌한 쿠르강. 거구가 제어탑 내부로 날아갔다. 직전에 수화한 가필이 머리를 처박았던 곳도 같은 건물이다. 거듭된 충격에 탑이 거세게 흔들리며 오래도록 수문도시를 지켜보던 거대한 『미티어』가 비명을 질렀다.

하지만 신경 써 줄 여유는 없다. 쿠르강을 쫓아 가필도 탑 안으로 들어섰다. 등불 없는 암흑 속에서 가필의 동공이 가늘어졌다.

"웃──."

정면의 어둠에서 벗어난 주먹을 뺨이 스칠락 말락 피했다.

이어서 뻗어 나온 권타에 자신의 주먹을 맞대었다가 팔이 튕겨 나고 피가 터졌다. 이를 앙다물어 고통을 참아냈다. 대호 상태에서 부서진 팔다리는 현재도 회복되지 않았다.

망가진 오른팔을 요격하는 데 써먹고 치료의 힘을 왼팔에 집중했다. 뼈를 붙이고 살을 메워 응급처치를 마치면 다음은 두 다리. 순서 대기 중인 온몸의 부상을 하나씩 정리했다.

물론 그사이에 부상이 늘면 대기열은 줄지 않는다. 때리고 맞고, 차고 차이고, 전장으로 삼기엔 지나치게 좁은 탑 안에서 화약 같은 타격전이 연거푸 터졌다.

파멸적인 공방을 거듭하는 가필과 쿠르강. 탑 안에는 광장과 마찬가지로 기다리는 아수의 모습이 있었지만 폭풍 같은 둘의 싸움에는 끼어들지 못했다.

가필은 바닥을 박차고 벽을 박차며 탑 안의 모든 것을 발판 삼아서 종횡무진 쿠르강을 공격했다. 한편, 쿠르강은 굳건하게 버텨서서 날아드는 짐승의 조아(爪牙)를 강인한 육체로 튕겨내고 착실하게 강렬한 일격을 내질렀다.

주먹을 발차기로 맞받아친 가필이 반동에 탑 위로 솟구쳤다. 천장이자 바닥이기도 한 석재를 뚫다가 끝내는 탑 최상층에 이르렀다.

"여긴……."

가필 일행이 확보하려던 장소다.

생각지 못하게 작전 목표였던 제어탑 공략을 달성하는 바람에 가필은 놀랐다. 왜냐하면 탑 안에 쓰러뜨려야 할 『색욕』의 대죄주교가 없었기 때문이다.

──있어야 할 적이 없다는 사태에 가필은 이해했다.

기다리던 송장인간, 『검성』과 『여덟팔』. 광장과 탑 안을 가득 메우던 흉악한 아수 무리──. 그 전부가 미끼였다.

자신이 탑 안에 있는 것처럼 위장해서 반격하러 나선 가필 일행을 비웃는다. 인간성이 썩어빠진 방송이 떠오르고 『색욕』의 악의가 속을 뒤집었다.

그렇다면 『색욕』의 카펠라는 이 자리를 내팽개치고 어디로 사라졌는가. ── 당연히 역전극을 기대하는 사람들에게 최고의 골탕을 먹이러 갔으리라.

"망할 것이……!"

가필은 욕설을 뱉고 허리 두르개에 손을 뻗었다. 수화 도중에도, 격전 중에도 풀지 않았던 허리 두르개 속에 도시청사와의 연락용 대화경(對話鏡)이 들어 있다.

곧장 『미티어』를 기동해 도시청사에 남은 비전투원들에게 주의를 환기해야 한다. 가필의 손가락이 거울 면에 닿은 그 순간이었다.

"──큭?!"

바닥 아래에서 튀어나온 팔이 가필의 다리를 잡아 아래층으로 끌어당겼다.

창졸간에 돌바닥을 디디며 버티려고 하지만 균열이 간 바닥 쪽이 끝내 못 버텼다. 부서지며 떨어진다. 아래쪽, 쿠르강의 빛 없는 눈과 시선이 교차했다.

그 순간, 허공에서 휘둘린 가필의 머리가 탑 벽을 분쇄했다. 가필은 미쳐 날뛰는 두개골의 충격에 피눈물을 흘리며 붙잡힌 다리를 호쾌하게 번쩍 쳐들었다. 공수역전. 이번엔 쿠르강 쪽이 벽에 격돌하고 굉음과 함께 탑이 반파되었다.

그다음은 낙하하면서 서로가 공격을 퍼붓는 결사적인 난타전이었다.

"―――."

강렬한 위력, 명백한 공격 횟수의 차이. 투신은 한 방 한 방이 죽음에 이를 것만 같은 주먹을 가차 없이 가필에게 갈기고, 갈기고, 갈긴다――.

두 개의 팔과, 여덟 개의 팔. 어느 쪽이 더 유리한지 명쾌한 현실이 둘 사이에 격차를 낳는다.

한 수와 여덟 수, 그 차이가 가필을 죽음으로 기울게 하는 것이다.

"으, 어어어어억―!"

방패로 일격을 막고, 몸을 숙여서 피하고, 걷어차 몸에 스치게끔 하고, 몸을 돌려 충격을 분산하고, 혼신의 주먹으로 상쇄하고, 턱이 깨지면서도 치명상을 피하고, 힘을 준 복근으로 견뎌내고, 안면이 직격당해 의식이 날아갔다.

"――아."

여덟 수, 폭풍 같은 공격이 끝나고 정신이 드니 가필은 포석 위에 큰 대(大) 자로 뻗어 있었다.

피를 토했다. 온몸의 고통에 시야가 깜빡거렸다. 가필은 드러누운 채로 헐떡거리며 등으로 『지령의 가호』를 통한 힘을 받아 상처를 복구했다.

쿠르강은 그런 가필을 네 쌍의 팔로 팔짱을 끼며 내려다보고 있었다.

"_____."

죽은 전설. 영웅이 된 괴물. 투신이라고 불린 남자.

실력주의 볼라키아 제국에서 종족째로 열등하다고 멸시받았음에도 제 몸 하나로 다완족(多腕族)의 운명을 바꾼 전사── 가필이 동경하던, 진짜배기 영웅.

가필은 펄떡이는 심장 고동을 들으면서 천천히 일어섰다.

"헉, 헉……."

가쁘게 숨을 쉬며 가필은 쿠르강의 일관된 태세에 어금니를 깨물었다.

쿠르강은 여태까지 가필의 숨통을 끊을 기회를 몇 번이나 지나보냈던가. 애당초 그는 한 번도 등에 진 귀식도(鬼食刀)를 공격에 쓰지 않았다.

가슴속에서 치민 굴욕이 전사로서 가필이 지닌 자부심과 긍지를 산산이 깨뜨렸다.

이렇게까지 자비를 받을 바에는 차라리 죽는 편이 낫다고까지 여겼다.

여겼지만——.

"——끝나, 버리면, 편할 텐데, 말이야."

방패를 다시 장착하고 두 팔을 정면에 들며 금이 간 이빨을 드러내고 맞서려는 표정을 짓는다.

가필은 잡념이 많다. ——지금도 무수한 목소리가 끊임없이 들리고 있다.

따뜻하며 친근하고, 귀에 익어서 편안하고, 가슴을 뜨겁게 달구고, 목이 미치도록 답답해지고, 자랑스러워서 눈매가 부드러워지고, 뱃속 깊은 곳에서 힘이 솟는 목소리가.

가필의 이름을 부르는 목소리들이 들린다.

"——크하."

가야 한다. 다다라야 한다. 올라서야 한다.

그렇게 가슴에 새긴 가필이 입 끝을 뒤틀고 웃었다. 그 눈에 강한 빛이 깃들었다.

"———."

그 모습을 지켜보던 쿠르강이, 움직였다.

천천히 투신이 사람을 벗어난 존재의 팔을 이용해 걸머졌던 넓고 두꺼운 도검을 뽑았다. 그것은 전설에 유명한 투박한 파괴의 현현, 귀식도.

당당히 서 있던 투신이 귀식도를 들고 처음으로 싸우기 위한 자세를 잡았다.

"즉, 방금까진 말 그대로 애 취급이었다 이 말이지. 『겨울나기와 아벤감의 독립』이 바로 이거군그래."

"_____."

"……고맙다."

가필은 말 없는 투신에게 한마디 감사를 표했다.

무엇에 대한 감사였는지 거론하지 않았다. 설명도 안 한다.

그저 싸움만이 시작되었다.

2

──달 아래, 바람을 가르는 은빛 섬광이 불똥을 튀기며 부딪히는 검이 밤을 죽일 듯이 합주했다.

"쉬이이이익!"

찢어지는 기합성이 밤을 가르고 『검귀』의 쌍검이 열화처럼 죽음을 그렸다.

무수한 참격은 단 하나도 허투루 뻗지 않아 하나같이 검의 도달점이었다. ──제 구실을 하는 검사라면 그 칼날에 넋이 나갔다가 죽음을 맞이할지도 모를 만큼 빼어난 검술이다.

"_____."

그 폭풍 같은 맹공을 막는 장검을 쥔 자의 기량도 인간의 경지가 아니었다.

『검성』은 자기 키와 별다를 바 없는 장검을 손발처럼 다루며 밀려드는 죽음을 모조리 쳐냈다.

쌍방의 칼날이 번뜩이고 허공에 빛이 난무한다. 매서운 강철의 공방은 왠지 덧없고 서글프며, 목숨을 노린 참격 하나하나가 정분을 나누는 연인 간의 애무를 떠오르게 했다.

칼을 주고받는다 함은, 곧 생명을 빼앗겠다는 뜻.

하지만 움켜쥔 검에 모든 것을 싣고 똑같이 행동하는 상대의 모든 것과 칼을 맞댄 순간, 강철 너머로 전해지는 것은 오로지 상대의 열기뿐이다.

불필요한 요소를 모조리 덜어내고 한사코 상대의 존재만을 바란다.

──따라서 칼부림은 사랑을 닮았다.

적어도 이 순간, 번뜩이는 검광에 달빛을 비춘 검사의 싸움은 강철에 실어 보내는 구애였다.

"────."

서로 모든 무력을 토해내어 상대의 정신과 영혼 전부를 남김없이 욕망한다. 이토록 살벌한 구애도 또 없었지만 원래부터 『검귀』와 『검성』의 사랑은 이런 방식으로 뜨겁게 벼리던 것이었다.

──아예 이대로, 결판이 나지 않기를 바라는 마음이 있다.

그러면 이 밀회가, 있을 수 없던 재회가 끝날 일도 없다며.

"──흠!"

그때, 두개골을 꿰뚫으려는 찌르기를 몸을 뒤로 젖혀 피했다. 이마에 작열이 발생했다.

과거 『검신』의 총애를 받던 검의 적자는 한순간의 잡념을 놓치지 않았다. 눈을 깜빡이는 것만도 못한 실태여도 초월적인 칼부림 중에선 치명적이다.

이마에서 흐른 피가 눈꺼풀에 테를 두르고 자그마한 무게가 시야를 얕게 막았다. ──그 순간, 『검성』이 일자로 그은 일격이 세계의 단말마를 부르면서 노구로 날아들었다.

그것은 '죽음'이었다. 장검이 몸통에 들어와 저항 없이 피와 내장을 뿌리며 피하지 못할 처참한 패배를 환시한다.

생애를 바쳐온 검의 길의 종막이다. 모든 것을 건지지 못하고 속죄도 뜻대로 못 한 채.

──그런 최후를 어떻게 받아들이리.

"오오오오오──!"

포효를 지르며 뇌리에 스친 선혈의 결말을 부정했다.

환시한 종막을 불꽃에 던져 붉은색 활력으로 피를 끓였다. 극한의 집중력에 시간 감각이 애매해지며 세상에서 소리가, 색이, 자신과 상대 외의 모든 것이 사라졌다.

쇄도하는 칼날이 상상과 같은 궤도를 그리며 자신의 몸통에 꽂힌다.

그 직전, 바닥이 파일 만큼 발꿈치로 포석을 짓밟으며 펄쩍 날듯이 측방 회전, 몸통으로 침입하는 참격 위로 재주를 넘어 회피했다.

"────."

혼신의 일격이 빗나가자 천하의 『검성』도 뒤따르는 공세가 늦어졌다.

그 틈에 『검귀』는 뒤로 뛰어 베인 옆구리 상처를 확인했다. 작지는 않다. 그리고 출혈은 멈추지 않는다. ──이것이 『사신(死神)의 가호』가 지닌 효과다.

『사신의 가호』를 가진 자가 준 상처는 결코 낫지 않는다. 아물지 않는다. 상처는 말 그대로 죽음의 신으로 변해 상대의 생명을 앗아갈 때까지 유혈을 강요한다.

그것이 바로『검성』테레시아 반 아스트레아가 최강인 이유다.

"……애당초, 오래 싸울 수 있으리라 생각하진 않았어."

『검귀』──빌헬름은 벗은 웃옷을 허리에 둘러 거칠게 지혈을 마쳤다. 그사이 마주한『검성』은 몰아붙이려 하지 않고 정지해 있었다.

속 빈 인형처럼 파란 눈, 그 안에 모종의 감정이 조짐을 보이지 않을까. 빌헬름은 그런 기대나 하는 마음에 넌더리를 내고 스스로 상처를 헤집어서 고통으로 자기 자신을 다잡았다.

"미련이 남았다는 생각은 안 해. 하늘의 안배에도 기대는 없고. 만나는 거야 머잖아 천상에서 얼마든지 할 수 있어. ──꿈 같은 건 꾸지 않아. 이건 현실이다."

무감정하게 생전의 검술만 내세울 뿐인 송장인간을 노려보며 내뱉었다.

길고 윤기 있는 붉은 머리, 하얗고 투명하며 매끄러운 살결, 창궁을 가둔 것만 같은 아름다운 눈동자. 눈을 감으면 질릴 새 없이 사랑스러운 순간이 떠오른다.

그 전부가 눈앞에 있으며, 그 전부가 눈앞에 있을 리가 없는 것이다.

"테레시아, 너는 아름답다. ──그러니까, 너는 여기에 있으면 안 돼."

먼저 보낸 아내의 현신 앞에서 다시 자세를 가다듬은 빌헬름의 검기가 날을 세웠다.

피는 끓어오르고 이따위 소행을 저지른 악랄한 존재에 대한 분노는 한량없다.

하지만 이 일순, 이 순간, 이 찰나, 이 일합만은 군더더기가 하등 필요 없다.

옛날에 벗은, 전우는, 아내는 빌헬름에게 말했다.

뜨거워져서 검을 흐리게 하지 마라. 끓어오르는 피에 삼켜지지 마라. 강철처럼 곧게 있으라.

──지금은 어떻지? 뜨거워졌나?

"아니, 식어 있지. ──칼날처럼."

신호도 없이, 다시금 검광이 서로 상대의 생명을 노리며 터져 나왔다.

맞부딪치는 강철의 울림은 비명과도, 애원과도, 구애와도 비슷해서.

끝나기를 바라면서 끝나지 않기를 열망하듯이.

『검귀』와 『검성』의 칼부림 소리는 영영 끝이 안 날 정담을 나누듯 하염없이 울렸다.

3

──루그니카 왕국의 『가장 뛰어난 기사』 율리우스 유클리우스.

그는 그 언동과 행동 때문에 오해를 사기 일쑤지만, 소위 인간의 성선설을 믿고 있다.

어떤 인간의 행동에도 이유가 있으며 악행의 원인은 환경의 영향이 크다. 따라서 모든 인간은 내면에 선함을 간직하고 있다고, 그렇게 여기고 있었다.

젊고 풋내나는, 물러터졌다는 말까지 들을 이상론이다.

그런 율리우스의 성미를 그의 가족과 친구는 걱정했지만 그럼에도 애정을 주었다.

율리우스 또한 그런 주위의 기대와 불안에 최선을 다한 모습으로 보답해 왔다.

율리우스는 선량한 인간이었다.

남을 사랑하고, 남에게 사랑받을 인물이었다.

그런 율리우스라도 페텔기우스 로마네콩티라는 대죄주교와 자의식 없이 악을 저지르는 마녀교도의 존재는 눈뜨고 볼 수 없었다. 이해하고 싶다는 소망마저 거부하는, 인류의 천적.

율리우스에게 마녀교란 기사의 본분을 뒤흔드는 존재였다.

"──엘 크라우젤리아!"

여섯 색깔 준정령의 힘을 빌려 기사검의 칼끝으로부터 무지개색 빛이 뿜어졌다.

율리우스는 전투의 조기 결말을 노리며 눈앞의 『폭식』에게 아낌없는 일격을 펼쳤다.

여섯 속성을 한데 묶은 무지개의 빛은 율리우스가 수석 궁정마도사인 로즈월에게서 착상을 얻고 독자적으로 구상한 복합 마법의 일종이다. 각 속성의 힘을 더 없이 날카롭게 갈아 모든 방호를 돌파하는 빛의 일격── 검에 휘감은 『크라리스타』와 빛을 방사하는 『크라우젤리아』.

그 두 힘이야말로 율리우스를 왕국에서 손꼽히는 기사로 밀어 올린 히든카드였다.

슬쩍 봐서는 그 위험성을 알기 어려운 무지개의 극광. 율리우스는 얕보다간 맞은 육체가 그대로 소멸할 일격으로 가슴속의 응어리째 『폭식』을──.

"뭣?!"

"──형님은, 이게 또 뜻밖에 싫은 일에서 눈을 돌리는 약한 면이 있단 말이죠."

조롱하듯 말한 『폭식』── 로이 알파르드가 뒤로 쓰러져 안면에 스칠락 말락 극광을 회피하고 율리우스의 판단을 모멸했다. 무지개의 속도는 화살에 육박할 수준이라 쉽게 피할 속도도 아니었다. 피하려면 라인하르트 수준의 신체 능력이 있거나──.

"나들이 동경했었다고요, 형님은. 그런 형님이 필사적으로 노력해서 짜낸 기예를, 우리가 모를 리가 없잖아!"

"등신아, 주절주절 시끄럽다카이! 냉큼 죽어서 저승에서나 웃어삐라!"

히든카드를 '이미 아는' 것만 같은 움직임으로 피한 알파르드가 벌떡 일어났다. 순간, 리카드가 알파르드의 작은 몸에 바싹 붙고 커다란 손도끼가 바람을 휘감고 육박했다.

알파르드는 긴소매 속에 엿보이는 단검을 날렵하게 다루어 그 공세를 받아 흘렸다. 절묘하게 조절한 힘에 불똥이 튀며 손도끼가 모독자의 바로 옆을 지나고 포석이 요란하게 깨졌다.

파편이 튀어 오르는 가운데, 알파르드가 "와오!" 하고 즐겁게 단검을 번뜩였다.

"얼씨구, 좋다! 개고기에 꼬치 들어간다! 딱딱하고 힘줄 박힌 고기는 푹푹 찔러 야들야들하게 풀고 소화가 잘되게 하고 똥으로 비료로 거름으로 만들기 쉽게 하고 순환 순환 먹이사슬! 아아, 멋져! 미치겠어! 이해하죠, 리카드 씨!"

"욱, 억, 큭?!"

헛소리를 급하게 나불대는 알파르드가 작은 몸을 회전하며 리카드를 난도질했다.

체격이 크고 작은 까닭도 있어 알파르드와의 싸움은 리카드가 압도적으로 불리하다. 철사 같은 털과 두꺼운 근육이 칼날을 막지만 그래도 열세는 부정할 수 없다.

무엇보다 알파르드의 공격은 집요하게 정확하며, 부조리하게 완벽하다.

고속의 찌르기는 털이 옅은 부위를, 살이 덜 두꺼운 부분을 노려서 착실하게 리카드의 전력을 깎으며 농락하고 있다. ──그것이 율리우스의 경탄을 불렀다.

그 기량은 어설픈 수련 가지고 결코 체득할 수 없는 달인의 영역이었기에.

"리카드 물러나! 이아! 아로!"

율리우스는 열세에 개입해 준정령에게 새로운 지시를 날렸다.

두 색깔의 준정령——『불』의 이아와 『바람』의 아로를 검에 두른 작열의 참격이 알파르드를 측면에서 엄습했다.

"넵, 그 연계, 나들은 다 내다봤습니다!"

"뭣…… 우욱?!"

그러나 알파르드는 이 또한 등에 눈이 달렸나 싶을 만큼 정확하게 튕겨내고, 동요한 율리우스의 몸통에 뒤차기를 먹였다.

복근이 발꿈치에 찍혀 고통의 신음을 터트린 율리우스가 크게 물러섰다. 동시에, 정면에선 리카드가 턱을 걷어차이고 똑같이 알파르드에게 거리를 내주었다.

"좋은데, 좋은데, 즐거워졌어! 그 형님과! 그 리카드 씨와! 두 사람을 상대로 우리가 대건투! 이게 나들이 모르는 경치! 영역! 안 닿는다, 안 보인다, 모르겠다고 포기하던 세상…… 아아, 치사해, 치사해, 치사해, 치사해라!"

"뭔, 헛소리 나불대나, 기분 나쁜 꼬마구마……! 말투고 말씨고, 말 내용이고 뭐고 모조리 다 거지같데이!"

거듭된 알파르드의 헛소리에 적잖은 피를 흘리던 리카드가 욕설을 내뱉었다. 호흡을 고르며 무릎에 힘을 넣던 율리우스도 그의 의견에 동감했다.

알파르드의 무수한 헛소리. 그것이 왜인지 율리우스의 신경을 긁고 있다.

"도시청사의 전투에서도 같았지. 아니, 그때 이상으로 언동을 이해하지 못하겠지만, 우리를 희롱하고 싶은 의도는 무시하면 그만이다."

"그렇게 말하면서, 신경이 쓰이기 마련인 게 인정 많은 리카드 씨와 실은 인정 많은 걸 숨기고 있는 형님이죠? 우리는 자알 안다니깐!"

"──그럼 그 눈으로 확인해 봐라!"

도발적으로 손뼉을 치는 알파르드. 자세를 낮춘 율리우스가 그 왜소한 몸으로 돌진했다.

"아! 마, 율리우스! 새치기 하덜 마라!"

"너는 피가 그칠 때까지 얌전히 있도록!"

기사검을 정면에 들고 동시에 『물』의 쿠아에게 리카드의 치료를 지시, 두 가지 다른 행위를 동시에 수행── 아니, 수행한 행위는 세 가지다.

날카롭게 파고드는 율리우스. 그 속도가 명백하게 직전의 일격보다 빠르다.

"핫핫! 이까짓 것…… 오?"

검격을 막고 비웃은 알파르드의 표정이 위화감에 굳었다. 율리우스는 삐걱대는 단검을 기사검으로 밀어붙이면서 그 훤칠한 다리로 상대의 몸통을 걷어찼다.

뒤차기에 대한 앙갚음처럼 직격을 맞은 알파르드가 옆으로 날아갔다. 그리고 땅에 사지를 디딘 모독자가 놀라서 율리우스를 응시했다.

"우와컉! 방금 그거, 방금 그거 뭐야, 뭔데, 형님?!"

"내게는 『양(陽)』의 인, 검을 맞댄 그쪽에 『음(陰)』의 네스. 상호해서 신체 능력 향상과 저하를 부르면 결과는 보는 바와 같다. 이건 처음 봤겠지?"

"……으히히, 역시 끝내줘! 노력의 천재, 『가장 뛰어난 기사』! 나들도 우리도 모르는 매력을 아직도 수북하게 담고 계시는구나!"

"――큭?!"

알파르드가 뺨을 붉게 물들이며 도취된 눈초리로 율리우스를 바라보았다. 그 눈빛에 율리우스가 몸을 굳힌 직후, 알파르드가 쥐고 있던 단검을 바닥에 떨어뜨렸다.

쇳소리가 울리며 단검이 바닥에 굴렀다. 그 직후, 작은 발꿈치가 포석을 깨트렸다.

"――월식(月食)."

순식간에 거리를 좁힌 알파르드가 허리를 틀어 강렬한 장저를 내질렀다. 율리우스는 순간적으로 들어 올린 왼팔로 받아냈지만 충격은 팔과 가슴을 날카롭게 꿰뚫었다.

"욱――."

내디딘 발과 뒤튼 허리가 장타에 세련된 무게를 실었다. 관통력이 내장을 휘젓고 율리우스의 호리호리한 몸이 말 그대로 찌그러지며 뒤로 날아갔다.

"잘생긴 사내놈만 88명이나 때려죽인 나들의 권타…… 형님의 골수까지 묵직하게 울려 줬으려나?"

흥분이 서린 웃음과 숨결을 흘리는 알파르드의 눈앞에서 율리우스가 맹렬하게 굴러갔다. 돌아서 들어간 리카드가 몸을 던져 부딪쳐 받아내지만――.

"우억?! 뭐꼬, 이 무게……!"

뒷발에 힘을 주며 신음한 리카드가 가까스로 율리우스의 기세를 막았다. 곧장 피를 토하는 율리우스의 등을 두드려 목에 걸린 핏덩이를 게워내게 했다.

"컥, 콜록!"

"정령! 내는 됐으께 율리우스나 도와라! 힘써 본나!"

 리카드의 결사적인 호소가 전달되어 파란빛이 율리우스의 몸을 치료하기 시작했다. 리카드는 율리우스를 등지며 손도끼를 들고 재차 알파르드와 마주 섰다.

"이노무 새끼……."

"잘 돌아왔시유! 밥 먹을래? 잔치를 할래? 아니면, 진·수·성·찬?"

 비릿한 웃음을 띠며 두 손을 하늘로 쳐든 알파르드의 모습에 리카드의 체모가 곤두섰다.

 수로를 등지고 선 알파르드. 그 배후에서 수류가 소용돌이를 그리며 솟구쳐 마치 수룡의 목처럼 리카드를 굽어보고 있었다.

"쯔쯔쯔."

"검술에 격투술에, 이번엔 마법이가. ……너 인마, 대체 뭐꼬."

"우리는 보잘것없는 무명의 마법사. 가족에게도 못 나서는 낙오자입니다, 라더라!"

 입맛을 다신 알파르드가 비웃은 직후, 수류가 리카드에게 적의를 드러냈다.

 고작 물 덩어리라고는 해도 그 기세와 질량은 생물의 육체쯤이라면 쉽게 찌부러뜨리고 찢어발길 위력이 있다. 등 뒤에는 율리우스. 회피한다는 선택지는 없다.

할 수밖에 없다고 리카드는 각오했다.

"와, 하——!"

리카드가 손도끼를 바닥에 박아 몸을 고정하고 입을 쩍 벌려 포효파(咆哮波)를 쏘았다.

『철 어금니』 부단장인 미미 삼남매가 협력해서 쏘는 포효파는 리카드가 가르친 것이다. 원조인 리카드는 남매끼리 협력하는 미미 삼남매와 달리 혼자서 이걸 쏠 수 있다.

위력에는 손색이 없을뿐더러 도리어 원조인 리카드 쪽이 윗줄이다. ——단, 포구를 분산해서 부담을 줄인 미미 남매와 비교하면 혼자서 하는 이 재주는 육체에 부담이 더 컸다.

리카드는 손도끼에 매달린 몸을 들썩이며 파괴의 명동으로 물의 탁류를 극복했다.

"와——오, 굉장해."

감탄성이 물보라에 사라지고 막대한 수량이 안개로 퍼지다가 증발했다. 힘을 잃은 수류는 단순한 피로 변해 광장에 쏟아지고, 물에 젖은 포석 위로 리카드가 무릎을 꿇었다.

찢어진 입 끝에서 피를 뚝뚝 떨어뜨리며 가쁘게 숨을 내뱉었다.

"오랜, 만에 힘들구마…… 콜록, 염병할."

"대단해, 대단해! 버텨낸 사람 오랜만이지? 나들의 기억에 거의 없을 만큼 오랜만이야! 좋은데, 좋지, 좋아, 좋고말고, 좋을지도, 좋잖아, 좋겠지, 좋지 않니, 좋을 테고말고, 좋을 터이기에!"

"——장광설은 이만 끝이다."

피폐한 리카드를 바라보며 건재하게 떠드는 알파르드의 말이 가로막혔다. 늠름하고 맑은 분위기를 두르며 율리우스가 리카드 옆에 복귀했다.

얼굴은 파랗게 질리고 기사의 복장은 자기 피로 더럽혔다. 내뱉는 숨은 희미하게 떨려서 완벽한 상태라고는 도저히 말하기 어렵다. 말하기 어렵지만, 그래도——.

"신세 졌군, 리카드."

"신세 받아 줬데이. 나중에 아가씨한티 내가 울매나 애썼는지 단디 보고하그라. 이건 수당 톡톡히 받아야 수지가 맞제."

"그 부분은 나도 확실하게 언급해 주지."

율리우스는 기사검을 고쳐 잡고 리카드의 어깨를 두드린 다음 알파르드를 노려보았다. 그 시선에 모독자는 미소로 뺨을 일그러뜨리며 눈을 형형히 빛냈다.

표정, 언동, 전투법——. 얼기설기 뒤죽박죽일 뿐. 그런 섬뜩함이 느껴졌다.

어쩌면 그것이 바로 『폭식』이라는 대죄주교가 떠안은 어둠일까.

"검도 무술도, 마법마저도 그토록 성취를 거두었는데도 어째서 네놈은 악에 물들었나. 그만한 힘이라면 더 다른 길을 모색할 수 있었을 텐데."

"얼레, 인생 상담? 다른 길이라니, 예를 들어 형님 입장에선 어떤 길이 떠오르는데요?"

번번이 반복되는 형님이라는 호칭에도 혐오감이 일었다.

알파르드가 핥는 것만 같은 눈빛으로, 아양 떠는 어조로, 끈적이는 태도로 형님이라고 부를 때마다 율리우스 안에서 그 말의 어감이 더럽혀졌다.

그것도 이상한 감각이라면 이상한 감각이다.

──자신에게는, 자신을 『형님』이라고 부를 가족은 없을 텐데.

"예를 들면 기사다. 예를 들면 용병이다. 예를 들면 그것은, 영웅이다. 신념이 없는 힘은 쉬이 악에 물들고 강한 능력은 선뜻 폭력으로 모습을 바꾸지. 그렇기 때문에……."

"그 말 할 것 같더라! 그렇게 말할 줄 알았어, 형님! 나들이 아는 형님이라면, 우리가 믿는 형님이라면 그런 말을 꺼낼 줄 알았지. 알았었다고!"

느닷없이 대화를 끊고 도약한 알파르드가 율리우스에게로 육박했다.

순간적으로 기사검을 쳐들어 날아드는 발차기를 쳐냈다. 신발 밑창에 철판이라도 심어놨는지 단단한 감촉에 칼날이 틀어 막혀 참격이 들어가지 않았다.

빙글빙글 춤추듯이 발차기를 날리는 알파르드. 맹공에 방어 일변도인 율리우스에게로 모독자는 크게 입을 벌리고 외쳤다.

"기억해? 어린 시절을! 병치레 잦던 나들이 몸 상태가 안 좋아서 형님에게 정원수에 난 삼과를 졸랐을 때를!"

알파르드의 의미 모를 망언. 하지만 그것은 울먹이는 소리였다.

검으로 상대의 공격을 떨쳐내면서 율리우스는 그 끔찍한 태도에 눈썹을 찌푸렸다. 무슨 목적으로, 무엇을 노려서 그따위 지어낸 이야기로 상대의 의식을 헝클어 놓는가.

이렇게 생각하게 만드는 것 자체가 『폭식』의 노림수인가.

"아직 우리도 형님도 어렸고, 형님도 처음에는 무리라고 그랬어! 기억해? 기억 못 하나? 하지만 나들은 형님이 거부하면 거부할수록 더 삼과를 먹고 싶었지! 어째선지 알아? 알지 못하나?"

"무슨…… 무슨 소리를 하는 거냐?! 그런 일, 나는 몰라……. 모른다!"

알파르드가 매달리듯 한탄하면서 펼치는 공격을 종횡무진 달리는 기사검으로 막았다.

팔이 저릿저릿하며 고통이 남은 내장이 떨리고 입안을 피 맛이 가득 메웠다. 하지만 피 맛이 나는 이유는 토혈 때문이 아니다. 이 순간, 입술을 깨물고 있다. 견디기 어려운 충동에, 어째선지.

알파르드의 망언에서 도무지 의식을 떼지 못하는 채로.

"그 뒤에 벌어진 일이 있었기에, 우리는! 나들은! 형님은!"

"큭――!"

"계속 계속 생각했었어! 계속 계속 느꼈었지! 다르다는 것을! 짐짝이라는 것을! 그런데 어때! 지금은 어때! 속 시원한 기분이야! 이런 기분이었나! 아아, 기분 좋았겠지! 우리도 겨우 알았어!"

"나는 네놈에 대해 아무것도 모르겠다!"

마음껏 떠들며 탓하는 말에 율리우스 쪽이 성을 냈다.

방어 일변도에서 돌변, 공세로 치고 나선다. 베기와 찌르기를 섞은 공격으로 되밀어 내어, 자세가 무너진 알파르드를 베고 찌르고 걷어차고 후려친다.

정체불명의 노기와 출처 불명의 적의를 담은 참격이 내달리자 회피가 늦은 알파르드의 장발이 희생되었다. 그러나 검격만 경계해선 주의 부족이다.

"나의 봉오리들이여!"

율리우스의 부름에 응해 정령기사와 유대를 맺은 준정령들이 깜빡이기 시작했다.

허공에 춤추는 여섯 준정령이 아름다운 광채로 율리우스를 휩싸고 그 존재의 긍정을 힘으로 바꾸어 기사의 검에 적을 멸할 극광을 둘렀다.

──여섯 속성을 한데 묶은 무지개의 검은 『나태』의 대죄주교를 무찌른 필살의 일격이다.

"이로써 끝이다──!"

필승을 확신하며 율리우스가 피할 길 없는 결말을 알파르드에게 때려 넣었다.

검은 곧게, 알파르드의 가슴 중심을 꿰뚫고──.

"절장(絶掌)."

가슴 앞에서 맞댄 칠흑 같은 손바닥이 기사검의 칼날을 사이에 끼우고 산산이 부수었다.

강철 파편이 흩어지며 필살의 찌르기가 효력을 잃었다.

그러나 발동한 무지개의 극광은 여전히 상대를 멸하고자 나아가고.

"봉마술사(逢魔術師)."

번뜩이는 마력이 알파르드의 등 뒤에 전개되어 다가들던 무지

갯빛을 정면으로 덧칠한다.

완전히 같은 무지갯빛이 같은 색의 마법을 격추하고 깡그리 상쇄, 대소멸한다.

그리고 마지막으로, 공격 수단을 잃은 율리우스가 눈을 부릅떴다.

"쌍검의 뱀."

알파르드의 발끝이 차올린 것은 그가 버렸던 단검이었다.

율리우스의 맹공에 물러난 척하며 감쪽같이 단검 위치로 유도했다. 회전하는 칼날을 두 손으로 받은 알파르드의 몸이 벼락 같이 회전했다.

참격의 폭풍이 불어 닥쳤다. 율리우스는 창졸간에 칼날이 부서진 기사검을 들었다.

──그 모습은 마치 율리우스가 단련하던 나날이, 기사로서 길러온 모든 노력이, 쌓아 올린 모든 것이 중도에 부러진 것처럼 보이기까지 해서.

"──형님은 삼과를 따다 주었어. 그래서 나들은, 형님이 미웠던 거야."

팔꿈치에서 절단된 팔이 허공을 팽글팽글 날다가 포석 위로 소리 내며 떨어졌다.

제1장 『추악한 만찬회』

1

수문도시 프리스텔라의 좁은 수로가 뒤얽힌 구획을 통칭 『수로가』라고 부른다.

그 수로가 중앙, 대광장에서 시작된 싸움은 생각지 못한 결말을 맞이하려는 중이었다.

"으, 아아아아——?!"

사나운 수룡이 오토의 머리를 뛰어넘어 바텐카이토스를 물어뜯었다.

뱀처럼 팔다리가 없는 몸통을 꿈틀대는 수룡. 그 질량은 작은 선박에 필적한다. 작은 체격의 바텐카이토스는 여러 용에 휩쓸려 허우적대다가 삽시간에 자취를 감추었다.

"수룡의 사냥은 잔혹하죠."

오토 스웬이 잔학한 사냥 풍경을 눈앞에 두고 냉철한 눈으로 중얼거렸다.

——본래 수룡이란 성미가 거칠어 결코 쉽게 따르는 생물이 아니다. 오토가 사나운 수룡을 찔 수 있던 건 얄궂게도 『분노』의 권

능이 큰 영향을 미쳤다.

　도시 전역에 확산된 대죄주교의 권능, 『분노』의 힘은 사람들의 감정을 뒤흔들어 수문도시에 온통 혼란과 의심의 연쇄를 불렀다. 그 효과를 역이용해 사람들의 사기 고양에 이용한 것이 스바루의 연설이며, 『폭식』에게 수룡을 들이민 오토가 발휘한 『언령의 가호』였다.

　"『분노』의 권능은 참 대단하군요. 도시에서 제일가는 망나니도 예외가 아니니 말이죠."

　사냥감에 이빨을 꽂고 내돌려서 살점을 뜯어내는 게 수룡의 식사법이다. 저 작은 체구에 여러 수룡이 달려들면 살점조차 남지 않으리라.

　"끝내주네. 야! 이거, 네가 저지른 거냐!"

　달려온 펠트가 그 잔학한 사냥 풍경에 쾌재를 터트렸다. 펠트의 시종은 피비린내 나는 전개에 기죽은 표정인데 펠트 본인은 꽤 배짱이 두둑했다.

　"성난 수룡에게 표적을 제시했을 뿐이죠. 자연의 법도란 걸로…… 아야야야야!"

　"헹, 말도 잘해! 비실대게 보이는데 제법이잖아. 다시 봤다!"

　펠트가 웃으면서 오토의 등을 제법 세게 두드렸다. 그 위력에 얼굴을 찌푸리고 있으려니, 하얀 외투를 걸친 집단—— 키리타카의 사병, 『백룡의 비늘』도 다가왔다.

　그들의 책임자, 다이너스는 오토에게 가볍게 손을 들고 말했다.

　"도움받았군. 면목 없다. 어떻게 수룡을 조종했는지, 자세히는 안 묻겠지만……."

"그래 주시면 고맙죠. 그래서, 키리타카 씨 말인데요."

"──도련님은 반드시 찾아낼 거다."

굳건한, 뜨거운 감정이 담긴 다이너스의 발언. 오토는 그 열기에 우려를 느꼈다.

필시 다이너스의 태도에는 『분노』의 권능과 그에 부수된 스바루의 연설이 큰 영향을 주었을 것이다. 쉽게 말해 사명감이 강한 사람에게는 약발이 너무 센 것이다.

그 영향은 다이너스뿐만 아니라 『백룡의 비늘』 전원의 냉정한 판단을 뒤틀리게 할 수가──.

"──열 좀 식히라며 쉽게 잘라낼 게 아냐."

오토의 속내를 읽은 것처럼 입술을 삐죽인 펠트가 끼어들었다. 놀란 오토 앞에서 펠트는 자신의 아름다운 금발을 거칠게 쥐어뜯으며 말을 이었다.

"오빠 방송은 나도 들었어. 그게 속에 불을 지펴 준 건 틀림없지. 근데 이놈이고 저놈이고 다 그냥 열기에 들뜨고만 있는 건 아니라고."

"냉정히 생각해서, 이치대로 대처해서, 승산에 따르고 있다는 건가요?"

"그렇게까지 영리하게 생각은 안 하지. 하지만 누구나 자신의 소중한 것을 위해 목숨 걸 권리는 있어. 그 부분을 맘대로 판단해서 끊지 마라."

펠트의 말에 다이너스 일행이 눈을 내리깔았다. 그 모습을 오토가 힐끔거리며 내심 '못 당하겠군.' 하고 중얼거렸다. 펠트의 말은 가슴에 푹 꽂힌다. 여하튼 합리부터 우선하는 오토에게는.

"다이너스 씨의 행동은 이해하겠습니다. 그래서 펠트 님은 왜 여기에? 하인켈 씨의 신병은 어떻게 됐죠?"

"그 망할 아비라면 캠벌리더러 지키라고 했어. 난 가스통이랑 둘이서 여관에 놔둔 걸 가지러 가는 도중이었고."

"여관에 놔둔 것이요?"

이 비상시에 회수를 우선한 이상, 중요도가 퍽 높을 거라고 추측된다. 오토도 『예지의 서』의 잔해 확보를 우선했기에 여기에 있는 판국이고.

"엉, 그래. 우리 마법사가 준 비밀병기거든. 듣자니 힘깨나 있는 『미티어』라고 그러던데……."

"──잠깐만요."

대답 도중에 오토가 펠트의 말을 가로막았다. 펠트가 잠시 의아한 표정을 지었지만 그녀도 다음 순간에 광장 저쪽에서 들린 추한 포효를 알아챘다.

하지만 오토의 귀에는 그보다 빨리 추한 '비명'이 닿고 있었다.

"──생각보다 즐길 만한 상대 같은데 말이야. 그 수단이 그냥 물도마뱀이란 건 탐탁지 않은걸. 『미식가』인 나들로선 전채에도 신경을 쓰고 싶거든."

그 '비명'을 뚫고서, 이 세상의 모든 것을 조롱하는 목소리가 들렸다.

광장 저쪽, 엎치락뒤치락 사냥감을 뜯던 수룡 무리에 이변이 있었다. 사나운 사냥 풍경은 어느새 포식자와 사냥감의 입장이 뒤바뀌었다.

"──펠트 님, 그『미티어』는 신용할 만한가요?"

"롬 영감이랑 에조 말로는, 라인하르트도 무사하진 못할 거라던데?"

"하하, 기준점으로서 이해하기 쉽네요. ──알겠습니다."

신뢰의 잣대로 삼기 편리한 라인하르트. 그 한마디에 오토는 끄덕였다.

"여기는 저랑『백룡의 비늘』여러분이 시간을 벌겠습니다. 그 사이에 펠트 님은 그『미티어』를 회수해 오세요."

"……그리고 저 자식을 작살내잔 거냐. 시간, 벌 수는 있겠어?"

"전력은 다해 보죠. 나머지는 펠트 님의 발이 얼마나 빠르냐에 달렸을까요."

"오, 그 도발 받아 주지. ──가스통!"

한쪽 눈을 찡긋한 오토의 말에 펠트가 히죽 웃으며 옆에 선 거한 ── 가스통을 불렀다. 부르는 소리에 놀란 가스통. 그의 배에 펠트가 손바닥을 대고 말했다.

"여기 남아서 하얀 놈들이랑 같이 이 녹색 녀석 지시에 따라. 내가 돌아오기 전에 뒈졌다간 용서 안 한다."

"펠트, 너, 그거……."

"난 도망 안 쳐. ──그거론 불만이냐?"

신장 차이가 있는 두 사람. 펠트의 꼿꼿한 시선에 가스통은 입을 다물다가 끄덕였다.

"알았다. 열심히 서두르셔, 주인님. 슬슬 내가 소중해졌을 때가 됐잖아?"

"핫, 맘대로 떠들어라! 아무튼 이렇다. 가스통도 맡기고 갈 테니 잘 부려먹어 봐."

"호의를 받죠. ……녹색 녀석이란 표현엔 상처받았는데요."

신속한 결단, 다른 말로 높은 결단력은 위정자의 자질이다. 그 점에서 오토는 펠트의 자질을 확실하게 구경하고 그 판단에 감사했다.

"……나 원. 우리는 댁 말에 찬성한다고 한 기억은 없다마는."

맘대로 전술에 들어간 처지인 다이너스가 투덜거렸다. 그러나 『백룡의 비늘』은 이미 저마다 무기를 들고 임전 태세를 갖추려는 중이었다.

"──슬슬, 준비는 다 됐나?"

이쪽 행동방침이 굳어진 것과 수룡의 『비명』이 사라진 것은 동시였다.

버림돌로 삼고 말았다. 그 사실에 어금니를 깨문 오토의 시야에서 뒤엉킨 수룡들의 움직임이 멈추고 『폭식』의 구속이 풀렸다.

충격이 터지고 수룡의 파란 비늘과 혈육이 광장에 쏟아졌다. 그 거무칙칙한 학살 아래를 지나 걸어오는 것은 소년의 모습을 한 악의의 화신──.

"좋은데, 그래야지. 무모와 용맹은 다르고 자포자기와 불굴도 완전히 딴판인 법! 그걸 아는 낯짝이 됐어. ……비로소 우리 식탁에 오를 자격을 얻었단 말이지!"

"이쪽은 먹다 남은 음식 찌꺼기를 뒤지는 짓도 흔한 생활을 해 왔다고, 편식쟁이 자식이!"

선혈을 뒤집어쓴 바텐카이토스가 황홀한 표정으로 악취미적인 식사관을 피력했다.

일갈한 펠트가 그 얼굴을 노려 단검을 곧게 투척했다. 바람을 가르는 칼날은 한 치의 어긋남도 없이 직선으로 바텐카이토스에게 날아갔다. 그와 동시에――.

"――가스통!"

"이러다 죽으면, 난 울면서 귀신으로 나올 거다!"

투척 공격에 맞추어 가스통이 일직선으로 파고들었다. 단검과 거한의 이중 공격. 그 연계에 바텐카이토스는 살짝 눈을 부릅떴으나 냉정하게 대처했다.

즉, 날아든 단검을 공중에서 낚아채고 가스통의 가슴에 찌른 것이다.

"핫핫! 방해하지……."

거꾸로 잡은 칼날이 번뜩이며 가스통의 두꺼운 가슴팍을 날카롭게 찍었다. ――그 직후, 피하기 어려운 죽음의 예감을 배신한 것은 단검이 부러지는 경쾌한 소리였다.

그 광경에 바텐카이토스가 놀라고 오토도 똑같이 놀랐다.

"우리 떡대가 딱딱하지? 내 갑옷 역할이거든!"

"유법(流法)이냐! 이런 허수아비가, 제법인걸!"

"허수아비는, 떼!"

가슴으로 단검을 받은 가스통이 기세를 실은 장타를 바텐카이토스에게 날렸다. 『폭식』은 그 손바닥에도 꺼림칙한 예감을 느꼈는지 호들갑스럽게 뒤로 뛰었다.

"뒷일 맡겼다! 죽지 말라고, 바보들아!"

"조심하시길!"

그 틈에 세게 지면을 박찬 펠트가 바람처럼 달려나갔다. 발에 자신이 있다고는 들었지만 그 속도는 오토의 상상보다 훨씬 빨랐다. 가는 중에 아수에게 쫓길 가능성을 피하고자 벽을 달려 올라가 건물 위로 가는 판단도 적절하다.

저런 식이면 『미티어』를 회수해서 돌아올 때까지 예측되는 시간을 대폭 단축할 수 있다.

"──호오, 오호라. 그런 작전을 세우고 왔단 말이군."

"감쪽같이 당한 것에 비해선 여유롭네요? 현재로선 잘한 게 하나도 없거든요?"

미끄러지듯 이동한 『백룡의 비늘』이 포위망을 완성해 열세로 빠진 상대를 오토가 도발했다. 하지만 바텐카이토스는 신경 쓰지 않으며 순서대로 돌아보다가 말했다.

"아까 그 애가 빠지면, 루이가 기뻐할 만한 건 세 명이려나."

바텐카이토스는 피 냄새가 감도는 숨을 내쉬고 부러진 단검을 내버렸다. 그리고 자신의 엉성한 넝마옷의 소매를 걷어 손목에 묶은 단검을 드러냈다.

그것이 바텐카이토스의 정식 전투 준비일까.

"……이 1년간 웬만한 무투파보다 더 많이 싸움판에 끌려 나왔는데, 상인으로서 이래도 되나."

오토는 살갗에 찌릿찌릿 소름이 돋는 위기감을 맛보면서 움츠러들려는 간담을 독려해 숨을 세게 내뱉었다.

그러나 그 표정은, 결코 말만큼 비관적이진 않았다.

2

──수로가의 싸움이 악몽처럼 전개되기 시작했다.

"핫핫! 그래선 안 되지─! 안 돼, 안 돼, 안 돼, 안─되─잖─아! 왜 이래, 왜 그래, 왜 그러고 싶어, 왜 그렇게 됐어, 왜 그런 거야?!"

"윽……."

찢어지는 웃음소리와 민첩하게 뛰어다니는 작은 몸이 전장을 지배한다.

바텐카이토스가 짧은 팔다리를 최대한 구사하며 상식에 얽매이지 않은 전투 기술을 선보여 수적 불리를 빠른 행동으로 메꿔서 전장을 자신에게 유리하게 구축, 상대를 한없이 희롱하고 있었다.

"상대는 고작 꼬마 한 명이다! 포위해서 해치워! 놓치지 마!"

"그래그래, 고작 꼬마 한 명이라고, 한 명! 잡아서 갈가리 찢어 보셔!"

결사적인 다이너스의 외침에 낄낄대는 웃음소리가 높아졌다.

바텐카이토스는 포위하라고 지시한 다이너스를 비웃고 스스로

『백룡의 비늘』의 포위망으로 굴러 들어갔다. 거기서 하얀 옷들이 일사불란한 연계로 공격을 펼친다.

"──거기 실밥 터졌잖아. 안 되겠네."

바텐카이토스가 『일사불란(一絲不亂)』의 틈새를 누비며 포석 위에서 회전해 공격을 튕겨냈다. 짧은 다리가 한 사람의 몸통을, 칼날이 한 사람의 팔을 갈라서 포위망이 뚫렸다.

"으아아아아아! 이렇게 되면 될 대로나 되라지, 차압!"

그 정면에 두 손을 내민 거구가 돌진했다. 단검의 일격조차 튕긴 가스통의 돌진이다. 맞으면 바텐카이토스라 한들 무사히 넘어가지 않는다.

"핫핫! 기운찬걸, 아저씨. 싫지 않아!"

"난 아직 아저씨라고 불릴 나이가 아냐…… 우보아?!"

뺨에 박힌 손톱이 가스통의 발언을 중단시켰다. 하지만 돌진의 기세는 멈추지 않았다. 단검 때와 똑같이 원리를 알 수 없는 강철의 방호가 위력을 무효화했다.

바로 가스통은 바텐카이토스의 안면을 움켜쥐려고──.

"──『권왕』의 손바닥."

"오, 꿰엑?!"

무슨 말을 속삭인 바텐카이토스. 그 손바닥이 닿은 순간, 가스통의 몸이 깊숙이 꺾였다.

예상 밖의 일격에 가스통이 무릎을 꿇고 위액을 쏟아냈다. 그 모습을 내려다보던 바텐카이토스가 빈틈투성이인 가스통의 목에 단검을 내리찍으려 했다.

"──도나!"

그 순간, 손가락을 딱 튕겨 팔맷돌을 처박은 것은 오토의 영창이었다.

호신이나 할 수준의 땅 속성 마법이 팔맷돌이 되어 무방비한 바텐카이토스의 등을 노렸다. 하지만 『폭식』은 돌아보지도 않고 몸을 돌려 팔맷돌을 쉽사리 회피했다.

지면이 포장되고 물이 많은 시내에서 오토의 마법은 큰 효과를 바랄 수 없다. 그래도 빈틈을 만들어 가스통과 다이너스 일행이 태세를 정비할 시간은 낚아챘다.

그렇긴 해도──.

"……예상 이상으로 결정타가 부족하군요."

너그럽게 봐도 팽팽하다고 하기는 어려운 상황이다.

현시점에서 명확하게 불리한 상황. 지금은 예외적인 조우전이라 제어탑 중 어느 한 곳을 공략한 아군이 달려와 줘서 대역전, 같은 전개도 기대할 수 없다.

"애초에 그런 행운이 제 인생에 일어날 턱이 없고 말이죠."

오토 스웬의 인생은 불운과 부조리를 벗 삼고 있다.

자기 인생의 행운은, 골치 아픈 가호에 이해심이 있는 집안에 태어난 것과 대죄주교에게 살해당할 뻔한 목숨을 스바루 일행이 구해 준 것으로 다 썼다 여기고 있다.

그렇기에 필요 이상으로 불운을 비관하지 않고, 현실과 타협하지도 않는다.

"역시 펠트 님이 결정적인 수단을 가져올 때까지 시간을 벌 수밖에 없나⋯⋯."

"같은 의견이다. 참고로 수룡을 들이미는 수단은 더 못 쓰나?"

오토가 생각에 잠겼을 때 숨을 고른 다이너스가 물었다. 다이너스의 눈은 광장 저쪽, 끔찍한 주검으로 변한 수룡들을 보고 있었다.

오토는 자신이 부추긴 수룡의 말로에 가슴이 아픈 것을 느끼며 고개를 가로저었다.

"오는 중에 보험으로 꼬드긴 수룡은 전멸했습니다. 다른 수룡을 꼬드기러 간다면 얘기가 다르지만⋯⋯ 제가 여기서 몸을 뺄 수 있게 해 주실 수 있겠어요?"

"지금 댁이 빠졌다간 와르르 무너져. 그리고 상대가 못 본 척할 리 없겠지?"

"⋯⋯솔직히, 그게 제일 진력이 나는데 말이죠."

오토가 진저리치며 어깨를 떨구고 다이너스의 말에 씁쓸한 표정을 지었다.

격전 중에 바텐카이토스의 뜨거운 시선이 오토에게로 따갑게 꽂히고 있다. 하나도 영광이 아니지만 아무래도 오토는 모독자의 식탁에 오를 조건을 채운 모양이다.

그 밖에 바텐카이토스의 심미안에 든 사람은 가스통과 다이너스 두 명――.

"오싹한 얘기지만⋯⋯ 저렇게 저희를 얕보는 동안에는 찌를 빈틈도 있죠."

이길 수단, 돈을 벌 방도는 아무리 많더라도 좋다. 그런 발상으로 오토가 전술을 짜는데, 그 옆에서 다이너스가 감탄한 것처럼 쓴웃음 지었다.

"──음? 뭐죠?"

"아니, 역시 에밀리아 님의 내정관님이셔. 아무래도 대죄주교의 요리법에 관해서도 일인자라고 기대해도 될 듯하군."

"……저기, 저와 여러분 사이에 내정관이란 직책의 인식이 다르지 않아요?"

"자신이 특수한 위치라는 자각은 있어야 할걸."

어깨를 으쓱인 다이너스의 말에 오토는 이미 체념의 경지로 하늘을 우러렀다.

요 1년 동안에 내정관 취급 자체는 체념할 각오를 했지만, 이 대접에는 항의하고 싶다. 뭐가 원인인가. 스바루 탓이다. 다 끝나면 한 대 갈기자고, 그렇게 결심했다.

"단, 모든 건 이 난국을 극복한 다음이로군요."

"동감이다. 그럼 계속해서 부탁하자, 지휘관님!"

목소리를 남기고 다이너스가 다시금 바텐카이토스와의 전투에 복귀했다. 그 용감한 등을 응시하며 오토는 전황에 의식을 집중한다──. 여전히 불리하다.

수적 유리함은 행동 속도의 불리함에 압도되어, 『폭식』의 장난에 아군은 점차 소모되고 있다.

"다 큰 어른들이 몰려서 이런 꼬마 한 마리 못 잡아?! 안 돼, 안 되지, 안 되잖아, 안 되잖니, 안 될 뿐이야!"

눈앞에서 비웃는 바텐카이토스가 발놀림만으로 남자들의 공격을 회피하고 있다. 완급이 자유자재인 하반신과 특이하게 출렁이는 상반신에 희롱당해 공격은 계속 빗나갔다.

"저 움직임은 대체 뭐야……."

오토에게는 『폭식』의 상반신과 하반신이 전혀 다른 기술체계로 움직이는 것처럼 보였다. 뒤집기 어려운 악몽 같은 현실. 하얗게 달아오른 사고 한구석에서 가스통이 크게 뒤로 튕겨 나갔다.

"제길! 뭐가 이래, 저 자식…… 그냥 꼬마가 아닌 거냐?!"

가쁜 숨을 쉬는 가스통은 어마어마한 양의 땀을 흘리고 있었다. 그 심상치 않은 피로의 축적은 아마도 정체불명의 전투 기술을 사용한 반동일 것이다.

오토는 큰 부담을 떠맡은 가스통에게 "뭔가 알아챘습니까?" 하고 말을 붙였다.

"상황을 바꾸고 싶어요. 아무리 사소한 거라도 괜찮은데……."

"그렇게 여유로워 보여?! 저 꼬마, 싸움질을 여간 잘하는 게 아냐! 라인하르트 자식처럼 날 때부터 천재일 수도 있겠지만……."

"라인하르트 씨를 비교 대상으로 삼는 시점에서 백기를 들고 싶어지네요……."

펠트의 기사이자 왕국 최강의 『검성』 라인하르트 반 아스트레아.

짧은 시간이나마 함께 행동한 라인하르트지만 그 힘은 무인이 아닌 오토라도 실감할 수 있을 만큼 압도적인 것이었다. 그 비교 대상이 될 수 있다면──.

"즉, 바텐카이토스는 천부적 재능을 타고난 최악의 적이라고?"

"……아니, 그런 것 같진 않아."

"──음? 무슨 말씀이죠?"

"나는 라인하르트네 정원사 영감님한테 단련받았어. 그래서 왠지 모르게 알겠지만…… 저 꼬마의 솜씨는 영감님 솜씨랑 닮았단 말씀이야."

"정원사 할아버지가 누굴 말하는 건지 잘 모르겠는데요……."

"저건 재능이 아니라, 단련한 놈의 움직임이란 소리다."

땀을 닦는 가스통의 중얼거림에 오토는 바텐카이토스의 움직임을 주목했다.

지금도 바텐카이토스는『백룡의 비늘』에 포위되었음에도 유유히 칼침을 막고 피하고 춤추듯이 가로로 쳐내서 극복하고 있다. 마지막에는 도발적인 인사까지 덧붙일 만큼 여유작작하다.

그러나 마지막 도발을 제외한 유려한 움직임에는 확실히 바텐카이토스가 두른 폭력적인 분위기와 일선을 긋는 면이 있었다. ──너무나 자연스럽고, 때문에 뒤죽박죽인 인상.

격투기와 검술, 그 외의 무수한 무술이 저 작은 몸에 혼연일체가 되어 있다고.

"……그런 거, 말마따나 라인하르트 씨나 되어야 가능한 것 아니에요?"

겉모습이 열서너 살인 소년, 라이 바텐카이토스에 대한 위화감이 커졌다.

오토도 호신술 수준이긴 해도 싸우는 기술을 습득한 몸이다. 그 습득에 소비한 노력은 싸지 않았고, 지금도 힘겹던 기억이 있다.

그런데 바텐카이토스는 저 어린 나이에 여러 무술을 완벽하게 습득하고 있다는 뜻이다.

그러기 위해 필요한 것은 피맺힌 단련이거나, 아니면──.

"──『폭식』의, 대죄주교."

불현듯 오토가 새삼 그 직함을 입에 담은 순간, 전율이 엄습했다.

『폭식』은 타인의 『이름』과 『기억』을 먹는 존재. 오토는 스바루의 입으로 그 이야기를 들었다. 실제로 그 두 가지를 모두 먹혀 누구의 기억에도 남지 않은 상태가 된 소녀의 존재를 오토도 알고 있다.

하지만 여태까지 먹힌 존재가 어떻게 되는지를 깊이 생각하질 않았다. 빼앗긴 실감이 없고 그저 사실에만 눈길이 가서 그다음을 상상하지 않았다.

상상하지 않은 그다음 영역에 『폭식』이 가진 힘의 정체가 있다면──.

"──쯔쯔쯔."

오토의 추리가 번뜩이고 바텐카이토스가 입맛을 다신 것은 동시였다.

또다시 『폭식』의 전투법이 변화할 예조를 느낀 다이너스 일행이 대비했다. 하지만 바텐카이토스의 거동을 이 거리에서 관찰하던 오토만이 깨달았다.

이어지는 공격은 백병전이 아니라──.

"──가스통 씨!"

"——엘 휴마."

직감에 따라 오토가 외친 직후, 바텐카이토스의 입이 영창을 읊조렸다.

그 순간, 소리와 함께 대기가 얼어붙고 생겨난 얼음의 팔맷돌이 마법 공격을 예측하지 못한 『백룡의 비늘』에게로 가차 없이 쏟아졌다.

"오오오오!"

그 얼음덩이의 폭위에 가스통이 두 팔을 펼치며 과감하게 뛰어들었다. 거한이 등 뒤의 『백룡의 비늘』을 감싸고 무수한 얼음 공격을 얻어맞으면서 굳건하게 포효했다.

타격과 참격, 양쪽 다 막아낸 무적의 방어력이 얼음 폭풍에 휩쓸리고——.

"재던 것치고는 생각보다 효과가 없는걸."

"욱……."

그렇게 말하고 불만스레 혀를 내민 바텐카이토스의 정면에서 가스통이 무릎을 꿇었다.

해쓱한 표정을 지은 가스통 등 뒤의, 감싼 다이너스 일행도 멀쩡하지 않았다. 다리와 등을 얻어맞아 무릎 꿇은 부상자가 속출——. 전력은 정확히 반으로 줄었다.

더욱이 현재 광경은 오토가 상상한 최악을 뒷받침하는 것이기도 했다.

"아까 반응을 보자니, 나들의 내막은 밝혀졌다고 봐야 하나?"

"……글쎄, 어떨까요. 무슨 소리인지 전혀 짚이는 데가 없는

데요."

"형, 연기에 적성이 없구나. 쓴맛 보기 전에 상인 따위 때려치지 그래."

궁색한 오토의 말에 바텐카이토스가 독설을 뱉고, 다음 순간 날카롭게 파고들었다. 『폭식』은 눈 깜빡할 새에 거리를 좁혀 가스통의 등 뒤, 부상당한 하얀 옷의 어깨를 만지고 있었다.

그리고——

"힉스 하르트만."

"이게……!"

속삭인 바텐카이토스에게 다이너스가 소도(小刀)를 후려쳤다. 그 일격을 뒤로 몸을 젖혀 피한 『폭식』이 여봐란듯이 하얀 옷을 만진 손바닥을 쳐들고.

"할짝."

자신의 왼쪽 손바닥을 긴 혀로 핥았다. ——그때, 오토의 뇌가 위화감에 삼켜졌다.

무슨 일이 일어났는가. 틀림없이 뭔가가 일어났다. 하지만 그게 무엇인지를 알 수 없었다. 단 하나, 이 위화감의 발단이 어디에 있는지는 알았다.

"다이너스 씨의, 발밑에 쓰러져 있는 건…… 누구죠?"

소도를 휘두른 자세로 다이너스가 비틀비틀 발밑으로 시선을 내렸다. 그의 눈이 몰이해와 경악의 감정으로 채워졌다.

그곳에 한 인물이 엎어져 있다. 그 하얀 외투는 다이너스와 같은 옷으로, 『백룡의 비늘』의 일원이리라 상상은 간다. ——그런데 본 기억이 없다.

"슬프다, 슬퍼라, 슬퍼, 슬프지, 슬프고말고, 슬프기에, 너무나 슬프기 때문에! 우리는 이 일방적인 재회를 먹어 치우지 않을 수가 없는 거야!"

"다이너스 씨! 그 사람은 누구죠?!"

"모르겠어! 본 적도 없는 얼굴이다! 본 적도, 없을, 터야……!"

요란한 바텐카이토스의 웃음소리. 그 소리를 들으면서 다이너스가 분노로 떨었다.

"너, 도대체 무슨 짓을 했지?! 뭔 짓거리를 했어?!"

"너라니 섭섭한데, 다이너스. 오래 알고 지낸 사이잖아. 고향의 정화도 앞으로 한 걸음 남은 참인데, 그런 식으로 말하면 섭섭한걸?"

"큭──?! 너, 어디서 그 말을!"

오토에겐 의미를 모를 발언. 그 말에 다이너스의 안색이 바뀌었다. 소중한 것이 무신경하게 짓밟힌 표정으로 다이너스의 칼날이 모독자의 입을 닥치게 하고자 번뜩였다.

하지만 『폭식』은 그 결사적인 일격을 가뿐히 받아 흘리고 음흉하게 웃었다.

"어디서 그 말이라니 섭섭하군. 나들과 네 사이잖아? 우리는 네 노력을 알아, 다이너스. 밀리안도 메이리도, 지키지 못한 건 너 때문이 아냐. 그냥, 운이 없었을 뿐이지."

"닥쳐, 닥쳐, 닥쳐! 네가 나에 대해 뭘 알아! 이 썩어빠질 악귀가!"

격분하며 다이너스의 칼날이 더욱 날카로워졌다. 그러나 바텐 카이토스는 그 궤도를 봤던 것처럼──'봤었기' 때문에 편하게 회피했다.

이 지경까지 이르러서야 이제 오토도 인정할 수밖에 없다. 확신할 수밖에, 없다.

"이것이 『이름』을 먹는 『폭식』의 권능──!"

가스통이 바텐카이토스에게 품은 기이한 인상은 옳았다.

오랜 세월의 수련과 경험으로 파생된 기술. 바텐카이토스는 이를 간편하게 습득한다. 다름 아닌 타인의 『기억』을 먹고 말 그대로 기술의 밑거름으로 삼아서 말이다.

그리고 『폭식』의 권능이 초래한 피해와 그 악랄함은 그거로만 그치지 않는다.

"저 사람의 『이름』은 바로 지금, 우리 앞에서 먹혔어. ……그런데, 기억하지 못해."

──누구의 기억에서도 사라져서 스바루 안에만 남은 『렘』이라는 소녀.

그와 같은 현상이 바로 눈앞에서 일어난 것이다. 쓰러진 『백룡의 비늘』 일원이라 짐작되는 인물은 필시 바텐카이토스에게 『이름』을 먹힌 희생자일 것이다.

그렇기에 오토의 머리에서 '있었다'는 기억이 사라졌다. 언제 나타났는지, 누구인지 짐작도 안 간다. ──어쩌면 친한 친구였을지도 모르는데 말이다.

"──────."

등골이 오싹했다. 이제야 비로소 눈앞에 있는 상식을 초월한 악의의 깊이를 이해했다.

『폭식』의 대죄주교, 라이 바텐카이토스의 위장에 삼켜지면 여기서 오토 일행이 전멸하더라도 싸움의 흔적은커녕 그 인생의 궤적마저도 남지 않는다.

대항한 사실은 물론, 오토 일행이 분명하게 존재했다는 역사마저도.

"좋은데, 좋아, 좋지, 좋고말고, 좋을지도, 좋잖아, 좋지 않니, 좋을 테니까! 폭음! 폭식!"

"윽, 헉!"

『폭식』이 귀에 거슬리는 목소리로 비웃고 짧은 쌍검의 일격이 다이너스를 튕겨 날렸다. 뒷걸음질 치다가 쓰러질 뻔한 다이너스를 하얀 옷의 동료가 부축했다. 하지만 다이너스의 표정에서 증오는 사라지지 않았다. 어디서 솟는지조차 확실치 않은 분노가 다이너스의 가슴을 작열로 태웠다.

그 격정이야말로 극상의 진미라는 것처럼 바텐카이토스는 입술을 혀로 핥았다.

"거센 감정은 좋더라. 향긋해. 지끈지끈 다디단 향이 나서 온몸이 저리는 느낌이 든달까. 알지?"

"안타깝지만 보통 사람이라서 인간 상대로 맛있겠다는 생각은 안 하는데 말이죠."

"보통 사람이라. 뭐, 형이 그렇게 생각하고 싶다면 우리도 아무 말 안 하겠지만."

"──?"

바텐카이토스가 의미심장한 말을 뇌까리고 어두운 정념이 담긴 눈으로 오토를 노려보았다. 오토는 그 시선에 이해할 수 없는 감정의 빛깔을 느끼고 미심쩍게 눈썹을 찌푸렸다.

"무슨 말을…… 아니, 그런가."

흥겹게 행동하면서 오토에 대한 어두운 고집을 내비치는 바텐카이토스. 오토는 그 모독자의 속내를 헤아리고 어느 추측을 얻었다. 그것은──.

"여러분께 부탁이. 앞으로 절대 제 이름을 부르지 마세요."

"──────."

그 순간, 험악해진 바텐카이토스의 표정에 오토는 자신의 추측에 확신을 얻었다.

이 미식가 행세하는 좀도둑에겐 상대의 『이름』을 먹을 때 필요한 절차가 있다. 그것은 단적으로 말해 먹을 대상의 『이름』을 아는 것.

"혹시, 지금까지 우리에게 반격을 허용한 것조차 당신에겐 식사를 준비하기 위해 상을 차리는 거나 마찬가지인가 보죠?"

"정말로, 감이 좋은 상대는 골치가 아파. 그만큼 맛이 좋으면 용서하겠다고 말하고 싶은데 말이야. ……뜸 들이는 것도 적당히 안 하면 기대보다 불만이 더 커지잖아."

오토 일행을 가지고 노는 공방조차 『폭식』에게는 식사 준비에 불과하다. 오토 일행에게 대화할 시간을 준 것조차 이름을 알 기회를 노린 것이다.

"그러니까 자기 생각만 한다고 여길 건 알고서 말씀드리죠. 제 이름을 부르는 건……."

"……미안한데, 형씨."

『이름』을 은닉하는 짓은 자기 방위를 의미한다. 오토가 그런 죄책감을 솔직히 털어놓을 때, 아직 숨 가쁘게 어깨를 들썩이던 가스통이 무릎을 두드리고 일어서서 말했다.

"애초에 난 형씨 이름 모르거든."

"……미안하군, 내정관님. 나도 직함이라면 몰라도 이름 쪽은 깜빡해서."

"네, 네, 네, 그러시겠죠! 제가 딱히 그렇게 여러분과 친하지도 않고 중요한 인물인 것도 아니니까 말이죠! 만세, 빌어먹을!"

가스통과 다이너스 일행의 어색한 대답에 오토는 자포자기식으로 만세했다. 하지만 그 얼빠진 대화에 정작 바텐카이토스가 불만을 드러냈다.

『폭식』은 얼굴 앞에 깍지를 끼고 그 가는 목뼈를 거칠게 뚜둑 꺾었다.

"다이너스와 가스통, 나쁘진 않지만 주요리랄 정도는 아니라고. 펠트가 도망쳤는데 형까지 못 먹는 건…… 좀 너무하단 말이지."

"오늘은 물러나고 식사는 다음 기회에 한다는 수도 있는데요? 나중에 날을 새로 잡고 장소를 마련해서…… 다음은 라인하르트 씨도 함께하면 어떨까요?"

"그걸 기대하며 폐막할 인내심이 없거든. 이만큼 하고서 군것

질이나 하고 돌아갔다간 루이에게도 호되게 야단맞을 테고.”

“또 모르는 이름에, 꺼림칙한 예감이 드네…….”

이 방약무인한 바텐카이토스가 질책을 두려워하는 상대. 오토는 우울해지는 불확정 요소를 머리 한구석으로 치우고 주위로 힐끔 시선을 돌렸다.

일어난 가스통, 무기를 든 다이너스 일행이 그 시선에 마주 끄덕였다.

“손으로 건드리고, 먹는다. 닿으면 끝장이라고 여겨 주세요.”

“……기껏 유법으로 방어 굳혔는데 의미가 없구만.”

“검에 목이나 심장이 달아나도 결과는 똑같아. 먼저 해치우면 관계없지.”

“그, 그야 그렇지만…….”

투덜대던 가스통이 귀기가 도는 다이너스의 모습에 기가 죽었다. 『분노』의 권능에 영향 받은 건 다소 있겠지만 바텐카이토스는 다이너스의 급소를 어지간히도 깊이 헤집은 모양이다.

높은 전의가 반드시 전투에 유리하게 작용하는 건 아니다. 오토는 그 점을 지적할까 망설이다가 입을 다물었다. 마침 펠트가 말하지 않았던가.

누구나 소중한 것을 위해 목숨 걸 권리가 있다.

“그럼 나는, 그 상황에서 잘 처신할 방법이나 찾을 뿐. ──상인답게.”

오토는 한 번은 시들 뻔한 감정을 회복해 숨을 깊이 내뱉고 앞을 보았다. 그 표정 변화를 보자 바텐카이토스가 공손히 인사했다.

"정중히 기다려 주셔서 감사합니다. 예의가 바른데요."

"상차림 준비가 끝나기를 기다리는 건 『미식가』의 상식이지. 뭐든지 닥치는 대로 입에 주워 먹는 악식의 로이와는 달라. 식(食)의 엄선, 그것이 인생을 풍성하게 하니까."

인생에서 제일 쓸데없는 잡지식에 오토의 눈빛 온도가 단숨에 내려갔다. 그게 묘하게 마음에 들었는지 바텐카이토스는 목구멍으로 웃음소리를 밀어 올리다가 말했다.

"야속한걸. ──그럼, 잘 먹겠습니다!"

식사를 시작하는 인사와 동시에 바텐카이토스의 작은 몸이 화살 같은 속도로 움직였다. 그것은 지금까지 보이던 밑 준비와는 비교도 안 될 진짜배기 강습이었다.

어디까지나 비전투원일 뿐인 오토로선 도저히 끼어들 수 없는 영역의 공방이 시작되었다.

"흐아아아아아──!"

『백룡의 비늘』도 전진하며 파상 공격으로 적을 맞아 쳤다.

쳐올리는 다이너스의 쌍칼을 바텐카이토스가 막고, 발이 멈춘 『폭식』을 하얀 옷들의 협공이 덮친다. 바텐카이토스는 다리를 벌려서 그 공격을 억지로 회피, 낮게 쓸어 차서 남자들의 발 아래를 후리려던 순간 한 박자 늦은 가스통의 장타가 내리꽂혔다.

"호오!"

발차기를 중단하고 도약하는 바텐카이토스. 그 발이 닿은 곳을 장타가 꿰뚫자 충격파가 모독자를 더욱 뒤로 튕겨 날렸다.

"제법 하잖아! 근데 말이야, 기껏 빈틈을 만들어 봤자……."

찔러 줄 상대가 없다고 바텐카이토스는 전술의 실수를 지적했다. 『백룡의 비늘』의 발이 묶여서 가스통도 강렬한 한 방의 뒤를 잇지 못한다고. 『폭식』의 예측은 정확하지만——.

"——으랴아아압!"

"허어?"

거기서 함성을 터트린 삼번타자 오토가 바텐카이토스에게로 뛰어들었다.

생각지 못한 공격에 놀란 바텐카이토스. 그 허를 찔러 오토가 가는 몸을 붙들었다. 직후에 무릎 차기를 맞아 잡은 팔이 1초 만에 풀렸다.

그뿐만 아니라 뺨에 팔꿈치가 찍혀서 코피를 뿜고 포석 위에 대자로 뻗었다.

"카학!"

"무슨 일이든 적재적소! 진한 맛과 담백한 맛의 요리를 순서대로 먹는 것처럼 누구에게나 식탁에 오를 순서라는 게 있잖아, 형! 그걸 무시하다간……."

"상을 망친다고요? 고매하신 말씀, 진짜진짜 아무래도 좋거든요……!"

오토가 시답잖은 항의를 가로막고 고통을 참는 표정으로 웃음을 띠었다. 그 웃음에 의아한 표정을 지은 바텐카이토스. 그 허리춤을 오토의 손가락이 가리켰다.

천천히 내려가는 시선——. 오토가 붙잡았던 허리에 빛나는 마석이 달려 있었다.

"와오, 대단하잖아."

감탄 어린 말을 중얼거린 직후, 마석이 바텐카이토스의 몸통에서 폭발했다. 붉고 노란 빛이 부풀어 오르며 폭염이 대죄주교의 작은 몸을 집어삼켰다.

"큭——!"

바로 정면에서 작렬한 마석의 폭풍. 그 충격에 오토도 뒤로 날아갔다. 기세 좋게 구르는 몸을 가스통이 등으로 열파를 버텨내며 받아냈다.

즉석 마석폭탄은 오토가 유사시를 대비해 옷에 달아 둔 카드 중 하나다.

1년 전, 『성역』에서 가필과 일전을 벌인 이래로 이 방면의 대비는 빼먹지 않고 있다. 쓸모가 있을 기회가 없는 편이 기쁘지만 어째 쓸모가 있는 상황만 생기는 판국이다.

"이번에도, 기습이 됐을 텐데……."

작은 편이지만 가진 것 중에서 제일 순도가 높은 마석의 작렬이다. 목숨은 무사해도 팔다리 하나쯤은 날아갈 위력. 가능하면 목숨까지 날아갔으면 좋겠는데——.

"아아, 진짜 너무하네. 하나밖에 없는 나들의 옷이 날아갔잖아."

폭심지 한복판에서 타 버린 대기를 두른 연기를 걷으며 맨발의 모독자가 걸음을 내디뎠다.

그 폭발에 직격당하고 건재하다니 믿기 어렵다. 실제로 검은 연기 너머에서 모습을 드러낸 바텐카이토스에게 폭발의 영향은 적잖게 있었다.

단, 그것은 걸치고 있던 넝마가 날아갔다는 수준의 피해였지만.

"넝마조각을 이용해 폭풍을 받아 흘렸어……."

"저게 얼마나 어려울지──."

폭발 순간을 지척에서 보던 다이너스의 중얼거림에 오토가 경탄을 혀에 실으려고 했다. 하지만 그 말이 직전에 끊기고 뒷말이 이어지지 않았다.

원인은 검은 연기 속에서 나타나 맨살을 훤히 드러낸 바텐카이토스의 모습이었다.

"억지로 어린애 옷을 벗겨내고 반응이 그러면 섭섭하지. 어른은 이런 걸 좋아하지 않아?"

"……당신 주변의 어른이 어떤지는 모르겠지만, 보통은 그걸 싫어해요."

"하앙, 그러셔. 그럼 또 동정이라도 하시려고? 싼 티 나네, 형."

불만스럽게 말한 바텐카이토스. 그 온몸에 무시무시한 양의 흉터가 있다.

채찍질이나 인두질 같은 고문의 흔적. 날붙이로 낸 흉터. 짐승이 문 상처. 검푸른 멍이 지워지지 않을 때까지 맞은 흔적. 온갖 폭력이 새겨진 흉터가 있었다.

"그 상처가, 당신을 흉행으로 내몬 거라면……."

동정은 안 한다. 하지만 이해 정도는 할 수 있다.

바텐카이토스의 소행을 감안하면 그는 전혀 연민할 값어치가 없는 사악이다. 그러나 대죄주교라고 한들 태어날 때부터 이상자인 건 아니다.

적어도 바텐카이토스의 흉터를 본다면 그런 생각도——.

"——시답잖은 상상은 그만. 괜한 후회만 더할 뿐인 것이야."

난데없이 여태까지 수로가에 들리지 않았던 목소리가 울렸다.

무심코 고개를 든 오토 앞에 건물 위에서 가볍게 날아 내려온 그림자가 있었다. 드레스 옷자락을 사뿐하게 나풀대며 돌돌 말린 머리를 찰랑이는, 깜찍한 용모의 소녀였다.

소녀는 뚱하니 새침한 표정으로 멍해진 오토를 응시하다가 한숨지었다.

"마음씨와 마무리가 무른 건 스바루만으로도 충분해. 베티가 거들어 주는 것도 스바루뿐……. 이번은 어디까지나 특례 조치인 것이야."

"——네. 죄송합니다. 수고 끼치겠습니다. 하지만, 감사해요."

소녀의 질책에 오토는 힘이 빠져 주저앉고 싶을 정도의 안도감을 느꼈다.

우연히 동료가 달려와 준다는, 그런 행운은 절대 일어나지 않을 줄 알았는데.

"자, 이런 망할 꼬마 얼른 정리하고 스바루에게 안기러 가자."

따분한 표정으로 소녀—— 아니, 정령. ——그것도, 아니다.

정령 중의 정령—— 대정령 베아트리스가 당당히 참전의 의사를 표명했다.

3

"그건 그렇고 어쩜 이리도 빈약한 구성일까. 너무 가엾어서 눈물이 나오겠어. 스바루도 없지, 왜 이렇게 운이 없는 것이야."

"그렇게 말씀하시면 진짜 뭐라 대꾸할 말이 없는데요……."

수로가에 내려선 베아트리스가 오토 일행을 바라보고 노골적으로 실망했다.

베아트리스에게 누구 한 명 반론하지 못하는 게 진영 내 주력이라고는 말 못 할 비전투원과 부상자들의 실상이었다. 하지만 베아트리스의 존재로 오토의 속마음에는 희망이 싹텄다.

"정말로 잘 와 줬네요. 마나 부족 때문에 일어날 수 없다고 그러던데……."

"그 일에 관해선 성가신 녀석한테 빚을 졌어. 하지만 그 얘기는 뒤로 미루는 것이야."

"그렇군……요. 베아……."

안도감에 이름을 부르려다가 오토는 아차 싶어 입을 막았다.

하마터면 바텐카이토스의 사냥감을 호락호락 늘려 줄 뻔했다. 그 사태를 아슬아슬하게 참아낸 오토. 하지만 그 배려는 헛수고로 끝났다.

왜냐하면──.

"──어째서, 베아트리스 님께서 밖을 나돌고 계시는 거죠?"

바텐카이토스가 이상하다는 듯 갸우뚱하며 태연히 베아트리스의 이름을 불렀기 때문이다.

"그토록 고집스레 금서고 밖으로 나오려 하지 않으셨는데. 식사하실 때나 대정령님과 함께일 때 말고는…… 아아, 예외도 있었던가?"

그건 친밀하다고 하려면 다소 거리가 있는 발언. 그러나 그럼에도 얼마간의 친밀감과 관계성이 느껴지는 발언이라고 오토는 느꼈다.

"──이해했어. 그런 구조로구나."

"──웃."

베아트리스가 뇌까린 한마디에 오토는 숨을 집어삼켰다.

중얼거린 베아트리스의 옆얼굴. 그 얼굴이 이만한 격정에 휩싸인 모습을 오토는 처음 보았다. 오토는 그녀가 이렇게까지 분노를 드러낼 줄 상상도 하지 못했다.

베아트리스는 오토의 놀란 마음을 아랑곳하지 않고 바텐카이토스를 노려보며 말했다.

"너, 자기 속에 도대체 얼마나 많은 인간을 담아 둔 거야?"

"글쎄? 하지만 나들이야 로이와 비교하면 나은 편일걸. 닥치는 대로 집적이는 로이는 엄선하는 우리와는 자릿수가 다르지. 그 점에서 나들은 식사는 질이 생명인 걸 알아서 서로 인정을 못 하겠더라고."

간간이 존재가 암시되는 또 한 명의 『폭식』의 대죄주교. 그쪽을 악식이라고 부르며, 자신을 미식가라고 칭하는 독특한 미의식은 누구라도 이해하기 불가능한 가치관이다.

그러나 오토가 이해하지 못한다는 의미로 따지면 지금 베아트리스의 태도도 마찬가지였다.

깊고 강한 분노를 띤 베아트리스의 눈. 그건 단순히 바텐카이토스에 품은 혐오감이 아니라 더 뿌리 깊고 강렬한 감정이 원인일 것이다.

그 분노의 근원이 무엇인지 둘의 대화를 되새기다가, 깨달았다.

"……설마."

바텐카이토스는 베아트리스의 이름을 알고 있었다. 지금까지 다이너스가 이끄는 『백룡의 비늘』들과의 공방 중에서도 비슷한 상황은 일어났었다.

알 리 없는 추억을 구면인 사이처럼 말하며 조롱하는 장면이.

"————."

그것은, 그것은 정말로, 참된 의미로 사악한, 끔찍한 상상이었다. 하지만 머리가 일단 그 상상을 알아채자 모든 정보가 연쇄적으로 부합했다.

당연하다. 바텐카이토스는 말했다. 말하지 않았던가.

──도시에 울려 퍼진 그 연설의 장본인을 찾고 있다고.

그것이 약하고 여리며, 곁에서 지탱해 주지 않으면 불안해지는 사람이라고.

나츠키 스바루에게 그런 감상을 품으려면, 그와 오래도록 친밀하게 함께하는 수밖에 없다. 스바루의 여린 강함과 약한 용기를 알려면 그만한 시간이 필요하다.

그 과정을 뛰어넘어 아무 수고도 없이 얻을 방법은 하나밖에 없다.

"──로즈월 L. 메이더스 변경백의 사용인 필두."

눈빛을 바꾼 오토의 모습에 바텐카이토스가 나긋나긋한 음색으로 말을 읊었다. 흉악한 웃음을 지으며 넝마를 고쳐 두른 『폭식』의 대죄주교가 우아하게 인사했다.

그리고 반할 만큼 완벽한 자세 뒤에 고개를 들고, 말을 이었다.

"지금은 단 한 명의 사랑하는 사람. ──머잖아 영웅이 될 내가 가장 사랑하는 사람, 나츠키 스바루의 시중꾼, 렘. ……이랬던가?"

"────."

"만나게 해 주라고, 사랑하는 영웅님을! 우리의 영웅이, 나들을 심판하러 와 줄 거란 말이야! 이, 『폭식』의 대죄주교 라이 바텐카이토스를!"

바텐카이토스가 자신의 몸을 부둥켜안고 긴 혀를 날름거리면서 조소했다.

오토의 머리에 절로 피가 솟구쳤다. 앙다문 어금니가 소리와 함께 삐걱거리며 성난 나머지 시야가 새빨개졌다. 그 뺨따귀를, 쓰러뜨릴 만큼 세게 후려쳐 주고 싶어서 견딜 수 없었다.

『폭식』의 태도가, 어조가, 조소가, 모든 것이 한 소녀의 마음을 조롱하고 있다.

그 소녀가 무사히 돌아오기를 얼마나 애태웠던가. 그 마음을 하나도 모르면서 오로지 조롱과 모멸을 저지르는 소행, 이걸 용서해서는 안 되었다.

오토 스웬의 영혼이, 『폭식』을 쓰러뜨려야만 한다고 외쳤다.

"──아까 했던 말 정정하겠어."

"베아트리스?"

"여기에 있던 게 너희뿐이라 다행이야."

"───────."

"이 녀석은…… 이 녀석만큼은, 스바루와 만나게 할 수 없는 것이야. 이놈과 만나면 스바루는 상처받아. 틀림없이 돌이킬 수 없을 만큼. 그러니까."

"──여기서, 우리끼리 해치우죠."

베아트리스의 마지막 말을 받아 오토가 단언했다.

옆의 베아트리스는 돌아보지 않고 오토의 선언에 반론도 하지 않았다. 그 태도와 자세만 가지고도 같은 의견이라 신뢰하기에 충분했다.

"기다려 줘. 의욕이 가득한 건 알겠는데, 싸울 수는 있겠어?"

그제야 상황을 지켜보던 다이너스가 끼어들었다. 그는 드레스를 입은 베아트리스를 내려다보고 전투복과는 거리가 먼 모습에 눈을 가늘게 떴다.

"『여아 사역자』의 계약 정령이었지. 계약자가 없는데 믿어도 되는 거야?"

"애당초 싸울 때 스바루는 베티의 덤인 것이야. 안아 주기 담당이지."

"안아 주기 담당이라니. 절묘한 표현 같긴 합니다만."

퍽 처량한 평가지만 말 속에는 친애가 숨어 있다. 그건 다이너스에게도 전해진 눈치였다. 다이너스는 머쓱해하다가 끄덕였다.

"알았다. 따라가지. 지시는 변함없이 내정관님이⋯⋯."

"따라올 거라면 서두르는 편이 나을 것이야. ──벌써 시작했거든."

담담한 베아트리스의 말투에 다이너스가 "뭐?" 하고 눈썹을 치켜 올렸다. 그사이에 베아트리스는 가볍게 든 손으로 바텐카이토스를 가리켰고, 그쪽을 바라본 전원의 목이 얼어붙었다.

──바텐카이토스 주위를 보라색으로 빛나는 무수한 결정이 가득 메우고 있었다.

"어머, 베아트리스 님도 참 무자비하셔."

"네게 줄 자비와 사양만은 이 세상 어디에도 재고가 없어."

엘 미냐. ──음(陰) 마법 중에서도 몇 안 되는 공격용 마법이 그 적의를 드러냈다.

바텐카이토스가 웃은 직후, 보랏빛이 난무하며 사선상의 작은 몸을 노리고 쇄도했다. 우두커니 선 몸을 무수히 많은 보라색 화살이 저격하고 휘황찬란한 파괴가 대광장을 유린했다.

"이 위력이라면 아무리 그래도⋯⋯."

"아니⋯⋯."

보라색 화살의 파편이 휘날리는 가운데, 선제공격의 위력에 부르르 떤 오토의 말을 다이너스가 가로막았다. 다이너스는 굳센 옆얼굴에 전율을 띠며 말했다.

"온다──!"

순간, 경계하는 다이너스의 외침을 뚫고 작은 몸이 화살처럼 돌진해 왔다.

무수한 보라색 화살을 깨트리며 날아든 바텐카이토스가 그 두 팔을 쳐들었다. 그리고 내리찍은 두 팔이 폭풍 같이 사나운 기세를 두르고 작렬했다.

　직격하면 생명이 몽땅 날아갈 위력의 예감에 오토의 등줄기를 오한이 치달았다.

　"무라크."

　속삭이는 영창과 함께 오토는 자신의 발이 뜨는 착각을 느꼈다. 그 직후, 몸은 뒤늦게 찾아온 보라색 화살의 여파에 실려 『폭식』의 일격 밖으로 피해 있었다.

　공방 동시의 선제공격. 베아트리스의 높은 기량에 오토가 혀를 내둘렀다.

　"핫핫! 베아트리스 님은 역시 대단해! 좋은데, 좋아, 좋지, 좋을 지도, 좋고말고, 좋잖아, 좋겠지, 좋겠지 암 그래!"

　"시끄러운 녀석인 것이야. 언제까지 우쭐댈 수 있을지 볼만하겠어."

　아군의 중량을 가볍게 해서 공격을 피한 베아트리스가 바텐카이토스에게 당당히 대답했다.

　그 옆얼굴에서 오토는 평소 스바루와 장난치고 있을 때의 그녀와는 비교가 되지 않을 듬직함을 느꼈다.

　베아트리스의 힘도 포함한다면 바텐카이토스에게 따끔한 맛을 보여 줄 수 있겠다고.

　"——앞으로, 다섯 발이야."

　"넵?"

나직이, 옆의 오토에게만 들릴 음성으로 베아트리스가 말했다. 그 예상 밖의 말에 오토는 동그래진 눈으로 베아트리스의 얼굴을 옆에서 살폈다.

　어린 소녀 모습의 대정령은 가까운 관계자만이 알 수 있는 긴박감을 눈썹 끝으로 표현하면서 반복했다.

　"큰 기술은 앞으로 다섯 발밖에 안 남았어. 그걸로 끝장을 볼 거야, 오토."

4

　엘 미냐를 발동한 순간, 베아트리스의 품속에서 마정석이 산산이 깨졌다.

　이로써 남은 돌은 여섯 개——. 전투 뒤에 하나는 확보해 두고 싶은 사정이 있어서 싸우는 중에 쓸 수 있는 건 다섯 개까지. 그것이 베아트리스의 마나 상황이다.

　——베아트리스는 『마녀』 에키드나가 만든 인공정령이다.

　그 힘은 평범한 정령쯤 비교가 안 될 만큼 강하지만, 대신에 몇 가지 중대한 결점 또한 떠안고 있었다. 개중에서도 가장 큰 결점은 계약자로부터 제공받는 것 말고 마나를 보급할 수단이 없다는 점. 즉, 다른 정령과 달리 베아트리스는 대기 중의 마나를 흡수하거나 계약자 외의 인간에게서 마나 제공을 받을 수 없는 것이다.

　더불어서 베아트리스는 이 마녀교와의 전면 항쟁 전초전, 시각탑 광장에서 『분노』의 대죄주교와 벌인 전투 중에 자신이 가진 마나를 다 쓰고 말았다.

스바루 및 수많은 부상자를 구하기 위해 어쩔 수 없다고는 해도 계약 정령이 감히 보이지 못할 꼬락서니였다고, 베아트리스는 본인을 심하게 탓했다.

그런 베아트리스가 지금 이렇게 서 있는 건 일종의 꼼수, 반칙 덕분이다.

그것이 바로――.

"――일곱 개의 마정석. 한 개 깨졌으니까 쓸 수 있는 잔량은 앞으로 다섯 발뿐이야."

"마정석이라니, 설마 그건……."

지갑 사정을 들은 오토가 놀라서 말문을 잃었다.

감이 좋은 인물이다. 베아트리스가 소유한 마정석―― 절대적인 마나를 보유한 마석의 출처가 어디인지 그는 금방 짐작이 갔으리라. 그 상상은 옳다.

이 마정석이 바로 베아트리스와 스바루 일행이 이 수문도시를 방문한 목적. ――대정령 팩의 부활에 필요한, 강력한 힘을 가진 무색의 마정석이었다.

베아트리스는 그 마정석에서 억지로 마나를 징수해 기적마저 일으킬 법한 막대한 마나를 최악의 효율로 낭비해서 이 자리에 서 있다. 그것은 통상 10의 힘으로 발동하는 마법을 1000의 힘으로 발동하는 것만 같은 낭비. 마법 한 번에 마정석 하나가 깨지는 악순환이다.

"그러니 앞으로 고작 다섯 수로 끝장을 봐야 한다고. 제길, 억지 쓰긴! 역시 나츠키 씨의 계약 정령 맞네요!"

"그건 베티에게 칭찬인 것이야."

오토가 머리를 긁고 자포자기처럼 투덜대자 베아트리스는 미소를 띠었다.

지금도 도시 어디선가 에밀리아를 위해 분투하고 있을 스바루. 스바루와의 연결 고리를 의식한 베아트리스는 꽤 닮아 버린 자신의 모습에 한숨을 내쉬었다.

본심을 토로하자면 베아트리스는 한시라도 빨리 스바루 곁으로 달려가고 싶었다.

그게 계약 정령인 자신의 소임이라고 본심이 호소하고 있었다. 그러나 베아트리스를 말린 것도 스바루의 계약 정령으로서 지닌 긍지였다.

스바루는 결코 자기 자신을 과대평가하지 않는다. 오히려 지나치게 과소평가하는 낌새가 있다.

그런 스바루가 베아트리스를 두고 갔다면, 그건 베아트리스 없이도 싸울 방책을 찾았기 때문. 그렇다면 분하지만 이번 스바루의 싸움에 베아트리스는 필요 없다.

그렇기에 스바루와의 재회는 싸움이 끝나고 안아 줄 때까지 아끼기로 하겠다.

그 때문에라도 베아트리스는 스바루에게 가슴이 떳떳할 전과를 거둬야 하는 것이다.

"빠냐와의 재회가 멀어졌잖아. 그만큼 너한테는 지옥을 보여 줄 것이야.”

“지옥? 좋지, 지옥! 보여 줄 수 있으면 보고 싶은데! 나들에게 먹힌 녀석들은 다아들 마지막에 그걸 맛보고 있을 테니까!”

바텐카이토스가 베아트리스의 큰소리를 받아치며 샘이 난다는 듯 혀를 내밀었다.

대화가 성립되지 않는 태도. 반성의 기색도 없다. 애초에 이것이 곧 대죄주교──.

“베티는 진짜로, 너희가 미워 죽겠어.”

그렇게 말한 베아트리스가 두 손바닥을 내밀어 바텐카이토스를 겨누었다.

“알 미냐!”

“웃──!”

“거짓말이야.”

초월급 마법을 경계해 바텐카이토스의 움직임이 멎자 베아트리스가 혀를 내밀었다.

『폭식』은 베아트리스의 마법이 횟수 제한이 있는 줄 짐작도 못하고 있다. 마정석 하나와 맞바꾼 대마법이 바텐카이토스에게 베아트리스의 위험성을 심어 두었다.

“워어어어어어어!”

그 술책에 편승해 하얀 옷과 거한이 좌우로 기습했다.

쌍칼과 장타. 무겁고 날카로운 협공이 바텐카이토스를 불시에 들이쳤다. 하지만 『폭식』은 이를 탁월한 몸놀림으로 회피, 단검의 반격이 두 사람의 목으로 솟구쳤다.

"위험, 끄엑!"

"미안!"

거한이 팔을 뻗어 자신과 협공한 하얀 옷에게 오는 공격을 맨몸으로 받았다. 단단한 소리와 함께 맨몸이 단검의 위력을 죽이지만, 곧바로 거한이 피를 토하고 그 자리에 무릎 꿇었다.

"가스통 씨!"

오토가 토혈한 거한, 가스통의 이름을 부르고 눈을 부릅떴다. 그 옆에서 베아트리스는 가스통의 몸에 일어난 이변을 정확하게 파악했다.

──체내에 마나를 순환시키는 전투기법, 『유법』의 한계다.

유법은 마법과 다른 형식으로 마나 사용법을 연구한 기술체계의 일종이다. 마법과 달리 능숙하게 사용하는 데 필요한 건 재능이 아니라 피맺힌 단련뿐.

보아하니 가스통의 자질은 범인의 범위에서 벗어나지 못했다. 그렇기에 알 수 있다. ──그는 노력했다. 피를 게워낸 시간이 쌓여 그를 이 전장에 서게 했다.

"하지만, 그것도 한계인 것이야!"

"참 용케 버텼어, 가스통! 감투상이야!"

베아트리스의 목소리와 조롱하는 바텐카이토스의 목소리가 겹쳤다. 이어서 무릎 꿇은 가스통의 안면을 단단한 무릎이 찍고 콧등이 깨진 가스통이 뒤로 쓰러졌다.

"열심히 노력했지만 다 망했지 뭡니까! 그런 놈에게 걸맞은 평가란 거지!"

"――이, 개자식!"

가스통을 모멸하는 말에 격분한 하얀 옷의 남자들이 일제히 검격을 쑤셔 넣었다. 하지만 바텐카이토스는 발놀림으로 피하며 빈틈이 생긴 곳에 손을 뻗었다.

"베네트 모사, 아우구스트 바렌, 칼시프스 핀렐."

이름을 읊으며 참격을 헤쳐 나간 바텐카이토스가 하얀 옷들의 어깨와 다리를 만지고 지나갔다. 『폭식』은 날카로운 송곳니를 드러낸 입을 벌리고 즐겁게 자신의 손바닥을 핥았다.

그 순간, 베아트리스의 시야에서 낯모르는 하얀 옷 세 명이 바텐카이토스의 등 뒤로 허물어지는 모습이 보였다. ――도대체, 그들은 누구고 무슨 일이 일어났는가.

"베아트리스! 쓰러진 사람들은 저희의 동료지만 이름은 몰라요! 지금은 그거면 족해요!"

한발 앞서 상황을 알아챈 오토의 외침이 베아트리스를 현실로 되돌렸다.

『폭식』의 권능이 가진 효과, 타인의 『이름』을 탈취하는 힘의 발동――. 그 사실을 인식하면서 베아트리스는 쓸데없는 사고의 폭풍을 내쫓고 손바닥을 정면에 겨누었다.

"또또 견제……."

"그렇게 생각하면 화려하게 날아가 버려!"

낯모르는 세 명에게 칼날을 겨눈 바텐카이토스. 그 등짝에 진심이 담긴 영창이 폭발했다. 마정석의 힘을 빨아들여 보랏빛이 『폭식』을 중심으로 원을 그렸다.

"쳇!"

빛의 고리가 집중되는 모습에 바텐카이토스가 혀를 차고 공격을 거두었다. 그대로 뒤돌아보는 『폭식』의 눈빛이 베아트리스를 꿰뚫고 마법의 발동을 틀어막으려던 순간.

"――큭."

바텐카이토스는 등 뒤에서 들린 요란한 발소리에 의식이 쏠리고 말았다.

단검을 뒤로 휘둘러 멋모르는 난입자를 베어 버리려 했다. 그러나 일격은 허공을 갈랐다. 왜냐하면 그곳에 발소리 주인의 모습은 없었다.

"가필이니 『창자 사냥꾼』이니, 그런 사람만 걸리더군요!"

바람 마법의 응용으로 '발소리를 날린' 오토가 『이름』이 미처 안 먹힌 한 사람과 협력해서 쓰러진 세 사람의 신병을 확보, 혀를 내밀고 이탈했다.

그 이탈하는 등을 쫓도록 베아트리스가 놔두지 않는다.

"――울 미냐."

대기가 비명을 지르며 결정화하고 거대한 남보라색 광채가 대광장의 하늘을 가득 메웠다. 그 광경을 올려다본 바텐카이토스는 "하악!" 하고 즐겁게 숨을 내뱉었다.

"진수성찬! 역시 베아트리스 님! 로즈월 님 흉내신가요?"

"할 말이 따로 있지 웬 망발인 것이야!"

하늘을 덮은 남보라색 원반이 바텐카이토스에게로 쏟아졌다.

이미 그것은 질량을 동반한 파멸의 빛이었다. 무시무시한 위력이 포석을 까뒤집고 솟구치는 폭풍이 대광장을 먼지로 뒤덮으며 베아트리스의 드레스가 크게 펄럭였다.

"해치웠나요?!"

폭풍을 받으면서 몸을 수그리던 오토가 쾌재를 터트렸다.

그 순간, 베아트리스는 실패를 깨달았다. 이런 부류의 외침은 실책의 원인이라고 스바루가 단단히 말하던 보람이 있었다.

"파핫!"

한 박자 늦게 바텐카이토스가 빛나는 먼지를 뚫고 뛰쳐나왔다. 정면에 있던 베아트리스는 아슬아슬한 순간에 공중을 날아 그 모습을 눈 아래로 보면서 숨을 들이쉬었다.

맹금의 사냥이 연상되는 기세로 바텐카이토스의 손끝이 베아트리스에게 육박했다. 손가락이 닿기 직전, 서로 피할 곳이 없는 공중에서 베아트리스는 영창했다.

400년의 생애 중에 불과 근 1년 동안 사용빈도가 가장 급증한 음 마법——.

"——샤마크!"

"우업?!"

품속에서 세 번째 마정석이 깨지고 검은 아지랑이가 바텐카이토스의 온몸을 휘감았다.

몰이해의 어둠에 삼켜진 바텐카이토스로부터 몇 초의 공백을 얻어냈다. 오래가지는 않는 샤마크의 효과. 그 틈에 베아트리스는 오토와 눈길을 주고받고—— 그가 끄덕였다.

"아아! 사고 쳐 주셨는데, 베아트리스 님! 마치 그 사람 같은 전투법…… 어울리지도 않게 영향이라도 받으신 건가요?!"

바텐카이토스가 딱 2초 만에 샤마크를 뿌리치고 요란한 웃음과 함께 사납게 포효했다.

놈 안에 있는 소녀의 기억에 베아트리스가 스바루와 나란히 섰던 기억은 없을 것이다.

그렇기에 베아트리스가 이렇게 분전하는 모습에서 스바루의 영향을 봤다고 해도 그게 얼마나 큰 의미를 가지는지 깨닫지 못한다.

이전의 베아트리스와는 다르다. ──지금의 베아트리스는 남에게 기댈 줄을 안다.

"이것이, 수의 힘이야!"

"──────."

베아트리스의 당당한 얌체 발언에 바텐카이토스는 눈을 깜빡였다. 상황 파악이 안 된다고 두 눈이 몰이해를 표명하고 있다.

──그 순간, 의문의 답이 위에서 뚝 떨어졌다.

"──기다렸지, 바보 자식들아!"

기세등등한 목소리가 머리 위에서 들리자 돌발 상황에 바텐카이토스의 발이 멎었다. 그 눈앞에 내려선 것은 지붕을 타고 최단거리를 달려온 금발 소녀──.

"뭣……."

"옛다. 라인하르트도 우는 한 방, 어디 맛 좀 봐라!"

승리를 뽐내는 표정의 펠트가 두 팔로 잡은 막대기 모양의 물건을 호쾌하게 휘둘러댔다. 하얀 천에 감싸인 그것은 바람을 가르며 우두커니 선 바텐카이토스의 뺨따귀를 쳐 날렸다.

　"＿＿＿＿."

　메마른 소리가 울리고 바텐카이토스가 옆으로 튕겨났다. 강렬한 한 방이 대죄주교를 보기 좋게 내갈기는 모습을 보고 오토 일행의 목이 크게 꿀꺽거렸다.

　『검성』라인하르트마저 치명타를 줄 수 있다는 선전 문구가 사실이라면 지금 펠트의 한 방이야말로 바텐카이토스와의 전투를 끝장낼 터다.

　그러나＿＿.

　"……이게 『검성』을 울리는 일격? 농담이지?"

　"뭐시라?!"

　얻어맞은 뺨을 어루만지며 바텐카이토스가 흉악한 표정으로 펠트를 쳐다보았다. 그 선전 문구를 배신하는 결과에 펠트가 붉은 눈을 크게 부릅떴다.

　그런 펠트의 안면을 바텐카이토스의 오른손이 정면으로 잡았다.

　"아욱＿＿."

　"안 돼! 정통으로 접촉했다간……."

　『폭식』의 식사 절차. 그 손에 접촉한 광경에 오토가 안색을 바꾸었다. 그런 치명적인 광경 속에서 바텐카이토스가 긴 혀를 과시하듯 늘어뜨리며 선언했다.

　"펠트 야앙. ＿＿잘 먹겠습니다."

펠트의 얼굴을 잡은 채로 바텐카이토스가 미식을 예감하고 볼을 발그레 물들였다. 그리고 긴 혀가 애정을 표현하듯 빈 왼손에 있는 보이지 않는 무언가를 혀로 빨았다.

마치 그곳에 고대하던 진수성찬이, 『펠트』라는 소녀의 근간이 있는 것처럼.

못 참겠다는 듯이 혀에 실어 꺼끌거리는 감촉으로 애무하고, 구석구석까지 남김없이 핥듯이 맛본다. 그러다가 위장에 집어넣어 가차 없이 능욕하고 씹는다.

그 과정이 완료될 때, 『폭식』의 식사는 끝나고 『이름』이 모독자의 배에 들어간다.

그 순간, 펠트라는 소녀의 흔적은 누구의 기억에서든 사라지고──.

"──우, 웨엑."

추악한 만찬회가 막힘없이 끝나기 직전, 『폭식』의 표정이 극적으로 변화했다.

더없는 진미에 눈을 빛내며 혀 위를 춤추는 극상의 인생을 즐겨야 했을 표정이 돌변해 바텐카이토스는 극약을 먹은 것처럼 온몸을 거세게 떨며 구역질하고 있었다.

연기. 아니다. 그런 짓을 할 의미도 없다.

그저 순수한 사실로서 바텐카이토스는 『펠트』의 식사에 실패했다.

그 한순간의 빈틈에──.

"──준비를 하는 것이야!"

둥실 날아올라 펠트 옆에 착지한 베아트리스가 외쳤다. 그 조그만 손이 잡은 것은 펠트가 가져온 창처럼 긴 자루였다.

　라인하르트에게도 효과가 있는 무기. 그 평판은 맞다. 다만 사용하는 방법이 잘못됐다. 그 사실을 베아트리스는 잘 알고 있었기에.

　"──쿡."

　얼굴을 잡힌 채로 펠트가 이를 깨물고 그 『미티어』를 고쳐 잡았다. 천에 휩싸인 끝부분을 바텐카이토스에게 겨누고 허리 높이로 들었다.

　그 직후, 베아트리스 품속에서 두 개의 마정석이 깨지고 막대한 마나가 『미티어』에 쏟아졌다.

　파멸적인 위력의 기적에 바텐카이토스가 표정을 일그러뜨리고 뒤로 뛰었다. 극약의 충격이 남은 상황에 단지 위험한 일격에서 벗어나려고 본능이 호소했다.

　"뭣⋯⋯."

　뒤로 물러나던 다리가 붙들렸다. 바텐카이토스의 자세가 무너졌다. 놀라는 『폭식』이 아래를 보니 그 마른 오른쪽 다리를 단단히 잡은 팔이 있었다.

　대량의 코피를 흘리며 그곳까지 기어 온 가스통이었다.

　안면이 해방된 펠트가 시종의 오기를 목도하자 "핫." 하고 웃었다. 그리고 덧니가 보이는 회심의 웃음을 지은 채로 말했다.

　"──터져라!"

──피하지 못하는 『폭식』을, 『미티어』가 뿜은 하얀빛이 정면에서 날려 버렸다.

5

열풍이 불어닥쳐 베아트리스의 머리가 크게 부풀었다가 수평으로 나부꼈다. 정성껏 말아 둔 머리가 바람에 망가지지만 베아트리스의 주의는 그쪽에 쏠리지 않았다.

베아트리스의 눈길은 한 지점에, 자신도 잡고 있는 순백의 『미티어』에 쏠려 있었다.

"──────."

발사한 일격이 하얀 꾸러미까지 깡그리 날려 버리고 『미티어』 전체를 드러냈다. 그것은 순백의, 티 한 점 없는 창처럼 긴 지팡이였다.

공들인 장식도 없고 눈길을 끄는 장치가 있지도 않다. 마냥 실용성 일변도인 구조는 그야말로 만든 이의 인간성을 반영한다고 할 수 있었다.

도구에 도구 이상의 가치를 바라지 않는, 에키드나라는 『마녀』의 정신 그 자체를.

"어머니⋯⋯."

문득 중얼거린 말은 세상을 뜬 어머니와의 지난 기억이 되살아나서 흘러나온 감상이었다.

"무, 무슨 위력이 이래⋯⋯. 그 바보들, 뭘 쥐여 준 거야⋯⋯."

베아트리스의 감상을 아랑곳하지 않고, 마찬가지로 『미티어』
를 잡고 있던 펠트가 아연실색한 채 지팡이가 발사한 파괴의 광경
을 바라보았다.

베아트리스와 펠트, 둘의 손으로 휘두른 『미티어』의 일격은 바
텐카이토스에 직격한 즉시 사선상에 있던 세상을 쓸어 버렸다.

하얀빛의 여파로 포석은 하얀 연기를 피우고 있고 직격한 건물
은 빛 모양으로 뚫렸다. 당연히 그 위력을 정통으로 맞은 바텐카
이토스는 거저 끝나지 않았다.

──몇 미터 앞, 하얀 연기를 피우는 바텐카이토스가 대 자로
나뒹굴고 있었다.

온몸에 무시무시한 화상을 입고 허옇게 눈을 까뒤집은 『폭식』
은 완전히 침묵하고 있었다. 내장까지 탈 것만 같은 작열의 일격.
그 생사 여부는 반반이리라.

단, 그것도 이 순간의 이야기이지 방치해 두면 죽음은 면치 못할
것이다.

"베아트리스! 펠트 님!"

두 명 곁으로 오토가 손을 흔들며 달려왔다. 『미티어』의 여파로
모자가 날아가고 온몸이 너저분해서 형편없는 몰골이지만 그 표
정은 환했다.

"무사했나요? 뭐라고 할까, 굉장…… 아니, 무자비하던데요."

"왜 말을 고쳐? 뭐, 나도 같은 의견이지만. 대체 뭐냐, 이 지팡
이……."

오토와 펠트 둘 모두 쭈뼛쭈뼛 『미티어』를 바라보았다. 무시무

시한 위력을 발휘한 마장(魔杖). 그러나 그 또한 당연한 노릇이다.

"이 지팡이는 어머니…… 옛날, 위대하고 총명하며 아름다운 마법사가 용을 해코지하려고 만든 거야. 어디로 갔는지 알 수 없었는데 묘한 운명인걸."

"하—. 척척박사네, 꼬맹이. 옛날에 용을 못살게 군 지팡이라."

감탄한 투로 한숨을 쉬는 펠트. 그 옆에서 오토가 흠칫한 표정을 지었다.

그는 베아트리스가 고쳐 말한 『어머니』가 역사에서 지워진 『마녀』임을 아는 사람 중 한 명이다. 진실로 놀랐으리라.

"참고로 용을 해코지했단 건 사실인가요?"

"울상을 만들어 줬다고는 들었어."

하지만 베아트리스에게 그 말을 해 준 상대는 로즈월이다. 초대 (初代)였을 당시, 그는 곧잘 다양한 방법으로 베아트리스를 놀려 먹었다. 그 일환일 가능성은 있다.

『신룡』 볼카니카를 해코지하기 위한 황당무계 병기라고.

"뭐, 자잘한 건 됐어. 좌우간 열 받는 놈은 때려잡았다. 그것도 사용법 알던 꼬마 덕분에. 고맙다!"

화제를 도중에 가로막은 펠트가 덧니를 보이며 얼굴을 활짝 피고 베아트리스의 등을 두드렸다. 그 위력에 베아트리스는 얼굴을 찌푸리더니 뾰로통한 표정을 짓고 대꾸했다.

"……아까부터 꼬마 소리밖에 못 해? 너도 충분히 꼬마라고. 꼬마한테 꼬마 소리 들을 이유는 없는 것이야."

"아앙? 칭찬해 주는데 이 꼬마도 참 성질 긁네. 말해 두겠지만 난 요 1년 동안 키도 가슴도 컸거든. 앞으로 너와의 차이는 마냥 벌어질 뿐이다."

"안됐지만 베티의 겉모습은 이 깜찍한 디자인으로 고정되어서……."

"자, 자, 자, 진정해요. 둘 다!"

오토가 말다툼을 시작한 둘 사이에 끼어들어 웃음으로 비위 맞추며 자리를 수습했다. 그다음 베아트리스와 펠트를 번갈아 쳐다보다가 "알겠어요?" 하고 운을 뗐다.

"다 같이 힘을 합쳐서 이겼잖아요. 지금은 그 사실을 기뻐하자고요. 이쪽 작전이 잘 들어맞아서 승리! 이야말로 싸움의 참맛…… 어라?"

"──응? 왜 그러는 왜이야?"

"아뇨. 왜 저는 싸워서 승리한 것에 이렇게 기뻐하죠……? 언제부터 싸움의 참맛 같은 소리를 하게……."

"오─, 인생에 고민하기 시작하는 거 봐라. 못 따라가 주겠네. 야, 일어나, 가스통."

펠트가 고뇌하기 시작한 오토를 무시하고 발밑에 뻗은 가스통의 어깨를 흔들었다. 공로자를 치하하려는 자세지만 정작 가스통은 완전히 기절해 있었다. 어쩔 수 없는 노릇이다.

막판에 가스통의 오기가 없었으면 확실하게 맞기나 했을지.

"오토 말마따나 하나로 뭉쳐 거머쥔 승리인 것이야."

"어? 방금, 무슨 말 했어요?"

"너는 무투파 내정관이 천직이라고 그랬어."

"그거, 지금 진짜로 부정 못 하겠다 싶은 게 너무 무섭거든요?!"

짧은 팔로 팔짱을 낀 베아트리스의 탄식 어린 답변에 오토가 비명을 질렀다. 하지만 그런 자세이기 때문에 에밀리아 진영에는 빠트릴 수 없는 인재인 것이다.

계약자 스바루를 본받아 베아트리스도 결코 그 말을 언급하진 않지만.

"환담 중에 미안하지만 놈을 구속하겠다. 상관없지?"

하얀 옷의 남자가 베아트리스 일행을 돌아보고 턱짓으로 바텐카이토스 쪽을 가리켰다. 잘 보니 기억이 있는 얼굴이다. 뮤즈 상회에서 마주친 다이너스였던가.

하얀 옷 집단 중에서 유일하게 자기 발로 선 그의 말에 오토가 바텐카이토스를 쳐다보았다.

"구속하겠다뇨, 살아 있어요?"

"살아 주지 않으면 곤란하지. 도련님의 거처를 캐내거나 마녀교 놈들과 교섭하는 데 써먹을 수 있을지도 모르잖아. ──사실은, 숨통을 끊고 싶지만."

쥐어 짜내는 목소리에 숨기지 못하는 살의가 서려 있었다.

동료가 당했다는 이유는 당연할뿐더러 가장 강한 이유는 본능적인 혐오와 적개심이다. 대죄주교라는 것. 그 사실만으로도 충분히 그들은 배제해야 마땅한 대상이 된다.

그 사실 자체는 베아트리스에게 조금이나마 가슴이 아픈 일이지만……

"근데 대죄주교란 것도 의외로 별 볼 일 없네. 우리 같은 오합지졸에 나가떨어지고 말이야. 왜 내내 도망쳐 다녔다냐."

"그건 단순히 방심이겠죠. 저자는 저희의 『이름』을 먹는 것에 집착하고 있었습니다. 그것도 살아 있는 저희에게서 맛보려고. 그 때문에 저희를 죽이지 않았죠."

"즉, 쉬엄쉬엄 여유 부리다가 진 거잖아? 괜히 더 꼴불견 아니냐고."

펠트의 의문에 대한 오토의 분석은 정확하고 베아트리스도 의견이 같다.

만약 바텐카이토스가 가진 기억을 총동원해 상대를 죽이기를 최우선했더라면 속수무책으로 패배했을 터다.

물론 싸움에 『만약』은 없다. 승패는 판가름났다. 그 사실은 굳건――.

"――아?"

거기까지 생각했을 때, 난데없는 헛숨에 베아트리스는 눈길을 돌렸다.

빈사 상태의 대죄주교를 구속하려던 다이너스가 낸 소리였다. 그는 갈라진 숨결과 함께 온몸에서 피를 뿜으며 그 자리에 무릎을 꿇고 허물어졌다.

"_____."

자연스럽게 천천히 피 웅덩이를 만드는 다이너스. 팔다리의 힘줄이 정확하게 끊긴 그의 모습에 베아트리스의 의식이 악몽 같은 공백에 삼켜졌다.

도대체, 무슨 일이 일어났는가──.

　"──위험해!"

　한순간이었다.

　어깨를 떠미는 손길에 베아트리스는 포석 위를 나뒹굴었다. 아픔과 놀람. 그러나 베아트리스는 그까짓 것을 무시하고 자신을 떠민 오토를 보았다.

　오토는 베아트리스를 떠민 자세로 굳어서 움직이지 않았다. 그 눈은 자신의 발밑을──아니, 자신의 다리를 보고 있었다.

　"──────."

　오토의 두 다리, 그 앞쪽이 마치 과일 껍질처럼 벗겨져 있었다.

　바지와 그 안의 맨살이 찢어져 붉은색과 분홍색의 근육이 고스란히 드러났다. 하얀 신경과 뼈, 회색 혈관이 상처 하나 없이 겉으로 드러났다. 본인의 내부를 목격한 오토의 목이 턱 막혔다.

　최소한의 출혈조차 없는, 아름답기 그지없는 인체 파괴. 정녕 탁월한 칼솜씨란 인간의 육체를 이렇게까지 탐미적이고 배덕적인 예술품으로 꾸며낸단 말인가.

　"──참 내, 못난 오빠를 두면 여동생은 고생한다고."

　그 인물은 그렇게 말하고 살며시 오토의 상처에 입을 맞추었다. 꺼끌거리는 혀가 꿈틀대며 피부 속에 있던 다리의 섬세한 부분 전부를 빨았다.

　그 순간, 시각적으로나 촉각적으로나 견디기 어려운 감각이 오토의 뇌리를 펄펄 끓였다.

　"아, 끼아아아아아악──?!"

처절한 충격에 오토가 말 그대로 피를 토하는 절규를 터트렸다.

뒤로 넘어가며 고통에 몸부림치는 오토는 실신조차 허락받지 못했다. 눈물이 철철 넘치고 작열과 비슷한 고통이 뇌를 휘저어 오토 스웬을 파괴했다.

당장 오토에게 달려가 상처를 막아야 한다.

그걸 알면서도 베아트리스는 그 자리에서 움직이지 못했다.

오토와 다이너스를 찢어발기고 지금도 압도적인 귀기로 본능에 끝없이 경종을 울리는 존재, 우락부락한 거한이 원인이었다.

──전혀 본 적도 없는 남자였다.

나이는 사십 줄에 접어들까 싶을 정도로, 선이 뚜렷한 조각상 같은 생김새였다. 이 자리의 누구보다 큰 키에 축복받은 체격을 강철처럼 단련했다.

난데없이 나타난, 틀림없이 이 자리에 없었던 인물. 그렇게 판단이 된다.

"너, 넌 누구야……."

"얼라라? 너는 누구냐고, 네 쪽이 그러기야? 그건 오히려 우리 쪽이 묻고 싶은 판인데."

경계하느라 딱딱해진 펠트의 목소리에 남자가 외견에 안 어울리는 가벼운 어조로 대답했다. 그 발언에 펠트가 머쓱해하자 남자는 "하하." 하고 즐겁게 비웃었다.

"설마, 우리 상대로 가명을 쓰다니 똑똑하기도 하지. 거기에 감쪽같이 당한 오빠는 참 한심하지 뭐야."

"가명……? 뭔 소리 지껄여?"

"그쪽의 칼질해 준 오빠랑 펠트, 둘의 작전승이지. 응응, 대단하다, 대단해. 감동했지 뭐야. ──누구의 기억을 봐도 답이 없었는걸."

펠트의 질문에 남자는 대답하지 않았다. 자기 세상에 빠져 상대의 세상을 부정하고 있다.

뒤죽박죽이었다. 겉모습의 인상과 언동, 답변과 존재감. 모든 게 뒤죽박죽이었다.

낮게 갈라진 남자 목소리가 마치 어린 소녀 같은 어조로 말한다. 몸을 살살 흔들며 여봐란듯이 박수 치는 몸짓, 그 모든 게 안 어울린다.

그렇게 뒤죽박죽인 인상을 뿌리는 남자의 모습에 베아트리스와 펠트는 말문을 잃고──.

"……당, 신은, 『폭식』인가요?"

"──흐응? 아직 말이 나오는구나? 굉장한걸, 오빠. 애쓰는걸, 오빠."

남자가 눈썹을 들고 입꼬리를 올렸다. 그 희열 어린 시선 앞에서 헐떡이는 오토가 남자를 노려보며 다리 상처를 누르고 있었다.

"쓰러져 있던, 『폭식』이, 없어요……. 그리고, 당신이 입고 있는 넝마…… 그거, 그 대죄주교가 입고 있던, 것이고……."

경탄스러운 정신력으로 잠꼬대처럼 오토가 중얼거렸다.

광장 안쪽에서 빈사 상태였던 바텐카이토스의 모습이 어디에도 없다. 『폭식』의 작은 몸은 어느 틈에 사라지고 대신에 나타난 것이 이 남자. ──이 사실이 의미하는 바는 명백하다.

"좋아. 좋은데, 좋아라, 좋지, 좋잖니, 좋잖아, 좋기 때문에야말로…… 우리도, 나들도, 네게서 식탁에 앉을 가치를 찾았어."

"우──."

얼굴을 손바닥으로 누르고 흥분을 숨기지 못한 목소리로 중얼거리는 남자. 그 모습에 변화가 발생했다.

남자의 모습이 마치 아지랑이처럼 부자연스럽게 일그러져 보이다가, 다음 순간, 그곳에 서 있었을 덩치 큰 몸이 사라졌다. 그 대신에──.

"아핫."

펠트와 썩 다를 바 없는 나이의 소녀가 맨발로 그 자리에 서 있었다.

작고 가녀린 몸매. 투명한 금빛 머리는 발밑의 포석을 가릴 만큼 길다. 예쁘고 반듯한 생김새에는 넝마임에도 광채를 발하는 타고난 미(美)의 단편이 있었다.

사랑스러운, 천사 같은 소녀였다. ──그 표정이, 악의로 가득차 있지만 않았더라면.

"──마녀교 대죄주교 『폭식』 담당, 루이 아르네브."

"루이……?"

"나들의 이름이라고. 방금 들었잖아?"

숨을 집어삼킨 베아트리스의 되물음에 소녀 같은 형상의 『폭식』이 다른 이름을 댔다.

이해하기 막막했다. 『폭식』의 대죄주교 이름은 라이 바텐카이토스. 그런데 지금, 어째서 다른 모습으로 다른 이름을── 아니, 그렇지 않다고 베아트리스는 이해했다.

 변한 것은 모습만이 아니다. 『폭식』의, 그 알맹이도 변했다.

 "……가만히 듣고만 있으려니, 넌 뭔 장난질하고 자빠졌냐."

 "어라? 가명 쓰는 공주님은 이런 취향은 마음에 안 드셨어?"

 "그거 포함해서 뭔 장난질이냐는 거다!"

 펠트가 덧니를 드러내며 루이라고 이름 밝힌 『폭식』에게로 노성을 터트렸다. 펠트는 손에 든 『미티어』를 상대에게 들이밀고 말했다.

 "가명은 무슨 가명. 개소리 마. 난 벌써 15년 동안 롬 영감에게 받은 펠트란 이름으로 살았어. 그게 거짓말이라니 허튼 소리 작작해."

 "아하, 그렇군. 본인이 가명인 줄 모르는구나? 그럼 네 이름은 펠트가 아닌 거지. 키워 준 부모가 주기 전의, 진짜 이름이 있단 뜻이야."

 "날 뒷골목에 버리고 갔다는 망할 부모가 지은 이름 말이냐? 그럼 아마 '골칫덩이' 나 '짐짝', 아니면 '쓰레기' 쯤 될걸. 그걸로 만족하냐, 엉?"

 "얘, 얘, 그러지 마."

 표독한 펠트의 말에 『폭식』── 루이는 살며시 『미티어』 끝부분을 손가락으로 누르며 말했다.

 "강한 척해 봤자 다음은 못 쏠 거잖아? 이거, 본 적 있거든."

"욱……."

"그렇게 대비 안 해도 된다니깐. 우리, 오늘은 이만 물러날 거라서 말이야."

"물러나……? 진담인 것이야?"

베아트리스가 어깨를 으쓱인 루이를 노려보며 손바닥을 상대에게 겨누었다. 루이는 자신에게 적의를 보내는 둘을 바라보며 "진담, 진담." 하고 가볍게 웃었다.

"오빠는 참패했고 오라버니도 그 여자가 하라는 대로 따르는 걸. 나들은 미식이니 악식이니 아무래도 좋으니까 말이야. ──진짜, 뭘 몰라."

"────."

"식사는 '무엇을 먹느냐' 가 아니라 '누구랑 먹느냐' 가 문제인데 말이야."

루이는 그 말만 하고 빙글 베아트리스와 펠트로부터 돌아섰다. 당당히 무방비를 드러낸 그 자세가 말없이 둘에게 선택을 다그쳤다.

다시 말해, '싸울까', '못 본 척할까'. 그리고 둘의 선택은──.

"영리하단 건 서글프지. ──하지만 참 잘했습니다."

움직이지 않는 둘을 조소한 루이 아르네브의 모습이 광장 그림자 속으로 녹아들었다. 그 등을 쫓을 수 없다. 부상자 천지인 상황에선, 여기서 끝이다.

"……보기 좋게, 당했어."

"빌어먹을! 저딴 자식한테, 이게 뭔 꼴이야……!"

어깨를 축 떨어뜨린 베아트리스 옆에서 펠트가 패배감에 대차게 혀를 찼다. 솔직히 베아트리스도 그녀의 의견에 완전히 동의했다. ——패배라고 여겨야 마땅할 결과.

중간에 루이를 감탄케 한 오토는 통증으로 의식이 몽롱해졌으며, 펠트의 시종인 가스통, 그리고 다이너스와 하얀 옷의 남자들도 혼절했다.

전원, 당장에라도 치료가 필요하다. 그리고 그게 가능한 건 베아트리스밖에 없다.

베아트리스와, 품속에 있는 마정석밖에 없다.

아무튼 간에——.

"빠냐를 볼 낯이 없는 것이야. ……스바루에게도 안아 달라는 말은 참아야겠어."

놓친 사냥감——『폭식』의 대죄주교 안에 잠든 소녀의 영혼이 분명히 존재한다.

그 사실에 대한 확신을 얻었으나 이를 어떻게 스바루에게 전해야 하는가.

"————."

"젠장할!"

침묵하는 베아트리스. 그 옆에서 다시 한번 펠트의 분한 목소리가 수로가에 울렸다.

그녀의 욕설이 높이, 저 높이 울려 퍼지고 이 순간 『폭식』 조우전은 결판이 났다.

제2장 『영역의 피해자』

1

외팔에 청룡도를 든 남자의 큰소리에 소녀는 갸웃거렸다.

천사처럼 사랑스럽고 꽃잎처럼 여리고 덧없으며 아름다운 인상의 소녀였다. 하얀 살결은 투명할 만큼 매끄럽고 가녀린 몸매의 발끝까지 어여쁘다는 말의 현현 같이 느껴졌다.

반짝이는 빛으로 착각할 금빛 머리카락과 보석이 연상되는 붉은 눈은 그야말로 미모의 체현이라고 할 수 있으리라. 아낌없이 드러낸 하얀 맨살과 요염하게 남자를 유혹하는 눈초리는 고혹적이라 함정인 줄 알아도 수컷의 본능을 자극하는 마성(魔性)이나 다름없었다.

단——.

"꺄하하하하! 재미있는 소리 하는 쓰레기 고기잖아요! 내가 죽기 전이 아니라 자기가 죽기 전? 무슨 협박문이 그래?! 웃기고 웃겨서 못 버티겠다고요!"

카랑카랑 웃는 소녀는 아름다웠다. ——그 얼굴의 절반이 짓뭉개져 안구가 튀어나올 지경만 아니라면.

말 그대로 얼굴 절반이 날아간 상태로 자지러지게 웃는 소녀. 그 얼굴의 상처가 꿈틀대며 징그러운 소리와 함께 복구되었다. 피가 멎고 근섬유가 이어지며 재구축되는 얼굴.

그 괴이한 재생력—— 아니, 변화의 과정이 곧 『색욕』의 대죄주교가 지닌 권능.

"그거 지금까지 본 것 중 최고로 역겹군. 나, 고어류에 별로 내성 없다고. 피 보면 되레 자기 핏기가 가시는 타입. 왜 있잖아?"

"초장부터 여자더러 역겹다니, 말 꾸밀 줄 모르는 남자는 인기 못 얻거든요? 광대 행세하며 방심 유도하다가 그 손에 든 굵직한 물건으로 저한테 뭘 해 줄 셈이에요!"

"여자가 음담패설 뻥뻥 날리지 마라. 선 게 죽잖아."

마주한 남자의 말을 듣고 소녀—— 카펠라가 한쪽 눈썹을 올렸다. 그 얼굴은 불과 몇 초 만에 복구를 마치고 내면이 반영되지 않은 원래의 귀여운 용모를 되찾았다.

그리고 그 되찾은 어여쁜 얼굴을 요란하게 구기며 카펠라가 드높이 웃었다.

"꺄하하하핫! 그게 뭐야, 그 꼬라지로 꿈꾸는 아가씨 같은 발언! 야, 머릿속에 꽃밭이라도 기르세요? 꺅—, 짓밟아서 더럽히고 싶어라!"

"이봐, 여러 번 말 꺼내게 하지 마. 난 오늘, 기분이 더러워. 솔직히 크게 의욕도 없어."

도발적인 카펠라의 태도에 청룡도를 든 쇠투구—— 알이 무책임하게 내뱉었다.

도발에 안 따라오며 지극히 내키지 않는다는 알의 낌새에 카펠라는 눈을 가늘게 떴다. 카펠라를 지상에서 함정으로 빠트린 여성진과는 꽤 다른 자세다.

　"의욕은 없는데 이 장소는 못 비켜 주겠단 거예요? 건 또 꽤 모순됐잖아요. 이 난장판, 누구 때문인 줄이나 알아요?"

　"난장판이란 소리를 자기 입으로 하냐. 애초에 누구 때문이고 자시고 너 때문이잖아."

　"계기는 그럴지도 모르죠. 근데 진짜로 그래? 진짜로 전부, 죄다 우리 때문? 이 도시에서 일어난 사건 전부, 우리 소행?"

　카펠라가 두 손을 앞으로 내밀어 손가락으로 세계를 사각으로 오려냈다. 그 사각의 시야에 들어간 알은 한쪽 눈을 감은 붉은 눈빛에 숨을 죽였다.

　그리고 죽이던 숨을 길게, 아주 길게 내뱉고 물었다.

　"……무슨 말이 하고 싶은데?"

　"아뇨, 아뇨~? 그냥 영 더럽게 귀찮은 사고를 친 자식이 있으셔서요? 그 자식이 누구인지 나도 내내 생각해 봤다 이거죠."

　"_____."

　"맞아, 그래, 맞아! 예를 들어 몇 시간쯤 전에 살짝 수문을 열고 도시 절반 정도를 물에 처넣은 자식의 정체 같은 건 궁금해서 밤잠도 못 이룰 것 같지 않아요?"

　카펠라가 두 팔을 벌리고 독을 머금은 꽃처럼 아름답고 소름 끼치는 미소를 지었다. 알은 모멸과 조롱으로 가득한 웃음을 보다가 "아—." 하고 목뼈를 뚜둑 꺾었다.

"뭔 얘기인지 통 모르겠네."

"흐응, 시치미 떼시겠다? 말해 주면 뭐 어떻다고 그래요. 친구에겐 비밀로 할게. 애초에 그게 없었으면 그 시점에서 도시의 추이는 결딴이 났을 테고, 감사면 모를까 널 비난할 자격 가진 사람은 있지도 않잖아요."

깔깔 웃던 카펠라가 "아·니·면." 하고 말을 이었다.

"암약하던 게 들키면 불편하다거나? 맞아, 그래. 이거 하나도 관계없는 얘기지만, 내가 갖고 싶어 하는 『마녀의 유골』! 그게 어디 있는지 아는 놈들이 아무래도 잇달아 나랑 관계없이 죽어나자빠진 모양이던데요."

"──그건 애석하군. 이렇게 혼란스러운 상황에선 불운한 일도 있겠지."

"꺄핫."

무관심한 알의 중얼거림에 카펠라가 입가를 가리며 진심으로 유쾌한 티를 냈다. 카펠라의 희롱하는 눈초리에 알은 차가운 바닥을 짚신으로 두드리면서 한숨지었다.

"넌 그 왜, 내가 아는 대죄 녀석들과는 꽤 다르군."

"어라, 다른 잡것 이하 고기들과 아는 사이인가? 원념으로 사모하는 변태 암코기? 그릇 코딱지만 한 숫총각 새끼? 인품 천박한 결식아? 아니면 엉뚱생뚱 자위 정령인가요? 어느 놈팡이든 교우관계 망했는데, 부모님이 말 안 해요? 친구는 가려서 사귀라고!"

"……안타깝지만 내 친구가 부모에게 그 소리 듣는 타입이라서."

"꺄핫, 알 만해—! 하지만 그런 너라도 내 웅대한 사랑은 자상하게 감싸드립니다? 그 투구 벗어 민낯을 보여 주며 나를 안고 사랑해 준다면!"

아무리 매몰차게 내치더라도 구애하는 자세를 관철하는 카펠라는 궁극의 연애병자다. 이렇게까지 극단적이고 일방적인 애정 약탈 표현을 인류가 '연애'라고 부르지 않는다는 사실만 빼면.

당연히 알은 인간성을 배제한 그녀의 구애에 청룡도를 들이댐으로써 대답했다.

"미안해. 마음은 고맙지만 아직 서로 잘 모르고, 게다가 친구한테 소문났다간 창피하니까 거절할게."

"주위 시선을 신경 쓰다니 귀여운 데가 다 있잖아요. ——여자에게 휘둘리길 좋아하는 마조 기질의 수코기의 성적 취향이라면, 나도 나쁘지 않을 것 같은데요."

"아앙? 뭔 소리를……."

"방약무인. 매서운 눈매. 숫제 폭력이랄 만큼 육감적인 몸매. 키는 적당히 크고 노출은 대담. 기분파에 말이 많지만 머리는 좋다. 의지는 하지만 의존은 안 하는 구석이 마음에 쏙 든다……. 대충 그쯤?"

나불나불 떠드는 카펠라의 모습이 시각적으로 쭈글쭈글 변했다.

팔다리가 길어지며 어깨와 등과 가슴팍이 대담하게 노출된 드레스로 의상이 변화한다. 이목구비는 자신만만한 인상. 눈에는 흔들림 없는 지성. 긴 금발을 풀어 내린 아름다운 여성이 나타났다.

이 도시의 관계자 중 누구도 아니지만 그 분위기는 어딘가의 누군가를 떠오르게──.

"이크, 금발이 아닌가 봐? 루그니카라면 이게 제일 해당자가 많을 텐데 말이죠──. 그럼 빨강……이 아니네요. 주황색이야."

알의 반응을 살피며 카펠라의 머리색이 연이어 바뀌었다. 검정, 갈색, 녹색에 파랑으로 시험하다가 빨강 계통에 들어간 순간에 색출, 주황색으로 바뀌었다.

단지 그것만으로도 그 인상이 알과 가까운 여성과 부쩍 가까워졌다.

"쯧, 속 뒤집히는 짓거리를 하는군. ──어디서 공주를 쳐 봤냐."

"본 적도 의식한 적도 없거든요? 그냥 네 반응으로 좋아할 얼굴과 몸을 추측했을 뿐이지. 헌신하는 여자가 상대의 취향에 맞추는 것쯤이야 당연하지 않냐고요."

"반응이라? 까고 있네. 보는 대로 내 얼굴은 안 보일 텐데……"

"목소리, 몸짓, 말하는 간격, 목의 각도에 시선, 태도. 대화에 성격, 성질, 취미에 기호."

시치미 뚝 뗀 알의 말을 카펠라의 차분한 음성이 가로막았다. 무심코 침묵한 알에게 모습이 변한 카펠라의 붉은 눈빛이 꽂혔다.

"일거수일투족도 안 놓치고 전력을 다해 헌신하는 게 나. 이렇게 헌신해 주고 있으니까 날 봐라. 나만을 봐. 다른 데 눈도 주지 마. 내 얼굴과, 몸과, 목소리와, 몸짓, 전부 다 몽땅 네 취향 한복판일 거잖아!"

언성을 높이는 카펠라── 그 모습이 말하는 중에 더더욱 프리실라에 가까워졌다. 그 주장은 시원할 만치 직설적이지만 너무나 꼿꼿해서 상대를 꿰뚫는 가시 돋친 구애였다.

"……미안한데, 그 방식의 사랑은 인류에게 아직 너무 일러."

"왜 무기 들고 자빠졌어요? 내, 어디가, 뭐가 마음에 안 드는데?"

"착각하지 마. 나는 너를 좋아하지도 싫어하지도 않아. 아무래도 좋지…… 미안, 거짓말. 역시 너, 역겨워서 싫다야. 숨결 때문에 눈 따갑네."

"──칵! 이 바람둥이 썩을 쓰레기 고기가!"

발을 구른 카펠라의 오른팔이 어깨부터 거대한 늑대의 머리로 변형했다.

사납게 울부짖는 짐승 머리가 우두커니 선 알을 노리며 고속으로 날아왔다. 주욱 늘어선 칼날 같은 이빨이 알의 상반신을 으스러뜨리려는, 그 직전. 알은 옆으로 뛰어 그 자리를 피했다.

"그걸로 피했다 여기지 마!"

"안 여겨! 옆! 다음은 뒤!"

구르는 알의 머리 위로 이번엔 거대한 구렁이가 몸통을 후려쳤다. 알은 사각에서 날아온 공격을 뒤로 뛰어 회피, 직후에 쳐든 청룡도로 늑대 이빨을 막아냈다.

"오, 오오오오, 도나!"

짐승의 돌진력에 밀려나다가 나동그라지기 직전에 알이 마법을 영창했다. 붕괴한 지하 바닥에서 흙벽이 솟아올라 늑대로 변한 오른팔을 천장 사이에 끼워서 으깼다.

늑대의 두개골이 부서지고 양동이로 퍼부은 것처럼 피가 터져 나왔다. 당연히 늑대와 팔이 연결된 카펠라는 자세가 무너지고 그 순간 알이 사납게 달려들었다.

"으, 라차아아아!"

내지른 참격이 카펠라 본체의 목을 수평 일자로 쳤다.

프리실라와 분위기가 흡사한 얼굴이 공중을 날고 한순간 뒤처져 상처에서 피가 터졌다. 카펠라의 피를 뒤집어쓴 크루쉬의 예를 보면 그 피에 닿을 때의 위험성은 물을 필요도 없다.

그 피를 피하기 위해 목을 잃은 시체로부터 거리를 벌려야 하지만──.

"속을까 보냐, 사기꾼 여자가!"

위험한 피 웅덩이로 가차 없이 내디딘 알의 청룡도가 등 쪽에서 카펠라를 꿰었다.

목이 날아가 쓰러지려던 몸의 심장을 쑤셔서 치명상에 치명상을 거듭하는 무도한 행위. 그러나 만행은 그것만으로 그치지 않았다.

"더러운 불꽃이나 되시지! ──엘 도나!"

알이 등짝을 걷어차고 기세등등하게 영창── 청룡도의 끝부분을 기점으로 카펠라의 체내에서 마법이 발동, 무저항인 채로 여자의 몸이 내부에서 폭발했다.

방귀 같은 얼빠진 소리와 함께 카펠라의 몸이 산산조각 나며 터져 나갔다. 팔다리가 날아가고 분홍색 내장과 선명한 빨강이 지하 공간에 요란하게 뿌려졌다.

싸늘한 공기 속에서 혈육의 잔해는 김을 피우고 수문도시에서 가장 잔혹한 결말이 지어졌다.

"헉, 헉, 어떠냐! 이만큼 했으면……."

어깨를 들썩거리면서 알은 끔찍한 주검에 승리를 선언했다.

당연하지만 이렇게까지 파괴됐는데 무사한 생물은 없다. 대답할 상대가 없는 알의 승리 선언은 허공에 허무하게 울리고──.

"──끔찍하게도 굴잖아요. 이렇게까지 안 해도 될 텐데."

"제길."

들린 목소리에 알이 혀를 차고 재차 청룡도를 고쳐 쥐었다.

그 검이 겨눈 곳은 혈육의 잔해가 아니라 처음에 베어 날린 목 쪽 ──. 지면에 뒹구는 프리실라와 닮은 얼굴이, 바닥에 턱을 올린 채로 알의 반응을 밉살스럽게 즐기고 있었다.

"목 날리고 심장 터뜨리고 육편으로 만들어도 안 되다니, 반칙이잖아……."

"목 날아가고 심장 터지고 육편이 되어도 괜찮은 게 나지만, 이렇게까지 무자비한 것도 드문데요. 난 지금 네 취향 한복판인 낯짝일 텐데요? 혹시 상처 내는 게 애정 표현인 취향이시랍니까?"

헛고생한 피로를 토로한 알 앞에서 카펠라의 머리가 들려 올라갔다.

목의 단면이 꿈틀대며 검은 살이 넘쳐 나왔다. 목의 밑받침이 되어 몸통을 만들고 팔다리를 형성하며 꿈틀대는 살덩이가 뽀얀 살결로 변화하더니, 원래 육체── 카펠라의 모습을 복원했다.

"……이쪽 잔해는?"

"필요 없으니 녹이죠."

재생한 카펠라가 갸웃하자 흩뿌려져 있던 이전 카펠라의 잔해가 소리를 내며 녹았다. 내장과 살점이 검은 진흙처럼 변하다가 썩은 냄새만을 남기고 형상을 잃었다.

그 사라지는 방식조차 약을 올리는 것 같아서 알은 진저리를 냈다.

"그나저나 주저 없이 목을 치던데요─. 동료가 내 피로 위험한 상태일 텐데 같은 꼴을 당할까 봐 안 무섭대요?"

"허세 부리지 마셔. 무슨 조건이 필요한지까지는 모르지만 그냥 묻기만 해도 위험한 독이 아닌 건 확인 끝냈어. 필사적으로 피해 다녀서 손해 봤지 뭐야."

"──음? 피하는 모습은 못 봤는데."

"네가 모르는 동안의 얘기야. 목도 심장도 안 되고, 몸을 터뜨려도 무효. 다음은 날린 머리를 때려 뭉갤 수밖에 없나. ⋯⋯고어 내성 없다고 그랬건만."

알은 무겁게 기진맥진한 한숨을 쉬었다. 그 태도는 카펠라가 얼마나 까다로운지 실감했을 뿐더러 그 밖에도 피로의 요인이 있는 낌새였다.

한편, 재생이 완료된 카펠라에게 정성껏 살해당한 걸로 미치는 영향은 없다. 변이, 변모에 더해 불사에 필적하는 재생력──『색욕』의 대죄주교, 여기 건재하다.

"아아, 염병할⋯⋯."

"아잉, 그렇게 괴로워 보이는데 나 상대로 한 발짝도 안 물러서

다니 갸륵하잖아요! 몸살 나게 남자다워서 내 호감도가 폭등! 꺄하하하하!"

"——————."

"——흐응. 진짜로 갸륵하달까, 열심히 노력하고 그런다 이 말인가요."

묵묵히 청룡도를 고쳐 드는 알을 본 카펠라의 목소리에서 조롱하는 기색이 사라졌다. 가늘어진 붉은 눈. 그 시선을 정면으로 받으며 알은 숨을 세차게 내뱉었다.

"공교롭게도 난 똑바로 하라고 공주한테 엉덩이 얻어맞았어. 몸이 꾸물꾸물 변하는 여자도 무섭지만 난 공주 심기가 상할 게 더 무섭다. 그래서 못 물러서."

"……내 앞에서 아직도 다른 여자 얘기를 지껄이다니. 이건 본격적으로 내가 아주 아주 정성껏 심혈을 기울여 교육해야 할 것 같잖아요."

그렇게 말한 카펠라의 모습이 또다시 삽시간에 괴이한 변화를 시작했다. 소리와 함께 살점이 터지며 뼈가 삐걱거리고 자라나는 모습을 보며 알은 고개를 모로 꼬았다.

칠흑의 쇠투구 안쪽의, 밖에서 엿볼 수 없는 눈을 가늘게 뜨며 투덜대듯 중얼거렸다.

"아아, 나 참. ——오늘은, 이렇게 별이 나쁠 수가 없어."

2

검은 때, 공간을 가득 채운 악취가 지하의 공기를 시시각각 죽인다.

깊이 숨을 들이쉬고, 내뱉는다. 폐 속을 채운 공기가 몹시 갑갑해서 가라앉지 않는 호흡과 그치지 않는 가래가 지긋지긋하다. 목덜미에 흐르는 땀을 닦고 싶지만 말 그대로 손이 부족하다.

이럴 때, 알은 외팔이가 정말 불편하다고 실감했다.

"──상대를 죽일 수 없으면 대개 절망하는 게 정석인데, 꿋꿋하게 노력하잖아요. 남자가 흘리는 땀은 혹하는 맛이 있네요."

호흡이 흐트러졌고 땀도 닦지 못하는 알과 마주한 카펠라가 비웃었다.

그녀는 청룡도가 세로로 쪼갠 얼굴을 두 손으로 잡아 상처와 상처를 맞추어 붙였다. 상처는 붉은 증기를 내며 고속으로 재생이 완료, 완전 부활을 완수한다.

이로써 도합 스무 번은 치명상을 주었을 테지만 모조리 이렇게 재생했다. 주위에는 카펠라의 시체가 녹아서 생긴 검은 오탁이 여기저기 흩어져서 썩은 냄새로 자욱했다.

그 썩은 냄새 중심에 있는, 이형과 망자의 여왕 카펠라는 뺨을 뒤틀어 알에게 웃음을 던졌다.

"자자, 그런데, 그건 그렇고 앞으로 몇 번 해야 나를 진짜로 죽일 수 있을라나요?"

"확실히, 내가 백 번 죽어도 널 죽일 수 있을지 의심스러운 노릇이군. 실제로 이미 절반 정도 지났는데……. 하지만 너야말로 생각이 짧은 거 아니냐?"

도발적인 카펠라의 말투에 알 또한 음색에 도발을 섞어 대꾸했다. 그 발언에 카펠라가 물음표를 띄우자 알은 칼끝으로 머리 위를 가리켰다.

"네가 이쪽 허를 찌르겠단 발상은 뻔히 다 드러났었지. 그렇단 말은, 대접할 준비는 만반……. 그 결정타가 진짜 나라고 생각하냐?"

"————."

"말해 두겠지만 시간을 들이면 들일수록 네 생명은 위태로워질 걸? 무한으로 재생하든 말든 알 바냐. ——그러니까, 도망친다면 지금밖에 없다."

목소리를 낮게 깐 알이 검은 쇠투구 안에 숨긴 눈으로 카펠라를 꿰뚫었다. 그 시선을 받은 카펠라가 한쪽 눈을 감았다. 그리고 알의 선고를 곱씹었다.

"이봐, 이봐, 느긋하게 굴 때냐? 시간이 없다고 했잖아. 안 그러면 참으로 기묘하고 무시무시한 필살의 일격이 네 영혼을 산산조각으로……."

"그럼 해 보지 그래요."

"엥."

거듭 필살을 통보하는 알의 말에 카펠라가 어깨를 으쓱였다. 그 반응에 괴상한 소리를 낸 알에게 카펠라는 "그—러—니—까—." 하고 말을 이었다.

"해 보지 그래요. 기껏 마련한 대접, 기껏 한 준비…… 그거 죄다 너희가 날 생각해서, 날 위해서 해 준 거 아니에요? 그걸 걷어차는 짓은 내 주의주장이 허락 안 하죠!"

"잠깐잠깐, 진담이냐? 진짜로 죽는다고? 죽는 거 아프고 무섭다? 처음이라면 더더욱 그래. 관두라고. 첫 경험은 정말 중요한 순간까지 남겨놔야지."

"일부러 천박한 말에 맞춰 주다니, 날 끔찍이 생각해 주는구나!"

미적지근해지는 알 앞에서 생뚱맞은 대목에 주목한 카펠라의 눈이 빛났다. 그녀는 바로 자신의 가녀린 몸을 껴안고 흥분에 젖은 눈으로 알을 바라보았다.

"──그게 아니고, 날 속이려는 거짓말이었다면 절대 용서치 않겠지만."

사랑스러운 미소. 다음 순간 웃음이 녹았다.

카펠라의 모습이 부정형의 검은 살덩이로 바뀌면서 그 질량이 폭발적으로 부풀어 올랐다. 쑥쑥 거대화하며 지하 공간에 포효를 쩌렁쩌렁 울리고 현현한 것은 칠흑의 비늘을 가진 그림자──.

"……아──, 그렇군. 용으로도 둔갑할 수 있었나."

중얼거리는 알의 눈앞에서 카펠라가 변이한 모습은 날개를 편 초월종, 흑룡이었다.

해가 떴을 때는 지상에서, 해가 저문 뒤에는 지하에서 도시청사가 두 번에 걸쳐 흑룡의 위협을 앞두었다. 알은 마치 저주 받은 것처럼 불운한 건물에 자신의 운까지 빨린 기분을 맛보았다.

"제길……. 이번은 피해자 쪽에 진짜로 운이 없어."

"──자기야, 너는 대체 어어어어떤 내가 좋아아?"

혀를 차는 알 앞에서 흑룡이 된 카펠라가 성대만 소녀인 채로 물어보았다.

알은 비릿한 흑룡의 숨결을 온몸에 받으며 마침내 물러날 때라고 고개를 가로저었다.

"나나 너나, 친구는 가려 사귀란 말을 상대 부모가 꺼내게 하는 타입이지? 그럼 우리 둘도 뭔 수로 친해지겠냐."

빙글 돌린 청룡도를 허리 뒤의 칼집에 꽂고 빈 오른손에 중지를 세워 들이대는 알.

그 몸짓의 의미는 알지 못하리라. 하지만 모욕적인 행위임은 전해졌다.

"넌 나를……."

"나는, 아무도 사랑 안 해."

금빛 눈에 흉악한 감정이 스치는 것과, 알이 메마르게 중얼거린 것은 동시였다.

그 직후, 알의 입술이 영창을 읊고── 경계하는 카펠라가 아니라, 이 지하 구석에 있던 정체 모를 기둥이 융기한 지면 때문에 난잡하게 무너졌다.

──충격과 막대한 질량의 붕괴는 수직 위에서 지하 공간을 깔아뭉개러 쏟아졌다.

"──큭! 진짜로 함정이."

"너를 생각하며 열심히 준비했지. 사랑이 아니라 그냥 적의를 품고."

알은 머리 위를 쳐다보는 카펠라에게 말하고 옆에 난 벽의 균열로 몸을 날렸다. 곧장 벽 너머로 들리는 물소리, 지하를 흐르는 수로로 뛰어든 것이다.

당연하지만 벽의 구멍은 거대한 흑룡으로 변한 카펠라가 지나갈 수 있는 곳이 아니고——.

"——어쩜. 날 위한 거라니. 이거, 분명히 사랑 맞잖아요?"

흑룡이 살며시 볼을 붉히며, 사랑하는 소녀의 눈빛으로 중얼거렸다.

참으로 보기 드문 그 광경은 누구 눈에도 띄지 않고, 산사태처럼 쏟아지는 건물의 붕괴에 휘말려 한순간에 시야에서 사라졌다.

3

"——푸핫."

물 밑바닥을 박차 수면을 가르고 빈 폐 속에 산소를 집어넣었다.

다행히 수영은 특기다. 팔이 한 짝 부족해서 수영하긴 어렵겠단 말을 곧잘 듣지만, 외팔이 생활도 오래한 처지다. 웬만한 상황의 대처법은 다 찾아 놓았다.

천천히 부력을 이용해 물가까지 흘러가서 수로 테두리를 잡고 몸을 들어 올렸다. 온몸이 폭삭 젖은 상태다. 일단 투구를 벗어 물을 빼고 싶은 게 본심이지만——.

"남 앞에서 냉큼 보여줄 얼굴이 아니란 말이지, 이게 또."

"——딱히 사양 안 해도 되는디? 내는 신경 안 쓴다카이."

"자의식 과잉이라서. 나중에 내 얼굴이 구설수에 오르겠다 싶으니 마음이 편치 않다."

알은 넉살을 떨고 머리를 기울여 투구 틈새로 물을 빼는 걸로만 그쳤다. 그런 고집스러운 태도에 아나스타시아가 "그라노?" 하고 쓴웃음 지었다.

연보라색 머리를 짙은 녹색으로 염색한 아나스타시아는 머리를 흔들어 투구에 들어간 물을 빼는 알을 힐끗 봤다가 그 연두색 눈을 돌려 멀리서 무너지는 도시청사 쪽을 바라보았다.

"설마 참말로 무너뜨리게 될 줄이야. 알 씨가 무사해서 한 시름 났다 안카나."

"남모르게 세 번은 찌부러진 것 같다마는. 아무튼 그쪽도 무사해서 다행이다. 그러고 보니 고양이 귀 형냐는? 미처 못 빠져나온 건 아니지?"

"……걱정해 줘서 고맙네. 아무렇지도 않아."

"어크크."

외다리로 선 채 귀에서 물을 빼던 알이 그 대꾸에 놀랐다.

돌아보니 골목에서 얼굴을 내민 페리스가 보였다. 황갈색 고양이 귀를 내리깐 페리스. 그 머리카락과 옷은 엉망이었고 얼굴에는 폭력이 행사된 흔적이 남아 있었다.

페리스가 도시청사를 노릴 카펠라와 맨 먼저 접촉하겠다고 강경하게 주장하던 것은 기억에 선하다. 실제로 목적은 이루어졌으니 카펠라와 대화할 수는 있었을 테지만.

"그 표정 보니 듣고 싶은 얘기는 못 들었나. 괜찮은 거냐?"

"아무렇지도 않다고 그랬잖아. ……그쪽이야말로, 그 녀석이랑 붙었는데 몸은 괜찮고?"

"미인에게 거저 치료 받는 건 매력적이지만 운 좋게 다친 곳 없이 클리어해서 말이야. 오히려 운이 나쁘다고 해야 하나?"

"알궂다, 알궂어, 농담은 그만. ——알 씨, 대죄주교는 어떻고?"

아나스타시아가 품위 없는 농담을 막고 아랫도리의 물을 짜는 알에게 캐물었다.

알도 마지막 순간까지 카펠라의 동향을 지켜보던 건 아니다. 하지만 그 좁은 지하에서 술수에 넘어가 흑룡으로 둔갑했다. 그 마당에 변화해서 도망칠 여유는 없었을 터다.

"해서 밑에 깔린 건 틀림없어. 다만……."

"그냥 죽어 줄 거란 기대는 해 봤자 헛수고야. ……아나스타시아 님의 마법으로 얼굴이 날아갔어도 팔팔했을 정도니."

"마법……?"

카펠라의 비정상적인 생명력에 관해서는 알도 같은 의견이다. 목과 심장, 끝내는 몸을 산산조각 내도 부활할 지경이니 어떻게 죽이느냐 고민하는 것도 허황스럽다.

그런데 알은 카펠라의 특이성보다 이어진 말에 반응했다.

"근디 페리스 씨의 공격은 먹히던 것 같드라. 그 꽃으로 변한 팔을 시들게 한 사람은 페리스 씨 아이가? 패를 감춰 두다니 사람이 엉큼하데이."

"……엉큼한 걸로 따지면 아나스타시아 님도 그렇죠. 못 싸운다고 말씀하셔 놓고."

눈길을 피한 페리스의 중얼거림은 『색욕』을 요격하기 전의 대화에 기인한 것이었다.

당연하지만 카펠라를 기습하기에 앞서 각자 전력을 확인하는 건 필수였다. 거기서, 저마다 무엇을 할 수 있는지 자기 신고한 다음에 짜낸 작전의 결정타가 도시청사의 붕괴였다.

물론, 전원이 모종의 패를 감춘다는 전제가 있는 협력 관계였지만——.

"——이거, 뭐하는 기고?"

별안간 아나스타시아의 가라앉은 목소리가 나오고, 페리스가 갑작스러운 광경에 숨을 집어삼켰다. 부릅뜬 노란 눈이 바라보는 앞에서 알이 강한 적의가 담긴 청룡도를 아나스타시아에게 겨누고 있었다.

"자, 잠깐 뭐야?! 무슨……."

"조용히 해, 형냐. 그리고 내 뒤로 와. 그 녀석에게서 떨어져."

알이 동요하는 페리스에게 말하고 물이 뚝뚝 떨어지는 턱으로 자기 등 뒤를 가리켰다.

하지만 페리스는 움직이지 않았다. 그 모습에 알은 혀를 찼다.

"장난이라믄 몬 웃것는디, 알 씨, 와 이러노?"

"왜고 자시고 없어. 마법이란 패를 숨겨 둔 게 이적행위…… 그까짓 건 신경 안 써. 그 소리 하면 자기 얼굴에 침 뱉는 꼴이니까."

"그라믄 와 내한티 무기 겨누나?"

"——아나스타시아 호신이 불가능할 짓을 했기 때문이다. 도대체 넌 무슨 꿍꿍이지?"

알의 목소리가 한 단계 낮아지고 여유 서린 아나스타시아의 표정에서 감정이 사라졌다. 양측에 일촉즉발을 면할 수 없는 분위기가 감돌고——.

"그만 좀 해! 싸움이 끝난 지 얼마나 됐다고, 이게 대체 뭐야!"

홀로 상황에 못 따라가던 페리스가 그때 폭발했다. 그는 곧장 두 사람 사이에 끼어들더니 알의 청룡도 끝부분을 자신의 판판한 가슴에 대었다.

"야, 야. 뭔 생각이야. 이거 장난하는 거 아니다."

"그쪽이야말로 이게 장난인 줄 알아? 지금, 같은 편끼리 옥신각신할 때가 아닌 거 몰라?! 아직 다들 싸우는 중이야!"

"————."

"그 『색욕』도 건물 아래 깔아뭉갤 정도론 못 쓰러프릴지도 모르는데! 이런 곳에서 싸움질할 여유는……!"

"아, 알았어! 알았으니까, 위험한 짓 하지 마!"

고함치면서 페리스가 한 걸음 앞으로 나섰다. 그 즉시 청룡도 칼끝이 그의 밋밋한 가슴팍을 찢는 감촉에 알은 바로 무기를 거둘 수밖에 없었다.

"귀여운 얼굴로 협박 한 번……."

"누가 아이다카나. 페리스 씨는 참, 생각보다 남자스러버서 깜짝 놀라굿다."

무기를 내린 알의 말에 아나스타시아가 상황에 안 맞는 감탄과 함께 끄덕였다. 그 모습에 페리스는 고운 눈썹을 세우고 한마디 했다.

"아나스타시아 님도 당사자니까 더 진지하게……."

"──뭐야. 분위기만 잡고 서로 안 죽일 거예요?"

그 목소리가 들린 순간, 세 사람이 잽싸게 수로 쪽으로 고개를 돌렸다.

알이 기어오른 수로, 세 사람이 선 곳과 반대쪽 길에서 목소리가 들렸다. 그쪽에 시력을 집중하다가 깨달았다. ──지저분한 골목에 무수히 떠오른 붉은 광점.

손바닥보다 작은 쥐다. 흔한 종류에 한 마리 한 마리는 아무런 위협도 되지 않을 들쥐. 그게 몇백 마리씩 골목의 어둠 속에서 꿈틀대고 있었다.

페리스의 목이 경련하며 들릴 듯 말 듯한 소리가 새어 나왔다.

페리스의 떨리는 눈이 바라보는 가운데 몇백 마리의 쥐들은 몸을 맞대며 포개졌다. 그 무리의 윤곽은 꾸물꾸물 차차 허물어지다가 끝내는 녹아들어 뒤섞이고──.

"짜짜짜잔─! 카펠라, 재등장～입니다!"

쥐 무리가 살덩이로 재구축되어 금발에 붉은 눈을 가진 귀엽고 잔학한 소녀가 현현했다. 그리고 소녀──『색욕』의 대죄주교, 카펠라 에메라다 루그니카는 갸웃하고 말했다.

"어라? 반응이 더럽게 안 좋잖아요. 사랑하는 나와 재회하는 거니까 눈물 오줌 질질 싸며 흐느끼는 게 도리 아니에요? 꺄하하하핫!"

혐오감을 유발하는 카랑카랑한 웃음소리가 달밤에 시끄럽게 울려 퍼졌다.

수로를 사이에 두고 반대쪽 길에서 요란하게 웃는 카펠라. 그 몸 전부에 상처라곤 하나도 없었다. 당당하게 건재한 모습에 알은 "하." 하고 숨을 내뱉었다.

"……죽였을 거라 생각한 적은 없지만, 노 대미지란 건 속이 쓰린데."

"아니, 아니, 아뇨오? 꽤 분발했다고 봐야 될걸요? 아무리 나라도 죽음을 각오……라니, 그럴 리가 없죠! 가슴은 설레었답니다?"

말하던 카펠라가 가슴에 손을 짚고서 "왜냐하면." 하고 말을 이었다.

"그토록 열렬하게 내 생각을 해 주고 있으니 당연하잖아요."

"스토커 심리는 진짜로 감당이 안 돼……."

맹목적이고 병적인 연애병자 발언에 알은 한 번 내렸던 청룡도를 다시 들었다.

이렇게 알 일행 앞에서 모습을 드러낸 상황이다. 당연히 상황을 재정비해 공격을 시도해 올 것이다. ──솔직히 죽이러 오는 거라면 그나마 낫다.

만약 도시청사의 피해자처럼 모습이 변형되었다간 최악이다.

"영역은 풀었고, 저 녀석의 권능은 나랑 상성이 최악인데……."

하다못해 동전의 앞뒷면이 반대였더라면 그나마 방도가 있었겠지만──.

"좌우간 붙어 볼 수밖에 없지. 이봐, 이번에는 꿍쳐 두지 말고 하자고. 안 그러면 세 사람 다 죽거나 커다란 파리가 되는 신세밖에……."

"아—, 넵넵. 지레짐작 하지 말아 주실래요? 그렇게 상황 파악 못 하는 어리석은 너희가 사랑스럽지만, 난 오늘 이만 물러날 거 거든요."

"……뭐?"

대비하는 알에게 카펠라가 손바닥을 내밀고 혀를 내밀면서 선언했다. 그 말뜻을 이해 못 한 알의 괴상한 목소리에 카펠라는 "그—러—니—까—." 하고 말을 이었다.

"더 안 한다고요. 얼추? 내가 하고 싶은 일은 끝내서리? 귀엽고 귀여운 너희 낯짝도 기억했고요? 무엇보다……."

"『복음서』가, 그렇게 지시했다?"

"지시라고 하면 내가 책 말대로 놀아나는 것 같아서 마음에 안 들지만요."

발언을 가로막은 아나스타시아의 말에 카펠라가 불쾌하단 듯 노려보았다.

카펠라가 슬쩍 왼팔을 들자, 그 하얀 팔의 위쪽에서 뭔가 불뚝 튀어나왔다. 그 팔에서 천천히 책이 한 권, 『복음서』가 솟아 나왔다.

"……편리한 수납공간이군."

"갖고 싶어요? 나랑 너의 귀여운 아기라면 체질이 유전되어도 이상하지 않을지도 모르겠네요. 아, 근데 안 되겠다. 네 사랑은 내 것. 나 외의 상대를 사랑하다간 나 샘나서 죽어 버릴지도."

무의미한 가정을 떠들면서 카펠라는 체내에 있던 『복음서』를 만지작거렸다. 그리고 검은 표지의 책에 볼을 문지르며 말한다.

"어디까지나 책은 판단 조건일 뿐. 행동 선택의 자유는 내게 있지. 그러니까 너희를 사랑스러워하는 내 마음도 진짜. 그 부분, 착각하지 말아 줄래요? 순애라고."

"큭! 순애는 무슨…… 네 말 따위 한마디라도 믿을까 봐……!"

카펠라의 도발적인 태도에 페리스가 얼굴을 붉히며 반발했다. 바로 수로를 뛰어넘어 멱살을 잡으려 들 것만 같은 서슬이었다. 그런 그의 어깨를 아나스타시아가 잡았다.

"심정은 이해한다 안 카나. 근디 침착하그라. 지금, 상대를 자극하다간……."

"차라리…… 저것을 죽이면, 그러면 크루쉬 님의 몸도……."

"자기도 알면서 희망과 환상을 착각하는 건 바보나 하는 짓이죠? 나랑 용의 피는 딴 문제! 내가 죽어도 피는 안 사라진다고!"

"으──."

"그래도 나를 쫓고 싶다면 별수 없네요."

세게 이를 깨문 페리스를 쳐다보며 웃던 카펠라가 가슴 앞에서 손뼉을 쳤다. 메마른 소리가 밤에 울려 퍼지고 한 박자 늦게 거리에 변화가 발생했다.

"……진짜냐."

그 변화의 정체를 알아챈 알이 고개를 둘러보다가 넌더리 난다는 듯 중얼거렸다. 페리스와 아나스타시아도 같은 것을 눈치채고 각자 얼굴이 굳었다.

──흉악한 기척이 축축한 소리와 금속이 벽에 스치는 소리를 연주하며 주위를 둘러쌌다.

"──아수."

"흐응? 그게 뭐야. 나쁘지 않은 이름이잖아요. 어중간하게 추하고, 살아 있으면서 죽어 있단 점에서 좋아. 작명자는 해학이란 걸 좀 아나 보네요."

모여드는 위험한 기척이 슬금슬금 세 사람과 카펠라 사이에 끼어들었다. 모습을 드러낸 아수는 머리 대신에 도검이, 앞발 대신에 도끼가, 하반신 대신에 방패가 각각 육체 일부로서 조합된 부자연스럽기 그지없는 생명이었다.

"……너, 어떻게 이런 짓을 할 수 있어?"

페리스가 나직하게, 직전에 보인 격정이 식은 음성으로 중얼거렸다. 그 동그랗고 노란 눈은 아수를 바라보며 참기 어려운 감정에 젖어 있었다.

그 감정의 정체는 연민, 동정심, 그리고 비애의 마음──. 아수라는 존재에 대한 슬픔이었다.

"어떻게, 이렇게 잔혹한 짓을……!"

"어떻게 이런 짓을 하느냐고요. 그래……."

페리스의 물음에 카펠라가 가는 손가락으로 살며시 턱을 만졌다. 그리고 골똘히 생각에 잠겨 사색에 빠졌다가 천천히 곱씹듯이 끄덕이고는 말했다.

"──시체 가지고 놀지 말라고, 못 배워서 그런가 본데?"

"이──."

"멍청아! 도발에 넘어가지 마!"

사악한 웃음을 지은 카펠라의 말에 튀어나가려던 페리스를 알이 제지했다. 알은 청룡도를 든 팔로 호리호리한 몸을 막고 아나스타시아를 돌아보며 말했다.

"지금은 도망친다! 손 잡아끌고 달려! 내가 궁둥이 봐 주마!"

"알았데이! 이리 온나!"

지시를 받은 아나스타시아가 페리스의 팔을 끌고 달리기 시작했다. 팔이 잡아끌리는 페리스도 저항하려 하지는 않았다. 그저 분하게 입술만 깨물고 발을 놀렸다.

그렇게 도망치는 등을 쫓아가는 아수를 알이 청룡도로 베어 버리고 외쳤다.

"염병할!"

"자아, 자, 자아, 자, 줄행랑치셔야지! 팍팍 안 하면 시체가 늘어! 시체가 늘면 아수가 늘고! 얘들아, 정신 바짝 차리고 왕창 죽여 줄래? 꺄하하하핫!"

도망치는 등에 가가대소를 던지는 카펠라의 끔찍한 모습이 어둠 속으로 녹아들었다. 알은 그 광경을 시야 한구석으로 포착했으나 그렇다고 쫓을 수도 없이 이만 갈았다.

패배감만이 남고, 그 패배감조차 절박감에 덧칠되어 하염없이 달린다.

"꺄하하하하하핫――."

――하염없이, 달렸다.

제3장 『전사의 칭찬』

1

——『여덟팔』 쿠르강의 이름은 볼라키아 제국의 전설이다.

본디 실력주의를 표방하는 볼라키아 제국에는 다른 나라와 비교해 아인족(亞人族)의 지위가 확고했다. 그것은 아인 차별의식이 뿌리 깊은 루그니카 왕국이나, 다른 곳에서 온 존재를 배척하는 구스테코 성왕국, 역사가 짧은 카라라기 도시국가와는 다른 국가의 모습이었다.

인간족과 비교해 아인족은 종족적으로 마나 적성이 높다. 그 때문에 아인족에는 일상적으로 마법을 쓰는 자가 많았지만, 다완족은 예외적으로 그 적성의 혜택을 입지 못했다.

다완족의 특성은 그 이름대로 세 개 이상의 팔을 가진 것이다. 한눈에 다른 존재임을 알 수 있는 그 외견과 아인족 중에서도 극히 빈약한 마법 적성—— 그 사항 때문에 다완족은 오래도록 열등 종족으로 대접받으며 불우한 시대를 보내왔다.

그 다완족의 처지를 근본부터 바꾼 것이 다름 아닌 『여덟팔』 쿠르강이다.

쿠르강은 그 출생 때부터 다른 다완족과는 일선을 긋고 있었다. 다완족의 팔 개수에는 개체차가 있으며 평균적으로 네 개에서 다섯 개의 팔을 가진 자가 많다. 그런 가운데, 여덟 개나 되는 팔을 가지고 태어난 쿠르강은 이색적인 존재이며 남다른 시선을 받는 입장이었다.

쿠르강의 특별성은 팔의 개수에만 그치지 않았다. 오래도록 열등 종족으로서 대접받던 다완족은 온화하며 싸움을 피하는 기질을 가진 인물이 다수를 차지하고 있었다.

그중에서 쿠르강만은 끝없는 투쟁심을 내면에 품고 항상 투쟁을 갈망했다.

쿠르강이 간직하던 투쟁심을 폭발시킬 계기를 얻은 것은 스무 살 무렵이었다.

다완족은 고향이 없이 각지를 전전하는 유랑 민족이다. 옛 시절에 분쟁 때문에 고향을 잃은 것이 원인이라지만, 그 사실 자체는 쿠르강과 아무 관계가 없다.

중요한 것은 어느 날 다완족과 이주처의 영주 사이에 분쟁이 발생했으며, 그 부족 내에 젊은 시절의 쿠르강이 있었다는 사실이다.

영주는 추한 열등 종족의 퇴거를 바라고 자랑하는 병사를 부족에 보냈다. 그리고 쿠르강은 자신의 여덟 팔을 휘둘러 그들을 몰살하고 반대로 영주 저택까지 쳐들어간 것이다.

야만족의 역습에 영주는 새파랗게 질렸지만 쿠르강은 거기서 여덟 팔을 내렸다.

그리고 그는 자신과 다완족의 힘을 증명했다고 큰소리치며 그대로 영주의 사병 자리를 꿰어찬 것이다. 그 뒤로 무수한 전장에서 무훈을 세워 『여덟팔』의 이름은 전설이 되었다.

그리하여 그는 철혈의 제국주의를 체현하는 자로서 제국무쌍의 영웅이 된 것이다.

굉음이 울부짖고 귀식도의 일격을 방패로 막은 가필이 날아갔다.

따라붙는 충격이 온몸을 꿰뚫어 생명이 백열하는 감각 속에서 가필은 사지를 지면에 디뎠다. 튕겨난 기세를 억지로 제동을 걸고 앞을 본다. 눈앞에 귀식도의 칼끝이 육박했다.

──판단은 일순. 행동은 찰나. 결과는 직후다.

"흐으으으아아앗!"

포석에 꽂은 두 팔을 들어 올려 지면을 뒤집어서 후려쳤다. 귀식도의 칼끝이 급조한 벽을 쳐부수며 1초의 정체도 없이 가필의 안면에 들어갔다.

부러지는 소리가 거세게 울리고 직격을 맞은 가필이 밀려났다. 버티고 선 발꿈치가 지면을 호쾌하게 파헤치며 부러진 이빨이 두 개 포석 위로 튀었다.

"얄보지, 말라고 자식아!"

포효하는 가필의 이가 귀식도의 찌르기를 말 그대로 물고 늘어졌다.

송곳니가 부러지고 찢어진 입 끝에서 대량 출혈. 하지만 가필은 망설이지 않았다.

목의 근력과 턱의 힘이 치솟으며 쿠르강의 완력에 온몸으로 팽팽히 맞섰다. 물어뜯은 귀식도의 칼자루가 다른 팔에 잡혀 이를 떼어내려고 했다. 빼게 놔두지 않는다.

가필의 상반신이 커지며 또다시 반수화가 진행되고 전설의 도검을 물어 부수었다.

귀식도의 붕괴에 쿠르강의 거체가 크게 흔들렸다. ──진정한, 호기.

판단은 한순간. 행동은 찰나. 결과는 언제나 직후다.

"────."

내지른 짐승 발톱이 쿠르강을 잡아채고 거구의 발바닥을 『지령의 가호』가 튕겨냈다. 대호로 변신한 가필의 질량이 투신에 충돌해 둘 다 등 뒤의 수로로 엎치락뒤치락하며 떨어졌다.

두 사람은 세찬 물소리와 함께 수로를 유혈로 붉게 물들이면서 수중에서 치고받았다.

물의 저항. 깜깜한 물속. 서로 상대의 존재를 직감에 의지하며 끌어당겨 때리고, 때리고, 때린다.

거대한 주먹에 내장이 찌부러지고 격통에 신음하는 폐에서 산소가 쥐여 짜였다. 아픔은 더 거세지고 막히는 숨은 더욱 괴로워지며 악화 일로를 걷는 수중 전투가 계속 이어졌다.

"큽──."

한 호흡, 모자란다. 숨이 막혀 산소가 부족한 뇌가 기능부전을 일으켰다.

산 사람에게는 산소가 필요하다. 송장인간에게는 그럴 필요가 없다. 그 유불리가 반영되어 명암이 뚜렷하게 갈렸다. 수면에 얼굴을 내밀 수 없다. 물 흐름이 거세다. 밀려 쓸려간다.

이대로, 승패가──.

"──────."

소리가 전달되기 어려운 물속에서 육중한 소리가 고막을 때렸다.

검고 탁한 수중 속에서, 멀어지려던 의식을 되돌린 가필은 보았다. 귀식도가 수로의 벽면을, 바닥을 깎는 모습을. 투신의 일격이 도시의 생명선을 치명적으로 끊어내는 모습을.

그 행동의 진의를 확인할 시간도 산소도 없다.

다음 순간, 가필은 어마어마한 흐름에 몸을 가누지 못하며 속수무책으로 삼켜졌다. 몸은 기세 따라 흐르고, 흐르다가, 느닷없이 수중에서 해방되었다.

"푸앗! 콜록, 커헉!"

부자유스러운 물의 감옥에서 빠져나온 가필이 삼킨 물을 세차게 토해냈다. 눈에서나 코에서나 귀에서나, 거의 안면 모든 구멍에서 물을 배출했다.

머리를 내젓고 물살을 갈랐다. 무슨 일이 일어났는지 고개를 들어 주위를 둘러보려다가.

그러다가.

"──고저스 타이거?"

지하에 물이 흘러드는 소리에 섞여 자신을 부르는 힘없는 목소리를 들었다.

2

그 목소리가 들린 순간, 가필의 의식은 크게 흔들렸다.

기침과 함께 대량으로 삼킨 물을 토해내고 산소 부족으로 고장
난 머리를 움직였다.

어둑하고 공기가 차가운 지하 공간이었다.

단단한 석조의 바닥을 대량으로 흘러드는 물이 적시고 있었다.
등 뒤의 벽에 난 큰 구멍에서 탁류가 방에 밀려들어 혼탁한 공기
를 울리는 걸 알 수 있었다.

시선을 느꼈다. 불안, 경계, 공포, 반골심, 갖가지 감정이 뒤섞
인 시선을.

그 정보들로 가필은 이곳이 도시의 피난소 중 한 곳임을 알아챘
다. 떨어진 수로가 이 피난소에 인접해 있었기에 깨진 벽을 통해
이리로 흘러든 것이라고.

거기까지 생각하던 가필은 몽롱하던 의식을 후려갈겼다.

거세게 다투며 자신과 생명을 서로 갉아먹던 거구의 모습을 주
위에서 찾다가——.

"——아."

그 순간, 녹색 눈이 촉촉이 젖은 금빛 머리의 어린 소년과 눈길
이 얽혔다.

본 적이 있는 얼굴. 가슴이 옥죄고 마음이 비명을 지르는 기억 결

에 있는 얼굴. 일방적으로 재회한 가필의 어머니와 연결된 소년.

자신이 있고 싶던 장소에 들어가 어머니의 대가 없는 사랑을 받은, 남동생──.

"큭──?!"

또다시 쓸데없는 감상에 마음이 사로잡힌 직후, 바로 옆에서 거센 물보라가 터졌다.

얕은 수면을 폭발시키며 여덟 팔의 아수라가 일어났다. 그리고 거구는 우두커니 선 가필에게 쳐든 주먹을 가차 없이 내리찍었다.

찰나만큼 늦은 반응이 치명적이었다. 한순간의 방심이 한 합의 호기를 상대에게 양도했다.

『여덟팔』의 쿠르강은 그 한 합으로 여덟 타격을 가필에게 꽂아 넣었다.

하나, 둘은 막았지만 남은 여섯 타격을 막을 수 없다.

강타당한 얼굴이 옆으로 튀어나가고 두 방의 타격에 발이 뜨더니, 거듭된 권타가 그 몸을 내리찍어 수면에 떨어진 머리가 주먹질에 찌부러졌다. 수중에 잠긴 안면이 바닥과 격돌해 코와 이빨이 심대한 피해를 입고 터져 나온 코피와 토혈이 물을 새빨갛게 물들였다.

"꾸릅…… 크아아아아아!"

일어나 포효했다. 가필이 핏줄기를 길게 끌며 정면의 투신에게로 뛰어들었다. 주먹을 쳐들고 찢어지는 기합성으로 지하의 공기를 때려 부수면서.

쌍방의 주먹이 교차했다. 목을 기울여 얼굴 옆을 지나는 주먹에 이를 그었다. 상대의 손목부터 팔꿈치까지 단숨에 찢어발긴 가필은 계속해서 오른쪽 발톱으로 거구의 가슴팍을 갈랐다.

예리하게 베인 자국이 피를 뿜고 투신의 육체에 얕지 않은 상처가 새겨졌다.

하지만 『여덟팔』의 공격은 앞으로 일곱 번 더 이어진다. 가필은 그 전부에 온몸을 구사해 회피 행동을 취해야만 한다.

한 번 부딪칠 때마다 자신의 한 번에 여덟 번의 공격이 엄습한다.

압도적인 불리함, 압도적인 물량의 차이, 압도적인 전력의 차이. 그것이 가슴에 불을 지핀다——.

"오, 오오오오——!"

다가들고, 다가들고, 다가들고, 다가들고, 다가들고, 다가들고, 다가든다——.

막고, 걷고, 피하고, 흘리고, 기어들고, 튕기고, 부딪힌다——.

주먹과 주먹이 격돌해 발생한 충격파가 발밑에 깔린 물을 날려버렸다. 살과 살이 부딪치는 것 같지 않은 굉음이 울려 퍼진 직후에 양측의 몸이 뒤로 튕겨 날아갔다.

맹호와 투신이 물보라를 요란하게 튀기면서 공중제비를 돌다가 나동그라졌다.

"————."

하지만 서로 눈은 떼지 않았다. 벽에 등을 기댄 쿠르강도, 수면을 물어뜯으며 전투태세를 풀지 않는 가필도 싸움 속에 온 정신을 기울이고 있었다.

가필이 물속, 발바닥에 『지령의 가호』의 힘을 발동하자 밟고 있던 바닥이 사각으로 절단되어 부상했다. 그 즉시 지하에 흘러들던 물이 그 구멍으로 빨려 들어갔다.

 수위가 쭉쭉 내려간다. 그러나 여전히 벽의 구멍에서는 홍수처럼 물이 흘러들고——.

 "———."

 그 구멍이 귀식도를 뽑은 쿠르강의 일격에 막혔다. 부서진 천장의 파편이 벽의 구멍을 메워 유입하는 물을 거칠게 틀어막았다.

 구멍이 막히고 배수가 이루어져 발목까지 차오르던 물의 장애가 제거되었다.

 "———."

 두 전사는 침묵한 채로 발판을 확보하고 처음 위치로 돌아가 마주 보았다.

 은빛 방패를 장착한 주먹과 세 자루의 귀식도가 올라왔다.

 서로 짠 것은 아니다. 그래도 이것은 결투였다.

 볼라키아의 영웅 『여덟팔』 쿠르강과 일개 전사인 가필의 결투.

 ——엉뚱한 감상이지만, 가필은 이 상황에 마음이 탁 트였다.

 라인하르트 앞에서 뒷걸음질을 치고, 재회한 어머니와의 시간은 기억과 함께 봉인되고, 자신을 감싼 마음씨 착한 소녀의 원수를 남에게 양보하고, 적의 의도에 놀아나 아군을 위험에 처하게 했다.

 무력감과 상실감이, 자신의 손아귀에서 많은 것을 앗아가는 상황을 그저 보고만 있었다.

이 이틀간, 가필은 홀랑 벗겨진 자신의 약한 마음에 수없이 고뇌했다.

──닳아서 쪼그라든 영혼에 불을 지핀 것이 쿠르강이었다.

볼라키아의 영웅. 투신. 『여덟팔』. 수많은 별명이 그를 가리킨다.

그 최강의 적이 귀식도를 들고 지금 가필과 대치하고 있었다.

그것이 가필에게 얼마나 큰 의미가 있었던가.

『여덟팔』의 쿠르강이 귀식도를 드는 것이, 전사에게 얼마나 영광된 일이던가.

전투 도중, 엎치락뒤치락하며 수로에 떨어진 가필은 수중에서 의식이 몽롱했었다.

비술로 되살아난 망자인 쿠르강은 호흡할 필요가 없고, 단지 결판이 나기만을 기다릴 뿐이라면 가필이 익사하기를 지켜만 봐도 되었으리라.

하지만 투신은 수로의 벽을 부수어 피난소로 가는 길을 터서 가필을 살렸다.

무엇 때문에, 그리 했는가.

"……처음은, 또 온정이나 받아먹었나 싶었다고."

당초의 쿠르강은 각오가 흔들리는 가필을 결코 전사로 인정하지 않았다.

때리려 드는 아이를 내치고 흐느끼는 상대를 걷어차는 건 전사가 할 행동이 아니다. 따라서 쿠르강은 충동에 몸을 내맡긴 가필을 오로지 멀리하기만 했다.

하지만 지금은 다르다. ──일어나서 방패를 든 가필은 전사였다.

 전설에 이름이 오른 귀식도를 들고 그 온몸에 투기를 뿜는 『여덟팔』의 모습이 있다. 지금 대치한 이 모습에서 자비와 연민을 느낄 수 있을까? 결단코 아니다.

 쿠르강은 원하고 있다. 원해 주고 있다. 가필과, 전사로서 결판을 내기를.

 ──전사와 전사의 싸움은 서로가 가진 일격으로 결판낼 뿐이라고.

 "야, 자식들아…… 언제까지 멀뚱히 보고 있을래?"

 가필이 마주한 전사가 아니라 멀찍이서 둘러싼 사람들에게 물었다.

 도망쳐 들어온 피난소에서 가필과 쿠르강의 난입을 당한 피난민들이다.

 만약 가필이 쓰러지면 쿠르강과 싸울 수 있는 자가 있을 턱이 없다. 이 투신이 싸울 수 없는 자를 뿌리 뽑을 거라고 여기긴 어렵지만, 그건 저들이 모를 속사정이다.

 그렇기에 저들은 자기 몸을 지키는 것을 가장 우선해야 마땅하며──.

 "──고저스 타이거!"

 "아앙……?"

이곳에서 떠나라는 의사를 담은 가필의 말에 새된 목소리가 대꾸했다.

의아하게 눈썹을 모은 가필을 그렇게 부른 사람은 이 자리에 있는 이들 가운데 단 한 명—— 소년은 눈에 눈물이 고인 채 붉어진 얼굴로 자신의 옷자락을 꽉 잡고 있었다.

그리고 자신을 쳐다보는 가필의 녹색 눈을 같은 색의 눈으로 마주 보며 반복했다.

"고저스 타이거!"

"야, 꼬마…… 너, 무슨……."

"고, 고저스 타이거!"

곤혹스러워하는 가필에게 소년이 떨리는 목소리로 계속 외쳤다.

그 외에 감정을 표현할 방법을 모르겠다는 듯이 그 이름을 드높이 외쳤다.

——고저스 타이거.

그것은 황금 호랑이의 이름이다. 가필 틴젤이 동경하는, 최강의 호랑이가 가진 이름이다.

왜, 지금, 그 이름을 부르는가. 도대체 자신에게 무슨 말을 하고 싶은가.

얼굴이 벌게진 소년의 뺨에 뜨거운 눈물이 흘렀다.

외치는 소년의 목소리를 지하에 있는 전원이 듣고 있었다. 그렇기에 그 목소리에 담긴, 말로 표현 못 할 격정은 전원에게 전해졌다. 전파된다.

"잔말 말고, 도망치기나 하라고……."

"고저스 타이거!"

가필의 한숨이 황금 호랑이를 부르는 목소리에 덧씌워졌다.

외치는 소년을 등 뒤에서 같은 금빛 머리의 소녀가 껴안았다. 소년의 누나다. 동생을 지키듯 껴안은 채 떨리는 녹색 눈이 가필을 바라보고 있었다.

입술이 달싹거렸다. 말이 안 되는 목소리가, 황금 호랑이를 부르고 있었다.

"이겨 줘!"

소년도, 소녀도, 물론 가필도 아니다.

지하에 있던 남자 중 한 명이 주먹을 움켜쥐고 소리를 지르고 있었다.

"아니, 그러니까 도망치라고……."

"싸워서. 이겨!"

"지지 마!"

"보, 보고만 있을 수밖에 없지만…… 그래도!"

아연했다.

피난을 종용하는 가필의 목소리, 그 전부가 다른 목소리에 덮어씌워졌다.

정신이 들고 보니 소년의 한마디에서 비롯된 열기는 지하에 있던 모든 사람에게 전파되어 가필과 쿠르강의 결투를 둘러싼 사람들은 아무도 도망치지 않았다.

전원, 열에 들떠 있다. 상식적으로 생각해 이 자리에 남는 것이 어디가 옳단 말인가.

아무 의미도 없는 오기와 신념이 자기 자신을 희생할지도 모르는 결론으로 그들을 이끌었다.

"대장…… 역시, 연설의 약발이 너무 셌다고."

가필은 저도 모르게 갈라진 목소리로 중얼거렸다.

나츠키 스바루가 도시 전역에 전한 말이 떠올라 어깨에서 힘이 툭 빠졌다.

스바루의 약함이라는 강함이 도시 사람들에게 확고한 열을 지핀, 그 결실이 보였다.

연기만 오르던 불씨가 가슴속에서 열로 변해 기회를 얻으면 타오르기 마련.

그들에게 그 기회가, 지금 이 순간이었던 것처럼.

가필에게 그 순간이, 지금 이때였던 것처럼.

"──고저스 타이거!"

성원이 그치지 않았다.

솔선해서 황금 호랑이를 부르는, 모르는 새에 태어나 있었던 가필의 남동생.

그 남동생을 뒤에서 껴안는 사람이, 역시 모르는 새에 태어나 있었던 가필의 여동생이다.

두 동생이 가필을 보고 있다.

기억을 잃은 어머니를 받아들여 준 도시, 그 주민이 가필을 보고 있다.

"결투할 때……. 맞짱 뜨는데 너무 소란스럽잖아."

"────."

"진짜 미안하다. 댁에겐 민폐만 끼치고 앉았어. 특히 제일 시끄러운 쟤네, 이 어르신의 동생들이야. 나중에 똑바로 타일러 둘게."

"————."

말없는 투신의 자세가 전의를 띠고 말보다 명확한 답을 들이밀었다.

가필은 움켜쥔 주먹을 끌어당겨 장착한 방패를 세게 맞부딪치고, 이를 드러내며 웃었다.

"『초 최강의 방패』…… 아니."

"————."

"——『고저스 타이거』, 가필 틴젤."

전사 간의 결투, 그 개막을 고하는 통성명.

가필이 선언해도 쿠르강의 목소리는 없다. 투신은 그저 말없이 귀식도를 서로 마찰해 도전자에게 최대한의 전의를 표명했다.

그것만으로도 충분했다.

"카, 아아아아아아——!"

발을 박차 바닥을 터트리며 가필과 쿠르강의 거리가 찰나 만에 사라졌다.

공격이 임박한 순간, 귀식도를 뿌린 공간이 살해당하고 육박한 칼날이 생명을 위협하는 감각이 직감을 찔렀다.

——한 합에 대해 여덟 수, 여덟 수에 대해 한 수.

가필과 쿠르강의 공격수 차이. 그것은 아득히 먼 정상 위에 있는 목표나 다름없다.

하지만 그래도 손을 뻗어야만 닿는 법. 따라서 도전한다. 온 마음을 걸고.

"_____."

몸통을 노리며 옆으로 친 일격을, 가필은 쳐든 다리를 수직으로 내리찍어 짓뭉갰다. 발꿈치가 귀식도의 칼등을 밟고 두꺼운 칼날이 돌바닥에 직격, 굉음이 도시를 꿰뚫었다.

우선 한 수, 하지만 안도할 겨를은 없다.

짓밟은 귀식도가 바닥에 박힘과 동시에 호를 그리는 두 번째 칼이 왼쪽 어깻죽지에서 강습했다. 오른쪽 귀가 바람을 가르는 귀식도의 소리를 잡아낸 직후, 가필은 두 팔의 방패로 머리를 지켰다. 한 치의 어긋남 없이 쳐든 팔에 공격이 명중, 의식이 터졌다.

막아낸 충격에 오른팔이 팔꿈치부터 부러지고 어깨와 손목뼈도 부서졌다. 어금니를 깨물고, 앙다문 이에 금이 가는 와중에 버텼다. 이로써 두 수.

세 번째 수와 네 번째 수는 맨손으로 펼치는 타격, 이것이 동시에 날아들었다.

포탄 같은 특급 위력이 머리에 받은 충격으로 사고가 멈칫한 가필을 노렸다. 몸통과 경추, 어느 쪽이든 맞으면 치명상——.

몸통에 꽂히는 권격이 가필의 복근을 가죽 한 장 남도록 불태운다. 몸을 뒤틀어 작열이 핥는 감각을 피하고 복근 표면이 벗겨진 정도로 피해를 억눌렀다. 세 수.

회피하느라 신경을 태우면서, 안면에 짓쳐드는 일격에는 오른팔을 맞대었다. 부러지고 분쇄된 오른팔이 특급 위력을 정통으로 맞아서 원형을 잃을 만큼 찌그러졌다.

손끝부터 손목, 팔꿈치까지 찌부러지는 바람에 손목에 고정했던 방패가 날아갔다. 하지만 위력은 죽였다. 주먹에 억지로 이마를 부딪쳐 박치기로 권격을 격추, 네 번째 수를 걷어냈다.

나머지 다섯, 여섯, 일곱, 여덟. 아득하다. 너무 아득하다. 웃음이 나왔다. 부러진 이빨이 떨렸다.

"——워. 어어어어엉!"

다섯 수. 여섯 수째는 마찬가지로 맨손. 귀식도는 앞으로 한 자루, 결정타는 최후로 온존하고 있다.

어깨 뒤와 옆구리, 거기서 뻗은 두 개의 왼팔이 때리려 들었다. 방어에 돌릴 오른팔은 죽어 있다. 왼팔은 못 따라잡는다. 주저 없이 오른발로 파고들었다.

발바닥이 물보라를 날리고 대지에 의사가 전해졌다. 때로 힘을 길어 올리고, 때로 뜻대로 움직이며, 그리고 지금 또한 『지령의 가호』의 힘을 빌린다——.

발판이 들썩이며 쿠르강의 발꿈치가 떠올랐다.

그러나 투신은 그 용기를 잠깐의 정체도 없이 짓밟아 눌렀다. 털끝만 한 망설임, 요동도 없었다. 하지만 집중하느라 찰나 같은 빈틈이 발생했고 가필이 그 틈으로 끼어들었다.

다리를 들고 몸을 뒤틀어 두 타격의 자그마한 틈새로 머리를 집어넣었다. 그대로 치명적인 폭풍의 틈을 지나 필살과 필살의 간격을 빠져나갔다.

발을 디딘 순간, 가필은 자신의 판단에 전율했다.

뭐 때문에 가능하다고 판단했는지도 모르겠다. 사고와 결단 사이가 존재하지 않는 초 단위 이하에서 이루어진 행동. 뇌가 탄다. 마음이 타오른다. 생명이 불을 뿜고 있었다.

다섯 번째 수, 여섯 번째 수의 봉쇄. 그리고 일곱 번째 수와 여덟 번째 수가──.

"────."

가필의 온몸에 난 털이 오싹 곤두섰다.

여섯 번째 수까지 빗나간 쿠르강이 가필을 처리하기 위해 치고 나왔다.

──일곱 번째, 뛰어넘어 마지막 여덟 번째 수가 온다.

한 수 내버리고 귀식도가 어깨에 올라탔다.

오른팔이 귀식도의 칼자루를 잡고 오른쪽 어깨의 팔이 귀식도의 칼날을 바이스 같은 힘으로 쥐었다. 지상에서 가필을 요격하는 데 써먹은, 초월급 참격이 준비된다.

목숨 걸고 막은 여섯 수가 존재감을 잃을 만한 일격에 육편으로 변한 자신의 환상이 선명히 떠올랐다.

회피는 불가능, 요격은 무모. ──선택지는 하나뿐, 방어.

이 순간의 세계에서 지금도 목소리가 들린다. 두 동생과 사람들이 소리를 높이고 있다.

──판단은 일순. 행동은 찰나. 결과는 직후다.

귀식도가 뻗어 나온 순간, 가필은 세계에서 완전히 분리되었다.

소리가 사라지며 색이 없어지고 시야에서 쓸데없는 존재가 모조리 날아갔다. 극한의 집중. 가필의 의식에 남은 것은 쿠르강의 존재뿐이다.

비정상적으로 완만한 움직이며, 귀식도가 가필에게 내리꽂혔다.

그 칼을 막아내려는 자신의 동작도 느릿하다.

답답하게 정체된 세계에서 가필이 할 수 있는 건 어금니를 꽉 깨무는 것뿐.

──아니, 추억에 잠길 시간은 있었다.

"————."

스바루가 보였다. 람이 보였다. 미미가 보이고, 프레데리카가 보이고, 류즈가 떠오르며, 에밀리아가 있었고, 오토가 나왔으며, 로즈월 자식이 나타나고, 베아트리스와 페트라와 『성역』의 모두가, 그리고 어머니 리시아와 두 동생이 보였다.

『성역』의 싸움에서 가필은 자신의 약한 모습을 깨달았다.

세상 넓은 걸 알게 되고 라인하르트를 두려워한 순간, 가필은 자신이 『성역』을 나오기 전보다 약해진 게 아닐까 착각했다.

예전보다 많은 것을 떠안은 결과, 예전보다 약해진 게 아니냐고.

──그럴 리가 없다.

떠안은 것의 수만큼 약해진다면, 무엇 때문에 살아간단 말인가.

그게 아니라. 떠안은 것을 지킬 수 있을 만큼 강해지자고, 그렇게 바라면 되는 것이다.

"──아아, 후련해졌다."

고민의 원인이 가슴속에서 깔끔하게 수긍되었다.

그 순간, 귀식도의 일격이 쳐든 왼팔의 방패에 직격하고 벼락이 온몸을 꿰뚫었다.

"크으읍——!"

왼팔의 방어는 귀식도의 강격 앞에서 한순간에 깨졌다.

파괴된 오른팔과 비슷하게 손목, 팔꿈치, 어깨까지 단숨에 뒤틀려 찌그러지고 으스러졌다. 격통이 시야를 새빨갛게, 사고를 새하얗게 태웠다. 입이 벌어지고 절규가 터졌다.

단말마로 착각할 절규. 귀식도의 기세는 멈추지 않는다.

왼팔을 부수고 남은 기세가 가필의 목에 육박한다. 위력은 그대로 가필을 때려잡고서 온몸을 남김없이 육편으로 바꾸기에 충분했다.

그 순간, 투신은 무슨 생각을 할 것인가. 목숨을 잃는 전사에게 자비를, 연민을 느낄 것인가.

결단코, 아니다. ——숨통을 끊을 그 순간까지 전사가 전사를 연민할 이유란 없다.

따라서——.

"————."

느닷없이 눈앞에서 피가 튀었다. 가필의 출혈이 아니다.

쿠르강의 오른팔, 마지막 귀식도를 잡은 팔에서 대량의 선혈이 터져 나왔다.

그 팔에는 한 차례 전의 격돌에서 가필이 입힌 상처가 있었다. 손목부터 팔꿈치까지, 뼈가 보일 만큼 찢어진 열상. 그 상처가 방금 일격 때문에 완전히 벌어졌다.

쿠르강의 얼굴에 놀란 기색은 없다. 고통에 신음하는 낌새도 없다.

당연하다. 그는 시체다. 통각은 산 사람을 위해서 준비된, 생명의 등불을 확인하기 위한 생명선이며 죽은 사람에게 그 기능은 필요 없다.

그렇기에 쿠르강은 불완전한 오른팔의 영향을 간과했다.

정녕 만전을 기할 거라면 마지막 일격은 건재한 왼팔로 펼쳐야 마땅했다.

그것이 승패를 갈랐다고, 단정할 수는 없지만——.

"——아."

여덟 번째 수를 극복한 가필은 피로 얼룩진 얼굴로 숨을 내뱉었다.

두 팔이 찌그러지고 피를 토한 절규에 목도 망가졌다. 정면에는 여덟 개의 팔을 전부 휘두른 자세의 쿠르강. 뭐가 있지. 뭘 할 수 있지. 팔은 움직이지 않고, 사고도 터졌는데.

팔도, 발톱도 쓸 수 없다. 그렇다면, 남아 있는 건——.

"아, 아아, 카아아아아아아——!"

포효와 함께 입을 쩍 벌리고 우두커니 선 투신의 목을 물었다.

이가 딱딱하게 두꺼운 피부를 관통하고 생명 유지에 필요한 중요기관을 송두리째 물어뜯었다. 깨문 채로 몸을 뒤틀어 이로 근육을 휘감고 짐승의 턱이 목 절반을 뜯었다.

"카, 악."

가필은 무방비하게 바닥 위로 튕기다가 물어뜯은 살점을 뱉어냈다. 욕지기하면서 고개를 뒤로 돌려 목에서 대량의 피를 흘리는 쿠르강의 뒷모습을 보았다.

두 팔이 망가지고 이가 몇 개씩 빠지고 대량으로 출혈해 반생 반사인 가필.

그 목에 치명상을 입었음에도 당당하게 서 있는 쿠르강의 저 모습을 보라. 그 모습은 몸서리 칠 만큼 고상하고 강한, 영웅호걸의 자태였다.

"_____."

이윽고 천천히, 쿠르강이 가필 쪽을 돌아보았다.

투신은 땅바닥에 가로누워 자신을 올려다보는 전사를 보며 조용히 여덟 팔로 팔짱을 끼었다.

그리고──.

"──훌륭하다."

나지막이, 묵직한 목소리가 딱 한마디로만 전사를 칭찬했다.

"아……."

뭐라 대꾸할 겨를도 없었다.

눈을 부릅뜬 가필 앞에서 쿠르강의 몸은 한순간에 허물어졌다.

거구는 모래처럼 붕괴하고 이형의 영웅은 잿더미로 변했다. 그것은 너무나 맥없는 종언, 망자를 다시금 망자로. ──그런, 무자비한 종막 그 자체였다.

"……떳떳한 최후라는, 수준이 아니잖아."

재로 사라진 투신이 떠난 광경에 가필은 얄밉다는 듯이 지껄였다.

볼썽사납게 삶에 매달리길 바란다는 생각은 안 한다. 생명의 쟁탈전, 그 결과가 지독히 메마른 형태로 찾아드는 건 당연하다.

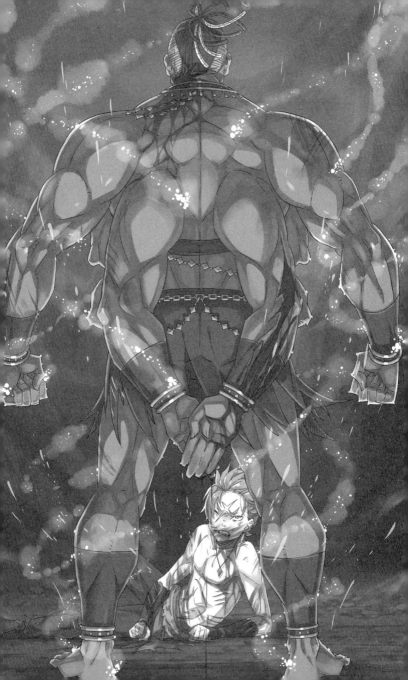

그렇기에 이것은 어설프고 풋내나는, 가필의 나약한 감상에 불과하다.

"아아, 제길…… 환장하겠네. 죽겠다……."

가필은 피를 지나치게 흘렸다고 바닥에 드러누워 길게 숨을 뱉었다.

가호의 힘으로 대지로부터 힘을 받아 긁어모은 마나로 상처를 복원한다. 일반인이라면 백 번 죽을 공방이었다. 의식을 놓으면 생명도 놓는 꼴이라고 직감이 호소했다.

그런데도 의식은 천천히, 천천히 하얀 종언 너머로——.

"고저스 타이거!"

치료에 전력을 기울이는 가필을 그 울먹이는 소리가 붙들었다.

물웅덩이를 밟고 남녀 두 동생들이 달려왔다. 다른 사람들도 달려오는 것 같은데 가필에게 보이는 건 두 사람뿐이었다.

둘 다 울 것만 같은 표정으로—— 아니, 울고 있다.

어쩔 수 없을 것이다. 문외한 눈으로 봐도 지금 가필의 상태는 심상치 않다. 전문가 눈으로 봐도 살아 있는 게 기적이란 상태다.

생사지경. 사선 위를 헤맨 결과. 현재 가필의 모습은 그러했다.

하지만 지금 이 순간만은 전사로서가 아니라——.

"……울긴, 왜, 울어."

진실을 모르는 두 동생에게, 자각했다고는 말 못 할 형이자 오빠의 얼굴로 웃어 주었다.

그 말을 들은 남동생은 딸꾹거리고, 여동생은 열화 같이 얼굴을 붉히고 소리쳤다.

"바, 바보 아냐?! 내가 와 우나! 잔말 말고 자고 있어! 바로, 바로…… 누구더러 치료사님을 불러 달라 해서……."

"그, 전에 해야, 할 일이……."

오기와 걱정을 동시에 처리하는 여동생. 물고 늘어지는 동생에게 가필이 고개를 가로젓고 피투성이 얼굴 그대로 자신의 허리춤을 뒤지려고 했다.

무리다. 팔이 뭉개져서 도저히 허리춤까지 건드릴 수 없다.

"고저스 타이거, 이거……?"

그렇게, 멀쩡히 움직이지 못하는 가필을 보다 못한 남동생이 대신에 물과 피로 젖은 허리춤에서 찾던 물건── 대화경을 끄집어내 주었다.

도시청사에서 출발하기 전에 고전이 예상되던 가필 일행이 건네받은 물건이다.

『색욕』은 제어탑에 대기하고 있지 않았다. ──그렇다면, 녀석이 어디로 갔을까.

"전해야, 해……."

"내, 내가 해 줄게!"

다 죽어가는 가필의 말을 듣고 남동생의 손에서 대화경을 빼앗은 누나가 『미티어』를 기동했다. 뿌옇게 옅은 빛이 거울면에 깃들고 쌍을 이루는 거울에 호출이 전달되었다.

"뭐, 뭐라 그러면 돼?"

"이리, 가져와……. 그다음은, 이 어르신이……."

여동생이 쭈뼛쭈뼛 환히 빛나는 대화경을 가필의 얼굴로 가까이 댔다. 가필은 거울을 들여다보며 상대의 응답을 기다렸다.

기도하는 심정으로, 동료들이 무사하길 빌면서.

하얗게 깜빡이는 대화경, 그 빛 너머로 보내야만 할 말을 보내기 위해서——.

3

——반생반사인 가필의 기도가 밤이 깊어진 수문도시로 뻗어 나간다.

"도망쳐, 도망쳐, 도망쳐, 도망쳐어!"

그 밤거리를 세 남녀가 결사적인 기세로 도망쳐 다녔다.

제어탑을 팽개쳐 홀가분해진 『색욕』의 대죄주교가 쏟아낸 악의에 휩쓸려 붕괴한 본거지를 등지고 야밤 속을 달리는, 도시청사 팀이었다.

"큭——."

청룡도를 휘둘러 몰려드는 아수를 베고 거무칙칙한 피를 뒤집어쓰면서 달린다.

길을 가늠할 여유는 없다. 달려드는 짐승을 베어내는 걸로도 한계. 아수를 상대로 최후미를 맡은 남자 앞에서 두 인영이 위태로운 발걸음으로 달렸다.

그 발은 느려서 따라잡히는 것도 시간문제로 보였다.

"————."

몰려드는 아수 후방에, 아수를 내몬 『색욕』의 모습은 진즉에 사라져 있었다.

셋에게는 물러가겠다고 비웃은 말을 믿을지 말지 검토할 여지도 없었다.

──그저 싸우고, 그저 죽이고, 살고자 발버둥 치려고 그저 달린다.

만사가 본디 그러하다. 산다 함은 그런 것이다. 뒤집어쓴 피의 열기가, 울부짖는 상처가, 닿지 않는 기도와 이루지 못한 소원이 밤 저편으로 메아리친다.

그렇게 피하기 어려운 죽음에 따라잡히지 않겠다고 열심히 달리는 세 사람의 등에 이와 발톱이 닥쳐들고──.

"──좋다. 그 소원, 자비로운 소녀가 들어 주리라."

그 순간, 불꽃이 밤의 어둠을 태워 죽이고 아수의 단말마가 울려 퍼졌다.

도망치던 세 사람이 발을 멈추고 무슨 일이 일어났는지 돌아보았다. 그 시야에 날아든 모습은 유유히 공중에서 내려온 붉은색의 여인──.

"──끝나지 않는 꿈에 빠져 허우적대는 망자의 무리여. 칭송받을 일 없는 신들이여."

분홍색 입술이 노래하듯이 읊는 것은 어느 서사시의 한 구절이었다.

아름다운 노랫소리는 천상의 여신도 이러하랴 싶었다. 그녀는 노을빛 머리를 하얀 등에 퍼뜨리며 발을 디뎠다.

여인은 그 손에 붉고 눈부신 보검과 하얗게 깜빡이는 거울을 들고 옅은 미소와 함께 말했다.

"뻔한 칭찬일랑 하나도 필요 없다. ――그저 소녀의 이름만을 부르도록."

말하자마자 보검을 휘두르고 작열의 불꽃이 밤거리를 내달렸다.

검광을 따라 베인 아수들이 부자연스러운 존재까지 통째로 불꽃에 삼켜져 재로 변했다. 그것은 문자 그대로 자비이며 동시에 애도이기도 했다.

그 몸을 부자연스럽게, 그 생명을 불가해하게, 그 영혼을 부조리하게 이용당한 희생자에게 보내는.

"전부, 전부 다 죽여 줘! 제대로, 죽게 해 줘!"

"물론."

황갈색 고양이 귀가 난 기사가 쥐어뜯듯이 울부짖는 소리에 여인이 끄덕였다.

검은 쇠투구의 남자가 땅바닥에 주저앉고, 숨이 턱턱 막힌 숨소리를 내는 기모노 차림의 여자가 눈을 부릅떴다.

그들 앞에서 붉은 여인은 보검을 드높이 쳐들고 달을 쪼갤 듯이 아수에게 겨누었다.

생명을 농락당해 죽음과 멀어져 혈육이 썩는 운명마저도 뒤틀린 가엾은 존재에게.

"이렇게 살아 있음에도 죽은 모습, 차마 눈 뜨고 보지 못하겠구

나. ──따라서 소녀가 손수 도륙해 주마."

"카아──."

죽음을 두려워하며 아픔을 기피하는 생명의 본능마저 잃은 아수가 포효했다. 목숨을 아끼지 않는 아수 무리를 향해 도시를 태울 만한 불꽃이 피어오르고 모든 것이 다 화장되었다.

"──기도와 소원을 착각해 절망을 희구하는 가엾은 사람이여."

춤추듯이 휘두르는 붉은 검. 여신의 미성이 또다시 시의 한 구절을 노래했다.

그것은 그녀의 말이 아니라 시를 지은 시인의 말이었다. 하지만 그 구절에 담긴, 퇴색되지 않은 마음은 시간을 초월해 가엾은 이들에게 보내는 위로가 되었다.

"──희극의 끝이다. 우레와 같은 박수를!"

그저 오로지, 불꽃이 모든 것을 정화한다.

"──마지막으로 떠나 보내는, 박수를!"

──그림자조차 남기지 않고 잿더미로 되돌린다. 그것은 정녕코 자비였다.

제4장 『검귀연가── 단장(斷章)』

1

　날카로운 일격. 튀는 불똥. 달 밑에서 춤추는 것은 백발의 남자와 적발의 여자.

　둘의 원무는 흡사 운명 같고, 둘의 칼날이 기적적인 검극을 연주하고 있었다.

　"────────."

　빌헬름은 정면에 있는 젊은 시절의 아름답고 애달픈 테레시아의 검격을 받아내며 기세를 타서 되밀고, 손바닥에 반사되는 강철의 손맛에 어금니를 깨물었다.

　이 싸움이 시작된 지 얼마나 지났는가.

　몇 초, 몇 분, 몇 시간──. 도시를 구하고자 제어탑으로 향했다가 마찬가지로 싸움을 시작한 가필의 모습은 시야 어디에도 없다.

　가필 또한 검은 옷을 걸친 존재, 송장인간이 된 『여덟팔』의 쿠르강과 지금도 사투를 펼치고 있다는 건 대기로 느껴진다. 멀리서 목표이던 제어탑이 붕괴하는 광경도 시야 끝에 잡혔다.

이 못난『검귀』를 대신해 그 젊은이가 목적을 달성해 준 것일까.

그렇다면 요행. 그렇다면 어찌 감사를 다하랴.

그 젊은이 덕분에 빌헬름 반 아스트레아는 또다시 극한에 도전할 수 있으니까.

"츠, 아아아아──!"

검의 밀회. 있을 수 없는 재회. 빌헬름이 아내와 함께 보낸 애정 어린 나날에 대한 모독.

이 한때를 끝내고자 빌헬름이 낙원을 잘라 낼 각오로 포효했다. 그 귀신의 표정과 마주하며 무쌍의 검을 휘두르는 테레시아.

──그 표정은 요동치지 않는다.

잘 웃고, 잘 화내며, 잘 토라지는 여자였다.

입 다물고 있으면 칼날처럼 아름다운 여자지만 입을 다물고 있을 때는 거의 없었다.

그저 해 아래에 피는 한 떨기 꽃 같은 여자였다.

──그것이 지금, 슬프다. 마냥 슬프다.

"검을 휘두르기 전에 고민했어도 검을 휘두른 뒤에는 고민하지 않는다. 너는 나보다 훨씬 더 잘 아는 여자였지."

테레시아를 이기려면 그녀를 넘어설 검의 힘을 얻는 수단 말고 없다.

그것이 당시 빌헬름이 내린 결론이며, 실제로『검귀』는 극한까지 자신을 깎아내어 한 자루 검으로 변신할 만한 고행 끝에 이를 달성했다.

그 경험을 감안해 단언하겠다.

──검의 기량은 훌륭하다. 그러나 검의 힘에는 크나큰 그늘이 졌다.

"헤어질 때를 기억하나. 대정벌 때, 너는 말리는 나를 뿌리치고 이 어깨에 아물지 않는 상처를 새겼지. ──그때의 말을, 나는 한 마디 한 구절도 잊지 않았다."

대답은 없다. 바라지도 않았다.

이는 그저 그날을 돌아보는 빌헬름만의 의식이다. 이 어깨의 달콤하게 쑤시는 아픔과 함께, 새겨진 기억을 되살리기 위한 의식.

대정벌에 임한 테레시아는 말 그대로 빌헬름을 떠밀어내고 말한 것이다.

『──돌아오면, 그날, 듣지 못한 말을 해 줘.』

"그날의 약속을, 지키러 왔다──!"

쌍검이 으르렁대며 테레시아의 장검을 모조리, 모조리 쳐냈다. 알 수 있는 것이다. 궤도를. 다음에 그녀가 어디를 노릴지 손에 잡힐 듯이 알 수 있었다.

어디로 칼날이 뻗칠지 사랑스럽도록 알 수 있었다.

"흐, 오오오오!"

버릇이 똑같다. 기술이 똑같다.

쳐부수고 빼앗겠다고 맹세하며, 그 경지에 이르겠다고 애태우고 애태우며 영혼을 애태웠다.

그 나날을 꿈꾸고 이 가슴을 뜨겁게 달군 사랑하는 여자와, 같은 검술인 것이다.

"_____."

빌헬름의 호소에도 붉은 미모는 한 치도 흔들리지 않았다. 무음과 무언, 무감정의 검격이 펼쳐졌다. 그 공세 전부가 『검귀』의 쌍검에 격추당했다.

눈을 감더라도 알 만큼 사랑했다.

그렇기에 눈조차 깜빡이지 않으며 사랑하리라.

"후——."

상단, 되치기, 찌르기, 반동치기, 사선 베기 2연——.

머리를 노리는 일격을 막고 되치는 참격을 흘리고 찌르기를 피하고 반동을 붙인 칼끝에 몸을 휘돌리고 사선 베기의 칼날을 쌍검으로 하나둘 뒤얽어 반격으로 돌아섰다.

한순간, 『검귀』를 보는 테레시아의 눈에 감정이 스쳤다. ——아니, 착각이다. 그건 과거와 같은 상황이라 연약한 자신의 기억이 끌어낸 착각에 불과하다.

그렇다. 과거와 같은 상황의 재현. 그렇다면 그 결말 또한——.

"테레시아——!"

정면, 서로의 눈에 비치는 상대가 보일 만한 거리에서 칼이 얽히며, 이 밀회의 시작부터 지금에 이르기까지 최대의 승기가 빌헬름에게 날아들었다.

혼신의 일격이 펼쳐졌다. 그 일격으로 이 있을 수 없던 재회를 끝내겠다고.

——끝내게, 하려고.

"윽———."

치솟는 격정에 목이 메고 부릅뜬 안구 안에 떠오르는 여러 표정.

우는 얼굴, 성난 얼굴, 토라진 얼굴, 웃는 얼굴. 떠오르는 것은 모두 다 같은 여자의 사랑스러운 얼굴.

그 전부를 뿌리치고 빌헬름은 곧게 여자의 목과 가슴을———.

"————."

그 순간이었다. 빌헬름의 시야 구석에 사람이 비쳤다.

극한의 집중. 본래라면 쓸데없는 사고는 감히 개입할 수 없다. 검사로서 목숨을 걸고서 생사를 가를 싸움에 임하고 있다. 이야말로 『검귀』의 본디 모습이었다.

그러해야 했다. 그럴 수 있을 터였다.

——거기에 나타난 사람이, 생판 남이었더라면.

"——아버지?"

거리가 있다.

의문이 어린 속삭임은 빌헬름에게 들릴 거리가 아니었다.

그런데도 목소리는 마치 귓전에서 낸 것처럼 잘 들렸다.

둘의 싸움을 바라보는, 파란 눈의 빨강머리 사내.

——하인켈 아스트레아가 이 목숨 건 순간을 보고 있었다.

부친인 빌헬름이 모친인 테레시아와 죽고 죽이는 순간을, 그저 멍하니.

"————."

그 순간, 혼신의 일격이 무뎌졌다.

결정적인 한 칼을 질렀을 터였다.

이 악몽을 끝내며 싸움에 종지부를 찍을 필살의 일격이었다.

강철끼리 삐걱대는 소리가 울리고 치명상이 약속되었던 검격은 심기체의 합일이 흐트러진 꼴사나운 한 칼로 전락해 그 목적을 이루지 못했다.

──왜, 알아챘나.

아니다. 왜, 무시하지 못했나.

하인켈의 존재를 알아채지 못했으면, 혹은 그 존재를 무시할 수 있었으면, 그저 테레시아만을 사랑할 수 있었으면 지금 같은 꼴불견은 드러내지 않았을 것이다.

평생을 걸고 『검신』에게서 테레시아를 빼앗겠다고 맹세했다. 그래 놓고, 이 꼴이란 말인가.

"──큭."

집중을 끊었다가 재개한 검극에 조금 전까지 있었던 순수함은 없다. 불순물이 섞이고 말았다. 순도를 높여 한 자루 검으로 변한 『검귀』를 이미 잃어버렸다.

남은 것은 외아들 앞에서 사랑하는 아내와 베고 베이는 늙은 검사가 홀로 있을 뿐──.

따라서 이 결과는 필연이었을지도 모른다.

"윽──?!"

날아드는 장검의 위력을 막았다가 충격에 반 발짝 물러났다. 이를 도로 밀어내려던 순간, 눈앞에서 호리호리한 몸이 회전해 공백이 발생했다. 상체가 흔들려 빈틈이 생겼다.

──순간, 빌헬름은 장검의 칼끝이 자신의 오른발을 꿰뚫는 장면을 보았다.

"⎯⎯⎯⎯."

장검은 노검사의 발목을 관통했으나, 그 칼끝을 최저한으로만 피로 더럽혔다. 불필요한 파괴 없이 근육과 신경의 틈새를 뚫고 발의 기능만을 빼앗는 탁월한 검술.

그 기예를 자신의 오른발로 실천당한 빌헬름의 등이 잔잔히 떨렸다.

그것은 동경하는 마음과 분한 마음, 애다는 마음과 사랑하는 마음, 어느 기분에서 비롯된 떨림이었던가.

모든 것은 수수께끼다. 분명한 건 그저 패배했다는 현실뿐.

"끄, 윽⋯⋯."

침입했을 때와 똑같게 소리 없이 발에서 검이 뽑혔다. 늙은 검사는 뒤늦게 찾아드는 통증과 출혈을 맛보며 신음과 함께 무릎을 꿇었다.

『사신의 가호』의 힘이 작용하는 한, 빌헬름의 온몸에 난 상처는 아물지 않는다. 복부에 난 상처도, 발에 난 상처도 마찬가지다. 죽음을 맞을 때까지 피는 하염없이 흐른다.

"⋯⋯원통하다."

날카로운 통증이 뇌를 태우지만 고통의 신음에 앞서 한탄부터 새어 나왔다.

작열이 온몸을 불사르려고 한다. 그래도 통각은 무시할 수 있다. 견딜 수 있다.

 그러나 무력하고 어리석은 자신에서 비롯된 절망은 극복할 수 있는 것이 아니다.

 ——도대체 누가 도망칠 수 있겠는가. 자신이라는 이름의 지옥으로부터.

 "———."

 빌헬름은 검 한 자루를 떨어뜨리고 상처에 손을 짚었다.

 흐르는 피는 생명 그 자체. 아물지 않을 상처에서 흐르는 피가 머잖아 빌헬름이라는 남자를 말라붙게 하고 처참한 주검으로 바꾸리라.

 그것은 피할 수 없는 결말이다.

 하지만——.

 "혼자서는, 결코……."

 한 손을 상처에 짚은 채로 다른 한쪽 팔로 미련 넘치게 검을 고쳐 쥐었다.

 패배. 그건 어쩔 수 없다. 그러나 테레시아를 이대로 남기고 갈 수는 없다.

 "테레시아, 나는……."

 피 웅덩이에 무릎을 꿇은 빌헬름을 장검을 걸머진 테레시아가 내려다보고 있었다.

 그 눈에는 역시 아무 감개도 떠오르지 않았다. 그녀는 끝까지 아무것도 떠올리지 못한 채, 아무런 생각도 없이 빌헬름의 생명을 거두는 아름다운 사신이었다.

아내를 막아야만 한다. 테레시아를 막지 못한 채 큰 은혜를 입은 크루쉬와 스바루 쪽으로 보내서는 결코 안 되었다.

이 생명을 모조리 불살라도 모자란다면, 사후의 영혼이 파멸하더라도 상관없다.

목을 쳐서 마무리하려는 순간, 같이 꿰이는 한이 있더라도 테레시아를 막겠다.

그 각오가, 빌헬름의 눈에 마지막 불길을 지폈다.

"——테레시아?"

——그러나 각오한 순간은 찾아오지 않았다.

정적 속에서 빌헬름은 테레시아의 공허한 눈에 공포를 느꼈다. 그 눈빛은 직전까지 검사로서, 남편으로서 마지막 책무를 다하려던 『검귀』의 본능에 거센 동요를 선사했다.

치명상을 입은 사냥감의 숨통을 억지로 끊을 필요라곤 없다.

그 눈빛에 검사의 긍지 없이 그저 냉철한 사신이 내리는 판단이 서린 것처럼 느껴졌기에.

"기다, 려……. 기다려, 기다려 줘, 테레시아!"

정신이 드니 빌헬름은 공포심에 외치고 있었다.

발 같은 건 안 아프다. 상처의 통증 따위 잊은 채 빌헬름은 테레시아의 몸을 잡으려고 했다. 하지만 그녀는 그 손을 피하듯이 반 발짝 물러났다. 닿지 않는다. 그대로 그녀는 빌헬름에게 등을 보이고 매듭 묶은 붉은 머리를 찰랑이며 멀어졌다.

느긋하게, 뒤에서 외치는 빌헬름일랑 안중에 없다는 듯이.

——그 발길이 가는 곳에는 우두커니 서 있는 하인켈이 있었다.

"힉."

맞선 적을 해치우고 다음 사냥감을 찾는 흉인이 새로운 제물의 등장을 환영한다. 남편인 줄 모르는 남자를 베고, 다음은 아들인 줄 모르는 남자를 베기 위해서──.

"그만둬, 테레시아! 그런 짓이…… 그런 짓이 용서받을 줄 아는 거냐?! 나와 싸워! 나를…… 날 봐! 나를, 날 봐라, 테레시아아아아아!"

피를 토하듯이 빌헬름은 테레시아의 이름을 외쳤다.

필사적으로 발에 힘을 주어 더한 출혈을 초래하면서도 등에 따라붙었다. 몇 번이고, 몇 번이라도 부르고 싶던 이름을 사랑 대신에 분노를 담아서 외쳤다.

하지만 여자는 돌아보지 않았다.

사신이란 이름이 아깝지 않은 검술을 갖춘 여자의 발길은 하인켈에게로 향한다. 다가오는 여자의 모습에 하인켈은 숨을 집어삼키고 떨리는 손으로 허리의 검을 뽑았다.

하인켈이 도리도리 고개를 내저으며 "말도 안 돼……." 하고 뇌까렸다.

"테레시아? 말도 안 돼. 그럴 리 없어……! 그럴 리가, 어머니일 리가……."

"─────."

"아냐! 어머니가 아니어도…… 그게 아니야! 아, 아버지가 질리가…… 그래서, 제길! 뭐냐고! 대체 뭔데! 뭐 하고 있어?!"

눈앞에 다가오는 사람은 젊은 시절의 모습을 한 테레시아다.

그 모습과 하인켈이 머릿속에 떠올린 어머니의 모습은 겹치지 않으리라. 눈앞의 상황, 악몽 같은 상황을 부정하려고 하인켈은 의미도 없는 말을 나열했다.

무릎이 후들거리고 시선은 고정되지 않으며 기사검을 잡은 자세도 허약하다. 과거의 『검성』과 맞서는 판국인데 저래서야 한 합조차 못 버틸 것이다.

이대로 있으면 하인켈은, 틀림없이 테레시아에게 베여 죽는다.

그런 사태만은, 있어선 안 된다.

"테레시아! 이쪽이다! 난 아직 살아 있어! 죽일 거면 날 먼저 죽여! 하인켈! 네게는 무리다! 당장 도망쳐!"

빌헬름은 검을 바닥에 꽂아 버팀목 삼아서 일어섰다. 출혈이 심하고 머리가 쪼개질 듯 아프다. 하지만 흐르는 핏줄기를 끌면서 앞으로 나아갔다.

멀다. 너무 멀다. 느리다. 너무 느리다.

또다시 빌헬름은 늦는다. 여태까지 늦지 않았을 때가 한 번도 없었던 것처럼.

"우, 아, 아아!"

테레시아가 장검의 칼끝을 살짝 흔든 순간, 하인켈이 손에서 검을 빼앗겼다.

소리를 내면서 포석 위를 구르는 검, 그 이름은 『아스트레아』.
―― 얄궂게도 다름 아닌 빌헬름의 손으로 하인켈에게 물려준 검이었다.

"그, 그만…… 그만해요. 어, 어머니……."

검을 잃고 겁먹은 하인켈이 그 자리에 엉덩방아를 찧었다. 필사적으로 물러나며 하인켈은 기듯이 눈앞의 악몽으로부터 달아나려고 했다.

하지만 떨리는 손가락이, 얼어붙은 마음이, 젊은 어머니의 눈이 하인켈을 속박하며 놔주지 않았다.

——달을 쪼갤 듯이 사신의 검이 곧게 하늘로 올라갔다.

생사의 갈림길에서 빌헬름은 속수무책으로 아내에게 아들이 베이는 순간을 목도하려는 순간이었다.

소리를 지른다. 닿지 않는다. 손을 뻗는다. 닿지 않는다.

닿지 않는다.

"테레시아——!"

검에 모든 것을 건 『검귀』가, 그저 외치기만 하는 목소리에 힘 같은 건 없다.

장검은 그대로 무정히도 하인켈의 목숨을 끊으려 내리꽂히고 ——.

"——거기서 끝이다."

그 목소리는 느닷없이, 그러나 명확하게 손쓸 도리가 없던 절망의 종막을 찢어발겼다.

늠름한 음색에는 한 점의 주저도 없으며, 자비가 조금도 담겨 있지 않았다. 듣는 이를 압도적인 존재감으로 지배하고 그 의지마저 뒤트는 절대적 강자의 자세.

빌헬름이, 하인켈이. 그리고 테레시아마저도 그 목소리에 압도되었다.

다음 순간에는 마치 바람처럼, 사신의 정면에 한 청년이 천상에서 내려와 있었다.

"―――."

불타오르는 것만 같은 붉은 머리카락. 맑은 창궁을 가득 봉해 넣은 파란 눈. 피로 물든 하얀 복장을 입은 모습은 용맹하단 말 외의 장식할 말이 필요치 않았다.

청년이 착지한 자세에서 천천히 등을 폈다.

그 손에서 눈부신 광채를 발하는 최강의 한 자루――『용검』 레이드를 잡은 『검성』이.

――『검신』이 비웃는 목소리가 『검귀』의 귓전에 시끄러울 만큼 들린 것만 같았다.

2

――『용검』 레이드는 수수께끼가 많은 검이다.

대대로 『검성』을 배출해온 아스트레아 가문에 전해지는 보검임은 확실하지만 그 용검이 어디서 주어진 것인지 그 사정은 전해지지 않았다.

내력이 불명일뿐더러 『검성』 말고는 결코 뽑을 수 없는, 사연이 있는 성검. 덧붙이자면 『검성』이라도 필요할 순간 외에는 뽑을 수 없다고 한다.

역대『검성』중에는 그 칼날을 한 번도 본 적 없는 이까지 있다.

『마녀』를 베고, 용을 베고, 귀신을 베었다는 전설의 성검. 그 일화는 한없이 많지만 단 한 가지 확실한 것을 말하자면──.

──『용검』이 뽑히고 아무것도 베지 않은 채로 칼집에 꽂힌 적은 한 번도 없었다는 사실이다.

"──라인하르트."

그는 용의 발톱이 새겨진 칼집을 왼손에, 그리고 오른손에『용검』을 쥐고 있었다.

빨강머리를 바람에 나부끼며 파란 눈으로 곧게 상황을 굽어보는 그 남자는 바로 당대『검성』라인하르트 반 아스트레아였다.

그 늠름하고 용맹한 모습에는 빌헬름마저도 압도되었다.

『검성』을 계승해 근위기사로서 왕국의 검이란 책무를 부여받은, 피를 이은 손자──. 빌헬름이 전장에 선 손자의 모습을 보는 것은, 사실 이번이 처음이었다.

대정벌에서 테레시아를 잃은 빌헬름은 원수를 갚고자 아스트레아 가문을 박차고 나갔다. 그때 생긴 아들 및 손자와의 갈등은 15년 지난 지금도 메우지 못하고 있다.

따라서 이 15년간 빌헬름은 한 번도 가족이 있는 쪽을 바라보지 않았다. 아들의 타락이든, 손자의 성장과 책임이든, 아무것도 보려 하지 않았다.

──그래서 지금 라인하르트의 모습에 압도되고 있었다.

저곳에 서 있는 존재, 저것이 바로 『검성』이다.

『검신』의 총애를 한 몸에 받고, 사상 최고의 검을 뽑는 영예를 누리며 온갖 검사가 갈망하는 정점에 군림하는 존재── 그 『검성』 말고 아무것도 아니다.

──그 라인하르트의 모습을 보다가 빌헬름은 떠올렸다.

아픔은 진즉에 잊어버렸다. 떠올린 것은 더 멀고 다른 감회.

이 감정은 빌헬름이 처음 『검성』을, 테레시아의 검무를 목격한 순간의 감회였다.

그때도 빌헬름은 영원히 닿지 못할 검의 정점까지 벌어진 거리를 느꼈다.

그 경지에는 결코 이르지 못하리라고, 자신의 가소로운 검의 재능을 억울해하고 억울해했다.

그럼에도 꺾이지 않고 검을 휘두르며 또 휘두르다가 이윽고 그 경지의 말단에 손끝이 닿았다. 메워지지 않을 거리는 없다고 증명할 수가 있었을 터였다.

──그 얼마나 좁고 왜소한 시야였단 말인가.

질이 다르다. 높이가 다르다. 무게가 다르다. 존재가 다르다. 뭐든지 다 다르다.

저것은 닿느니 마니 하는 차원의 존재가 아니다.

말 그대로 사는 세상이 다른 존재다.

"────."

『검성』과 거리를 벌린 테레시아가 장검을 들었다. 직전까지 하인켈을 베어 버리려 하던 검은 그 칼끝을 새로 나타난 적에게로 겨누고 있었다.

마음이 없는, 움직이는 유해인 테레시아 반 아스트레아는 이미 검사의 긍지든 전사의 예의든 죄다 상실했다. ──따라서 깨닫지 못한다.

자신이 도대체 무엇과 맞서려고 하는지.

"잠깐! 테레시아! 이쪽을, 날 봐라, 테레시아아아아!"

『검귀』는 발을 질질 끌고 핏줄기를 끄는 전진을 재개하면서 부르짖었다.

테레시아는 그 부르짖음이 안 들리는 듯 빌헬름을 쳐다보지도 않았다. 조금 전까지 그토록 서로 갈구하던 검극을 허깨비처럼 없었던 것으로 취급했다.

그 굴욕을, 설움을 잊겠다. 지금 그런 걸로 정체하는 건 용납할 수 없다.

지금 외치지 않으면, 지금 말리지 않으면──.

"대, 대체 뭐야……. 왜, 내가, 내가 뭘 했다고 이래……."

라인하르트 바로 뒤에서 머리를 감싸 쥔 하인켈이 이 세상의 부조리를 탓했다. 자기 자신만으로도 한계인 하인켈에게는 자기 아들의 행동이 하나도 보이지 않았다.

아들이 자신을 지키기 위해 자신의 모친과 맞서고 있는 사실을 받아들이지 못한다. 그의 마음은 그 한 단계 전의 사건 때문에 진즉 한계를 넘어서고 말았다.

그런 그에게 상황의 타개라곤 기대할 수 있을 턱이 없다. 처음부터 그랬었다.

하인켈에게는 아무것도 기대할 수 없다.

그렇기 때문에 자신이 소리를 지를 수밖에 없는 것이다.

"라인——."

"——죽은 자는 움직이지 않아. 죽은 자에게 그다음은 없어. 나는, 그 부조리를 용서치 않는다."

호소하려던 말이, 의연한 음성에 봉쇄되었다. 설득을 위한 감정적인 말 전부가 『검성』이 짊어진 무수한 중책 중 하나조차 당해내지 못했다.

말을 잃은 빌헬름 앞에서 라인하르트가 『용검』을 중단세로 잡았다.

공교롭게도 그 자세는 장검을 든 테레시아의 자세와 마주 세운 거울처럼 똑같았다.

"————."

——『용검』의 한 점 얼룩도 없는 칼날이 유독 선명하게 빛나 보였다.

그것은 검의 갈채였다. 휘둘러질 기회를 얻은 것에 환희하며 과거 자신의 임자를 상대할 수 있는 행복에 지고한 성검은 소리 없는 축복을 띠고 있었다.

공기가 얼어붙고 긴박감이 색과 무게를 띠며 세계를 압박했다.

온몸이 무겁고 숨 막히는 감각에 지배되면서도 빌헬름은 입을 열었다.

해야 할 말을 알지 못한 채로 뭔가 말을 해야만 한다고 그저 초조함에 쫓겨서.

──얄궂게도 그 행동이 두 검사에게 신호가 되었다.

"그만둬──!"

목소리는 닿지 않았다.

목소리조차도 추월해 두 검사가 격돌했다.

"──────."

으르렁대며 내디딘 테레시아의 장검이 완벽한 참격이 되어 라인하르트에게 날아들었다.

어쩌면 그건 빌헬름이 여태까지 본 테레시아의 검격 중에서 가장 경지에 이른 일검이었을지도 모른다.

맞서는 적이 강할수록 검사의 잠재된 힘 전부를 일깨우는 법.

빌헬름은 테레시아 안에 숨은 힘 전부를 끌어낸 이가 본인이 아니라는 사실에 질투심을 품었을지도 모른다.

그 또한 전부 이 순간, 이 한순간, 이 찰나만 아니었더라면.

폭발적으로 가슴속에서 치미는 감정이 빌헬름의 입에서 넘쳐 나왔다.

그것은──.

"죽이지 말아다오……."

봉인해 두던 감정이, 억눌러 두던 격정이, 바라서는 안 된다고 다스렸을 터인 애정이 봇물 터지듯 빌헬름에게서 넘쳐 나왔다.

테레시아가, 저곳에 있다.

빌헬름의 마음을 애달게 하며 검 외의 세상을 깨닫게 해 준 여자가, 평생에 단 한 명만, 모든 것과 맞바꾸더라도 아깝지 않다고 여긴 여자가 저곳에 있다.

아직 한 번도 사랑한다고 전한 적이 없는 가장 사랑하는 여자가, 있다──.

"그건 내, 테레시아야──!"

결코 해서는 안 될 말이었다.

미혹되면 생명을 잃을지도 모르는 전장에서 자기 감정을 우선하는 짓은 용납되지 않는다.

검사의 긍지든, 전사의 예의든, 싸움에 있어야 할 고결함이든, 모든 것을 더럽히는 행위였다.

그것은 단순한, 남자의 목소리였다.

사랑하는 여자를 빼앗기지 않겠다고 필사적으로 매달릴 뿐인 남자의 목소리였다.

그리고 그 결사적인 외침은──.

"──할머니는, 15년 전에 내가 죽였어."

테레시아의 참격이 라인하르트에게로 육박한다. 그 순간에도 『용검』은 여전히 높이 올라가지 않았다. 장검은 빛이 되어 곧게 뻗어 나가고.

"여기 있는 건, 그냥 가짜다."

──『용검』 레이드가 선명한 궤적을 그렸다.

제5장 『테레시아 반 아스트레아』

1

사실은 첫눈에 반했던 걸 알면, 당신은 얼마나 놀라 줄래요?

2

"──형. 다음 『검성』은 형의 딸이야. 테레시아 말이야."

선대 『검성』인 숙부는 그렇게 말하고 조카의 기만을 가차 없이 폭로했다.

그것은 테레시아가 아직 열두 살이었을 때, 『검성의 가호』가 깃든 날의 일.

──테레시아에게 세상이 끝난 날의 사건이었다.

──아스트레아 가문은 대대로 『검성』을 배출한 검의 명문이다.

초대 『검성』 레이드 아스트레아가 거둔 수백 년 전의 위업, 그 공적을 기려 아스트레아 가문은 친룡왕국 루그니카의 검으로서 오래도록 그 영예를 누렸다.

그 까닭에 아스트레아 가문 사람은 남녀를 불문하고 검과 무관한 생활을 보내지 못한다.

테레시아도 예외가 아니었고, 그렇기에 자신의 조상님인 레이드 아스트레아를 좋아할 수 없었다. 오히려 미워했다고 해도 무방하다.

테레시아는 자신이 타고난 『사신의 가호』를 두려워했다.

자신이 타인에게 입힌 상처는 결코 아물지 않고 하염없이 피를 흘린다. 그 가호의 힘을 자각한 순간, 어린 테레시아는 자기 자신에게 공포를 느꼈다.

그리고 결코 이 가호를 알리지 않고자 자신의 힘을 감추어 두는 쪽을 선택한 것이다.

──남을 상처 입히지 않고 살기란, 의식하면 상상 이상으로 어려워진다.

능동적으로 상처 입히려 하지 않아도 위험은 일상 곳곳에 존재한다. 돌발적인 사고나 무의식적인 행동에도 테레시아의 가호는 기회를 가리지 않는다.

가호를 숨기고 싶은 테레시아에게, 집안의 의무인 검 수련은 아예 논외였다.

──검을 잡아선 안 된다. 자신은 사신이므로.

강한 의지와 공포가 테레시아를 검에서 멀리 떨어뜨리려 했다. 틈만 나면 핑계를 대고 수련을 게을리하니 어느덧 가족도 테레시아에게 검을 쥐여 주길 포기했다.

그리하여 겨우 테레시아는 자신의 숙업과 무관한 안식을 얻었다. 소녀답게 검을 버리고 꽃을 보듬는 나날에 매몰되는 삶을 허락받은 것이다.

──『검성의 가호』가 깃든 것은 테레시아가 정원 손질을 하던 도중이었다.

"검을 들어, 테레시아."

가호를 계승한 사실을 감추고 방에 틀어박히려던 것을 가차 없이 밖으로 끌어낸 숙부는 필사적으로 저항하는 테레시아에게 그렇게 내뱉었다.

머리나 옷이나 엉망이 되어서 울고불고했다. 하지만 숙부는 테레시아를 정원에 세우고 같은 말을 반복했다.

"검을 들어, 테레시아."

도리질 치며 계속 거절해도 숙부는 테레시아에게 목검을 쥐여
주었다. 끝내는 포기하고 힘없이 목검을 든 테레시아. 숙부는 그
머리를 잡아 앞을 보게 했다.

테레시아의 정면에는 나이가 네 살 차이 나는 제일 큰오빠가 서
있었다.

테레시아의 남자 형제는 셋으로, 오빠가 둘에 남동생이 하나 있
었다. 큰오빠는 자상하며 사람 좋은 성격이 이목구비에 표출된
인물로, 여동생인 테레시아를 귀여워해 줘서 정말 좋아했다.

──빈틈 천지다. 테레시아는 오빠를 보고 그렇게 생각한 자신
에게 기겁했다.

동요하는 테레시아를 아랑곳하지 않으며 숙부가 오빠에게 명령
했다. 테레시아와 목검으로 치고받으라고. 그 목검으로 여동생
을 때려눕혀 자신의 자질을 증명해 보이라고.

오빠는 그럴 수가 있겠느냐고 외쳤다.

숙부가 "겁쟁이 자식!" 하고 오빠를 욕했다.

동경하던 『검성』의 모욕을 받은 큰오빠가 크게 상처 입은 표정
을 지었다. 정원에 끌려 나와 같은 광경을 보는 중인 작은오빠와
남동생도 비슷하게 상처 입은 표정을 짓고 있었다.

이윽고 큰오빠는 상처받은 표정을 지은 채로 비장한 각오를 눈
에 드러냈다.

오빠의 그 모습에 테레시아는 깨달았다. ──오빠는 테레시아

를 상처 입히지 않도록 잡은 목검을 때려서 떨구려 해 주고 있다. 자세와 시선, 검기로 그 의도를 알 수 있었다.

오빠의 기량이라면 어렵지 않다. 오빠라면 이 촌극을 끝내 줄 것이다.

"──이제 됐다."

멀리 튕긴 목검이 정원에 박히는 광경에 테레시아는 제정신을 차렸다.

차분한 숙부의 목소리에 승패가 갈렸음을 알았다. 테레시아의 목검은 쭉 뻗어 멍해진 오빠의 목덜미를 겨누고 있었으니까.

"다음 『검성』은 테레시아다. 역시, 틀림없어."

그렇게 말한 숙부의 목소리와 자신을 바라보는 오빠의 눈이 테레시아의 마음을 깨트렸다.

고개를 젓고 오열하다가 목검을 내던지고 머리를 붙잡았다. 테레시아는 자신의 붉은 머리를 쥐어뜯고 짐승 같은 소리를 터트리며 절규했다.

절규하며 반쯤 미치광이처럼 굴다가, 피를 토하도록 억울해하고. 후회하다가.

테레시아는 『검성』이 되었다.

3

테레시아의 재능은 형제들이 검에 바친 시간을 무자비하게 짓밟았다.

바친 시간이 많고 적은 것쯤 압도적인 재능 앞에선 아무 의미도 없다. 테레시아와의 차이가 그렇게 적시되었음에도 검을 버리지 못하는 오빠들과 동생이 불쌍했다.

왜, 오빠들은 아직도 검을 휘두른단 말인가. 아무리 해 봤자 테레시아에게는 못 당하는데.

자기가 좋아하는 일을 하면 될 텐데. 이제 검 같은 건 버려도 상관없는데.

테레시아에게는 이제 허용되지 않으니까 자기가 좋아하는 세상을 살면 될 텐데.

『검을 들어, 테레시아.』

그날, 테레시아가 『검성』이 되어 오빠를 쓰러뜨린 날부터 환청이 사라지지 않았다.

그 이래로 테레시아는 한 번도 검을 만지지 않았다. 목소리에 거역하듯 계속 검에서 멀어지려고 했다. 하지만 검은 그녀를 놔주지 않았다.

그것은 지옥이었다. ——자기 자신이라는 도망칠 곳 없는 지옥이었다.

하지만 그런 지옥의 나날마저도 진정한 지옥과 비교하면 안일했음을 배웠다.

——왕국 최대이자 최악의 내전, 『아인전쟁』이 시작되었다.

사소한 계기로 시작된 내전. 그러나 날마다 더욱 심각해지고 있었다.

　원래 왕국에는 아인 멸시의 감정이 뿌리 깊게 남아 있었다. 아인들의 불만이 내전을 불씨로 폭발해 사나운 화마는 단숨에 번져 친룡왕국을 불태웠다.

　이 불을 끄는데 1년을 소비하다가 아무 성과도 올리지 못했다는 소식에 비로소 왕국은 이를 전대미문의 사태라고 인식, 최고 전력——『검성』의 투입을 결단했다.

　——첫 출진을 눈앞에 두고 테레시아는 홀로 천막에서 무릎을 껴안은 채 떨고 있었다.

　테레시아의 첫 출진에는 그야말로 왕국의 대군세가 뒤따랐다. 당대 『검성』의 첫 전장에 가담하고자 많은 병사가 이 전투에 지원한 것이다. 『검성』만 있으면 앞길이 탄탄대로라고, 주위는 무신경한 신뢰를 테레시아에게 퍼부어서 그 마음에 쩍쩍 금이 가게 했다.

　그리고 그 불안을, 이번에도 테레시아는 누구에게도 털어놓을 수 없었지만——.

　"——테레시아, 무섭니?"

　그런 그녀를 알아채 준 것은 첫 출진에 동행한 큰오빠였다.

　그날의 사건 이래로 테레시아는 의식적으로 큰오빠와의 접촉을 피했다. ——아니, 큰오빠만이 아니다. 작은오빠와 남동생, 아예 부모와 숙부와도 되도록 얼굴을 보지 않았다.

　다정해서 정말 좋아한 큰오빠와 말하는 건 거의 2년 만이었다.

고개를 떨어뜨리고 아무 말도 못 하는 테레시아. 큰오빠는 그 옆에 앉아 다부진 팔로 여동생을 끌어안고는 다정하게 머리를 쓰다듬어 주었다.

그 순간 테레시아의 감정이 허물어졌다. 흐느끼며 자신의 속내를 털어놓고 말았다.

약한 소리 따위 허락받지 못할 줄 알았다. 누구보다, 자신이 패배시킨 오빠에게만은 해선 안 된다고 여겼었다. 그런데도 참을 수가 없었다.

무섭다고, 싸우고 싶지 않다고, 미안하다며 울고불고, 매달려서.

"너는 내 소중한 동생이야. 그런 네가 싫다고, 무섭다고 생각한다면…… 내가 너를 지켜 줘야지. 나는 네 오빠니까."

"_____."

"너한테 져서 분했어. 하지만 나는 역시 검이 좋더구나. 이 집안에 태어나서, 남동생들이 있고, 여동생인 네가 있어서 감사해. 검에, 감사하고 있어."

웃으며 그렇게 단언한 큰오빠의 말을 듣고 테레시아는 자신의 어리석음을 저주했다.

테레시아에게 진 뒤로, 그런데도 검을 끊임없이 휘두르는 오빠들을 바보로 여겼었다. 그들에게는 다른 길이 없다고, 그래서 매달리는 거라고 낮춰보았다.

우러러봐야 할, 존경스러운, 정말 좋아하던 큰오빠를 검의 재능만 따져서 바보 취급했다.

누가 바보란 말이냐. 자기가 훨씬 더 바보다. 그리고 『검신』이야말로 제일 바보다.

어째서 이토록 자기를 사랑하는 사람에게 그 총애를 주지 않는단 말인가.

어째서 검을 외면하는 테레시아 같은 자를 축복한단 말인가.

"네가 싸울 필요는 어디에도 없어. ──왜냐면 넌, 벌레도 못 죽이는 착한 아이잖니."

큰오빠의 말이 기뻤다. 그래서 의지했다. 기대고 말았다.

첫 출진에서, 큰오빠는 테레시아가 있는 본진을 지키다가 죽었다.

테레시아는 한 번도 검을 휘두르지 않았다. 휘두르지 못했다.

『검을 들어, 테레시아.』

여전히 들리는 환청에 거역하며 테레시아는 검을 휘두르지 않았다.

그 뒤로 다시 몇 년, 테레시아는 검에 손을 대지도 않았다.

4

──테레시아가 싸우지 못한 첫 출진은 대패했다.

당대 『검성』의 불명예스러운 첫 출진의 진실은 어둠 속에 매장되었다. 『검성』의 존재는 왕국의 정신적인 지주이기도 하다. 왕국은 사실이 밝혀지길 바라지 않았던 것이다.

따라서 테레시아는 적 앞에서 도망친 죄를 추궁받지도 않은 채 자신의 껍질 속에 계속 틀어박혔다.

다정해서, 어떤 턱없는 부탁이든 난처한 표정으로 들어주던 큰오빠, 템즈.

조금 심술궂은데, 그래도 화해할 때는 항상 먼저 사과해 주던 작은오빠, 카를란.

겁 많고 울보라, 어릴 적에는 늘 테레시아에게 찰싹 붙어 있던 귀여운 남동생, 카질레스.

다들 싸우지 못하는 테레시아 대신에 전장으로 갔다가 목숨을 잃었다.

"──무리만 시켰구나. 미안하다, 테레시아."

선대 『검성』이라는 존재감으로 전군을 독려하며 다니던 숙부도 전사했다.

숙부가 미웠다. 숙부가 말을 꺼내지 않았으면 테레시아는 『검성의 가호』를 계속 숨길 수 있었을지도 모른다. 그게 없었으면 이 내전에서 형제들이 결사의 각오를 다질 이유도 없어지며 아무도 죽지 않고 끝났을지도 모른다.

그렇게 여길 수 있었더라면 좋았다. 하지만 그러지 않다는 걸 테레시아는 알고 있었다.

──숙부는 숙부대로 『검성』의 칭호가 가진 무게를 누구보다 이해하고 있었으리라.

숙부도 테레시아와 같은 경험을 한 적이 있었다. 그렇기에 왕국을 위해 테레시아에게 많은 것을 바랐으며 그 행동이 잔혹한 짓이었다고 마지막 말을 남긴 것이다.

그 한마디 때문에 테레시아는 숙부를 원망할 수가 없어졌다.

그렇다면 누구를 원망하면 되는가. ──이미 자기 자신밖에 없으리라.

『검성』이란 칭호를 물려받았으면서도 울부짖는 재주밖에 없는 어리석은 자신을.

『검을 들어, 테레시아.』

그날, 그 말을 입에 담았던 숙부가 죽은 뒤에도 환청은 계속 들렸다.

그 목소리로부터 달아나듯 테레시아는 저택 밖을 헤매었다.

──『아인전쟁』이 시작되고 5년, 테레시아는 열아홉 살이 되었다.

오래도록 이어지는 내전에 왕도는 활기를 잃고 거리에는 음울한 분위기가 감돌고 있었다. 테레시아의 발은 그런 우중충한 북새통을 피해 왕도 끝단, 미정리 구획으로 가고 있었다.

내전의 영향으로 개발이 멈춰 짓다 만 건물 등이 방치된 구획이다. 『검성』의 역할을 다하지 못하는 테레시아는 건물의 역할을 하지 못하는 잔해에 친근감을 느꼈다.

그런 자조의 한숨을 아침의 청량한 공기에 섞으며 테레시아는 폐허군의 탁 트인 장소로 갔다. 광장이라고도 못 할 텅 빈 공간. 그 돌계단에 앉아서 무너진 담장 너머를 엿보았다.

그곳에는 일대 가득 노란 꽃이 흐드러지게 핀, 사람 손을 타지 않은 꽃밭이 있었다.

아무도 찾아오지 않는 비밀스러운 장소. 이를 핑계 삼아 테레시아는 꽃씨를 뿌렸다. 저택에서 완전히 헐어 버린 화단을 손질할 기력은 없었다.

그저 변덕으로 뿌린 꽃씨의 결실을 지켜보았다. 그러기 위해서 발길을 옮겼다.

"……물도 안 주는데 이렇게나 자라고. 너희는 굉장하구나."

꽃은 강하다. 테레시아가 약한 자신을 한탄하는 중에도 꽃들은 하늘을 향해 꽃잎을 펼치며 아름답게 만발했다. 그 강하고 고상한 꽃의 모습에 울음이 나오려 했다.

──표독한 기척의 접근을 알아챈 것은 그때였다.

"어머, 미안해."

테레시아의 아침 성역에 멋없이 끼어든 것은 서슬 퍼런 기척의 인물이었다.

하마터면 눈물을 보일 뻔했기에, 테레시아는 짐짓 강한 척하듯 여유를 가장하며 말을 읊었다. 그리고 광장에 찾아온 상대 쪽으로 돌아섰다.

돌아섰다가, 넋이 나갔다.

"_____."

길게 길러 머리 뒤로 묶은 적갈색 머리. 단정한데도 독기 서린 눈매. 날렵하게 단련된 육체와 온몸에서 넘실대는 사나운 검기.

그런 비우호적인 태도에 놀란 것도 사실이지만 그 이상의 충격이 있었다.

──테레시아에게는 그 청년이 칼집에서 나온 한 자루 검으로

보였다.

열기를 띠며 벼려진 한 자루의 강철이 자신을 노려보고 있다.

그런 착각에 테레시아의 심장 고동은 미세하게 흐트러졌다. 무슨 일이 일어난 거냐고 혼란이 생겼다. 하지만 그것을 들키는 건 창피하게 여겨져 얼버무리듯 입을 열었다.

"아침 일찍 여기에 오는 사람이 다 있구나. 이런 곳에——."

"———."

인사도 참 거창했다.

테레시아가 우호적으로 말을 붙였는데 청년은 기가 막히게도 말없이 검기를 쏟아낸 것이다. 겁주는 것치고는 정련된 검기에는 테레시아에 대한 순수한 적개심이 서려 있었다.

그 즉시 탐탁지 않아졌다. 그쪽이 그럴 맘이라면 테레시아도 사양하지 않는다. 자신만만한 그 검기, 하나도 안 통했다고 기를 죽여 주겠다.

"……왜 그래? 무서운 얼굴 하고."

테레시아의 말에 청년은 헛물을 켠 듯한 표정을 지었다.

그걸 끝으로 그는 테레시아가 검기를 깨닫지 못할 만큼 투쟁과 무관한 문외한이라고 판단한 모양이다. ——실제로 그 짐작은 틀리지 않다.

테레시아에게는 실전 경험도, 검을 휘두른 실적도 없다.

싸우면 누구보다 강할 뿐, 문외한과 다름없는 계집에 불과하니까.

"계집이, 이런 새벽부터 이런 곳에서 뭐 하고 자빠졌어."

청년은 거칠게, 예의를 모르는 말로 응수했다.

처음 들은 청년의 목소리는 심사가 뒤틀려 있기는 했지만 알아듣기 쉬운 목소리였다.

——테레시아는 또다시 희미하게 흐트러지는 심장 고동을 느꼈다.

5

그 뒤도 테레시아와 청년의 만남은 자주 반복되었다.

약속을 나눈 것도, 그러고 싶었던 것도 아니다.

그저 테레시아가 돌계단에 앉아 꽃밭을 바라보고, 청년이 광장에서 멋들어지게 장식된 검을 휘두르며 단련에 매진한다. ——그것이 그 장소에서의 자연스러운 광경이 되어갔다.

"_____."

관심 없는 척하면서 청년의 검술을 몰래 보던 테레시아는 무심코 감탄했다.

빈말로도 세련된 검이라고는 할 수 없었다.

『검성의 가호』를 가진 테레시아가 보기엔 알기 쉬운 결점이 여럿 있었다. 남이 휘두르는 검에서 많은 결점을 보고 염증을 내는 것도 테레시아의 나쁜 버릇이지만 청년의 검에는 결점이 있음에도 그걸 메꾸고도 남을 정열이 있었다.

"바보 같아……."

——청년의 검에는 불순물이 일절 없다.

검에 모든 것을 바친다. 말로 표현하면 쉬운 일이라서 테레시아는 오빠들과 남동생도 모든 것을 바쳤다고 여겼었다. 하지만 터무니없는 이야기다.

정말로 검밖에 없다. 그런 청년의 정열이 여기 있었다.

그에게는 검밖에 없다. 검밖에, 사랑하지 않는다. 검밖에 사랑할 수 없는, 한 자루 강철이다.

"……바보, 같아."

곁눈질로 청년의 검무를 지켜보면서 테레시아는 자신의 뺨이 뜨거워지는 것을 느꼈다.

테레시아는 『검성』이다. 『검신』의 총애를 한 몸에 받으며 검의 정점에 세워진 존재── 바란 적은 없다. 하지만 그가 일심불란하게 목표하는 장소에 자신의 존재가 있다.

그것은 착각임이 틀림없지만, 그에게 갈구받는 느낌이 들었다.

"──정말로, 바보 같아."

『검성』인 테레시아는 검을 보면 모든 걸 알 수 있다.

어떤 명검, 보검, 마검 부류일지라도, 『용검』이라도 그 본질이 보인다. 자유로이 다룰 수 있다. 테레시아의 손아귀에서 알몸을 드러내지 않는 강철은 없다.

저 남자뿐이다. 테레시아가 자유로이 휘두르지 못하는, 한 자루 강철은 저 사람뿐이다.

그렇기에 분명, 자신은 이렇게나 그가 신경 쓰이는 것이리라.

"빌헬름 트리아스다."

청년—— 빌헬름과 이름을 주고받은 건 만난 지 3개월 뒤였다.

그때까지 여러 번 얼굴을 봤어도 빌헬름은 고집스레 이름을 묻질 않았다. 겨우 이름을 나눈 것도 애가 닳던 테레시아가 크게 마음먹은 결과였다.

"지금까지는 꽃녀라고 부르고 있었으니 말이지."

이 남자는 어쩜 이렇게 무례하담?

배려는 눈곱만큼도 없지, 자기 생각만 해서 남을 챙기지 않지, 잠깐 대화하고 만족하면 맘대로 돌아가지, 테레시아의 마음은 휘둘리기만 할 따름이다.

"꽃은, 좋아해?"

"아니, 싫어한다."

아끼는 꽃밭을 보여 줬을 때조차 이따위 대구다.

틀림없이 상대를 기뻐하게 하거나 비위를 맞추는 발언이라곤 전혀 못 할 것이다.

그 사실에 성을 내면서도 '하지만 이렇게 검 같은 사람이니 그럴 만도…….' 하고 생각하는 구석에서 자신은 답이 없다.

마음 가는 대로 못 다루는 검의 존재에 『검성』인 자신이 휘둘리고 있다. 그 사실에 구원받고 있다는 것을, 이 무렵의 테레시아는 깨닫지 못했다.

"꽃은, 좋아졌어?"

"아니, 싫어한다."

"왜, 검을 휘두르는 거야?"

"내게는, 이것밖에 없기 때문이다."

 어느덧 그 대화만은 빠짐없이 반복되는 약속이 되었다.

 무슨 답변을 기대하며 그 물음을 반복하는 것인가.

 같은 답변이 돌아오기를 바라고 있는가, 다른 답변이 돌아오기를 기대하고 있는가. 어느 쪽이든 상관없으니 그냥 그와 말을 나누고 싶을 뿐인가.

 바뀌지 못하는 테레시아는 빌헬름에게 어떤 답을 원하는가.

 ──답은 갑작스레, 아무 예고도 없이 뚝 떨어졌다.

 그날은 테레시아가 먼저 광장에 도착한 날이었다.

 꽃밭을 바라보고 바람을 받으며 테레시아는 그가 도착하길 애타게 기다렸다. 이미 꽃밭과 빌헬름, 어느 쪽이 목적이라 발길을 옮기는지 테레시아도 깨닫고 있었다.

 "──빌헬름."

 그 기척에 테레시아는 아련함을 품고서 뒤돌아보았다.

 광장 입구에 그의 모습이 보여서 가슴속의 따뜻한 마음이 가는 대로 테레시아는 미소 지었다.

 "────."

 갑자기 빌헬름의 감정이 허물어진 것은 그 순간이었다.

 눈을 부릅뜨고 입술을 푸들거리며 떨리는 손바닥으로 얼굴을 가린 빌헬름. 그의 극적인 반응에 놀라 뛰어가려던 테레시아의 발이 멈추었다.

테레시아는 여태까지 타인을 상처 입히지 않겠다고 남과의 관계를 거절해 왔다. 그래서 누군가의 마음을 상처 입혔을 때, 그 대처법을 모른다.

상처 입히고 목숨을 빼앗는 데 특화한 테레시아라는 『검성』은, 남을 구할 수 없었다.

"빌헬름……."

정신이 들고 보니 테레시아는 그 공포마저 밀어내고 빌헬름의 눈앞에 서 있었다.

상처 입히는 것은, 무섭다. 하지만 이대로 그를 잃는 쪽이 훨씬 더 무섭다.

테레시아의 손가락이 떨리는 빌헬름의 손에 닿았다. 그 순간 테레시아는 믿을 수 없을 정도의 열을 느끼고 깨달았다.

검은, 강철은 어마어마한 열을 띠면서 두드리는 손길에 더욱 강한 강철로 변해간다.

빌헬름은 한 자루 검이었다. 하지만 그것은 미완성 검이었다.

그리고 지금, 빌헬름은 열을 띠고 강철로서 단련되어 변해가고 있었던 것이다.

──검이 상대라면, 『검성』인 자신이라면 이해할 것이다.

이 사람에 관해서라면, 이 검에 관해서라면 이해하고 싶다고 여길 것이다.

"꽃은, 좋아졌어?"

자연히 평소의 물음이 나왔다.

만약 밖에서 두 사람을 보는 사람이 있으면 웬 생뚱맞은 물음이

냐고 여겼을지도 모른다. 하지만 두 사람 사이에서만은 그걸로
족했다.

"……싫지, 않아졌어."

그리고 평소의 물음에 평소와 다른 답변이 있었다.

──테레시아는 언젠가 빌헬름의 답변이 바뀔 날을 두려워했
었다.

바뀌지 못하는 테레시아를 남기고 누구나 앞으로 나아가듯이.

빌헬름이 바뀐 순간, 자신은 또 혼자 남는 공포를 맛보는 것이
아니냐고.

그렇지는 않았다. 그저 바뀌는 그가 사랑스러웠다.

바뀌어 강해지려고 하는 강철이, 그저 한 자루의 검이 사랑스러
웠다.

"왜, 검을 휘두르는 거야?"

그러니까 틀림없이 이 물음에도 다른 답변이 나오리라.

그리고 그 답변은 어쩌면, 테레시아에게 구원을 가져다줄 답변
으로──.

"내게는 이것밖에…… 지키는 방법이 떠오르지 않았기 때문이
야."

검밖에 없다고, 빌헬름은 답했다.

그렇다. 검밖에 없는 것이다, 이 사람은.

그런 사람이니까 좋은 것이다. ──이 사람이.

그 이래로 두 사람 사이에 약속 같은 대화는 없었다.

대신에 오가는 말이 늘고 화제가 바뀌어 웃는 일이 많아졌다.

빌헬름의 형편없는 화술에 웃음 짓고 그가 더욱더 사랑스러워지는 감정을 느꼈다.

"서훈 이야기가 나와서, 기사가 됐다."

그날의 대화를 꺼내는 모습과 묘하게 열을 띤 그의 태도는 잊을 수 없다.

타인과 교류하는 것을 어려워하며 타인과 거리를 벌려왔지만, 용기를 쥐어 짜낸 청년의 말이 가진 진의를 모를 만큼 바보는 아니다.

단순한 평민이, 전장에서 펼친 활약 덕에 기사로 인정받는 건 이례적인 일이다. 기사 서훈의 영예를 누리게 된 그가 무엇을 바라서 자신에게 고백했을까.

"그래, 축하해. 한 걸음, 꿈에 다가섰잖니."

알고 있었기에 테레시아는 일부러 야속하게 대답했다.

긴장을 풀다간 얼굴이 빨개진다. 그 사태를 참기 위해 테레시아는 『검성』의 능력을 전력으로 구사해서 얼굴이 붉어지는 걸 참았다. 아무렇지 않은 걸로 가장하며 빌헬름에게 웃어 주었다.

"꿈?"

"지키기 위해서 검을 잡았다며? 기사는, 누군가를 지키는 사람을 말하는걸."

테레시아의 그 대답에 빌헬름은 바로 예의 바른 표정으로 끄덕였다. 평소에는 꼬여 있으면서, 때때로 어린아이처럼 고분고분한 면도 있다.

──그가 지키고 싶은 것 중에 자신의 존재가 있으면 좋겠다.

거의 확신하면서도 그렇게 보험을 드는 자신이 싫었다.

분명히 마음은 서로 통하고 있을 거라 여기면서 행동하지 않는 자신이 진짜 정말로 바보여서 밉고, 구제불능이라, 그 때문에 또다시 테레시아는 실수했다.

생각해 보면 자신은 한 번도 옳은 일을 한 적이 없었는데.

6

고향이 전쟁의 불길에 휩싸인 빌헬름이 단신으로 전장에 몸을 던졌다.

그 보고를 들은 순간, 테레시아는 핏기를 잃고 그 자리에 무심코 무릎을 꿇었다. 옆에 있던 집의 고용인이 당황했지만 아무 대답도 할 수 없었다.

그만큼 절망적인 상황인 걸 테레시아도 바로 알 수 있었다.

『검을 들어, 테레시아.』

침묵하며 바닥을 노려보는 테레시아의 뇌리에 그리운 환청이 들렸다.

참으로, 참으로 오랫동안 듣지 못한 환청이다. 빌헬름과 만나 그를 마음에 둔 뒤로 어느덧 환청은 테레시아로부터 멀어졌다.

지금까지 한 번도 그 목소리를 호의적으로 여긴 적은 없다. 하지만 이 순간만은, 옳았다. 검을 들라고 테레시아에게 호소하는 목소리가 정답이었다.

"──검을 들어, 테레시아."

테레시아는 환청과 똑같은 말을 스스로 입에 담고 일어섰다.

오빠들에게 모든 것을 맡기고, 숙부에게도 책임을 떠넘겨서 죽게 만들었다.

테레시아가 싸우지 않아서 많은 사람들이 희생되게 했다.

그렇지만, 그만은── 빌헬름만은, 못 넘긴다.

그 검은, 그 강철은, 그 사람만은 나만의 것이니까.

"검을 들어, 테레시아. ──이번에야말로."

──빌헬름의 고향에 펼쳐진 전선은 이미 완전히 붕괴한 상태였다.

절규와 노호가 오가고 피와 타오르는 불길의 냄새가 가득 차오른 지옥의 전장── 그 무참하기 이를 데 없는 광경에 테레시아의 뇌리에 첫 출진의 씁쓸한 기억이 되살아났다.

기억은 수도 없이 테레시아를 괴롭혔다. 전장에 서서 많은 기대를 짊어지고 화려하게 『검성』의 역할을 다하는 자신을 몽상한 적도 있었다.

하지만 현실은 기억의 잔혹함을, 몽상하던 허울을 쉽사리 쫓아내고 짓밟았다.

"_____."

토악질을 참으며 테레시아는 전장에서 빌헬름의 모습을 찾았다. 그 검기를 찾아 혈안이 되어 전장을 뛰어다니다가 마침내 흔적을 찾아냈다.

깨달은 순간, 땅을 박차고 있었다.

테레시아의 다리는 전사들이 얽히고설킨 전장을 한시도 멈추지 않으며 주파했다. 시산혈해를 밟고 넘어 노호와 단말마가 교차하는 전장을 가로지르며 달렸다.

그리고 숨이 막힐 듯한 피 냄새가 지배하는 전장에서 테레시아는 그의 모습을 발견했다.

바야흐로 아인이 쓰러진 빌헬름에게 대검을 내리찍으려는 중이었다. 빌헬름이 피투성이 얼굴을 들어 상대를 쳐다보았다. 입술이 움직이며 쉰 목소리가 새어 나왔다.

"죽고 싶지, 않아……."

──괜찮아. 걱정하지 마. 그러니까.

이제, 아무것도 안 들린다.

손에 든 장검을 휘둘렀다. 가볍다.

소리 없이, 아예 충격조차 없이 아인의 목이 쉽사리 날아갔다.

목을 잃은 거구가 대검을 쳐든 채로 천천히 쓰러졌다. 다음 순간, 사방에서 테레시아의 여린 몸에 적의와 살의가 빗발처럼 쏟아졌다.

그, 빗발의 궤도가 전부 보인다. 읽을 수 있다. 피부로 느껴진다. 헤쳐 나간다.

몸을 피하면서 테레시아는 눈에 보이는 기묘한 하얀 선을 칼끝으로 따라 그었다.

신기하게도 어느새 공중에 하얀 선이 여럿 떠올라 있는 게 보였다. 더 신기한 건 그 선을 검으로 그으면 된다고, 본능이 이해하던 것.

검풍을 휘감으며 하얀 선을 긋자 아인들이 양단되고 대량의 피보라가 날았다.

사지를 끊고 목을 치고 복부를 꿰뚫어 생명을 거둔다.

『검성의 가호』가, 『사신의 가호』가 마침내 기회를 얻어 폭발했다.

"테레시아 님……!"

싸움 와중에 자신을 부르는 목소리가 들렸다. 늘 테레시아 곁에 있던 시종의 목소리였다.

『검성』의 책무를 팽개치고 첫 출진에서 적 앞에서 도망치는 추태를 저지르고 본인조차도 전혀 기대하지 않는 테레시아를, 그 시종은 한 번도 버리려고 하지 않았다.

시종은—— 여러 번 말했었다.

언젠가, 기회만 준다면 테레시아는 누구보다 강하게 『검성』으로서 행동할 수 있다고. 그때가 올 때까지 옆에서 언제까지나 지탱하겠다고.

그 말이 옳았다. 자신은 누구보다 강하고, 누구보다 죽이는 재주가 좋다.

——더 일찍 이런 사실을 깨달았으면 좋았을 것을.

"_____."

만신창이인 빌헬름이 그를 구하러 온 동료의 손에 구출되었다. 빌헬름은 필사적으로 남으려 저항하지만 그 바람도 이루어지지 않았다.

테레시아는 그의 기척이 멀어지자 안도하고 검을 휘둘렀다. 생명을 빼앗았다.

웃음소리가 들렸다. 그것은 줄곧 들리던 환청과 같은 목소리.

──테레시아는 간신히 그 정체가 『검신』이라고 이해했다.

『검신』의 웃음소리를 테레시아는 노호와 단말마로 덧칠해 지우려고 했다.

그저 그이의, 삶을 바라는 목소리만을, 그것만을 들으며.

빌헬름 외의 모든 목소리를 이 귀에서 떼어 놓고, 빼앗으며──.

7

──재회의 약속은 하지 않았다.

그럼에도 그 광장에 가면 만날 수 있다는, 확신만이 있었다.

"굴욕이다."

그렇게 중얼거린 그의 눈앞에 테레시아가 조용히 서 있었다.

빌헬름이 휘두른 혼신의 검을 손가락 두 개로 잡아 세운 테레시아가 서 있었다.

"날, 비웃고 있었나."

"─────."

"대답하시지, 테레시아……. 아니, 『검성』 테레시아 반 아스트레아!"

그럴 생각은, 없다.

다만 그 변명에도 아무 의미가 없었다.

"이제, 이곳에는 안 올게."

테레시아는 달려드는 빌헬름을 피하다가, 여전히 포기하지 않는 그를 몇 번씩 때려눕히고 빼앗은 검의 칼자루로 찍어서 무릎을 꿇린 순간 말했다.

증오와 연민, 오로지 어두운 상념을 담은 그의 눈빛을 더 이상은 버틸 수 없었다.

"그런, 얼굴을 하고…… 검 같은 걸, 잡는 게 아냐."

검의 아름다움과 강철의 존엄을 누구보다 신봉하며 자신을 바쳐 온 사람이 빌헬름이다. 그런 그의 모든 것을 걷어차며 짓밟는 자신의 힘에 간신히 타협을 지었다.

답은 다름 아닌, 빌헬름 트리아스가 주었다.

"나는,『검성』이니까. 그 이유를 알지 못하고 있었지만, 겨우 알았으니까."

"이유, 라고……."

"누군가를 지키기 위해서 검을 휘두른다. 그거, 나도 좋다고 생각해."

이 살육의 힘으로, 가증스러운 저주로 남을 지키자. ——빌헬름을, 지키자.

그를 지키고 가족을 지키고 많은 이들을 지켜 왕국까지 다 지켜내서 어엿한『검성』이 되는 것이다. 누구보다 강하고 어엿한 『검성』이 되는 것이다.

내가 제일 강하니까. 『검성』은 최강이니까.

"기다려, 라, 테레시아……."

등에 닿는 목소리에 발을 멈출 뻔했다. 그것을 필사적으로 참았다.

그 필사적으로 참는 테레시아의 귀에, 마음에, 그래도 빌헬름은 목소리를 보냈다.

"내가, 네게서 검을 빼앗아 주마. 주어진 가호든 역할이든, 알바 아냐. 검을 휘두른다는 걸…… 칼날의, 강철의 아름다움을, 얕보지 말라고, 『검성』……!"

빼앗아 주겠다고 말했다.

『검신』의 웃음소리가, 사라지지 않는 환청이 테레시아의 두개골에 울려 퍼졌다.

『검성』에게 이기겠다는, 그런 무모한 바람을 떠든 재능 없는 검사를 비웃듯이.

——덧없는 희망에 마음이 흔들린, 사랑하는 딸을 비웃듯이.

8

——압도적인 검기를 등에 받고, 테레시아는 본능적으로 뒤돌아보았다.

술렁거리는 소리가 퍼지고 식전에 들끓던 사람들의 열광이 갈라졌다. 그 원인은 누구의 제지하는 목소리에도 따르지 않으며 홀연히 식전회장에 나타난 남자━━ 아니, 검사였다.

━━『아인전쟁』의 종결을 축하하며 그 내전이 끝나는 데 가장 공헌한 존재, 『검성』 테레시아 반 아스트레아를 선보이는 기념식전 도중이었다.

식전을 위해서 정장을 갖추고 의전용 검을 손에 든 테레시아는 자신이 제정신인지 의심했다.

이런 일은 있을 수 없다고. 결코 깨지 않을 악몽 속에서, 이 또한 『검신』의 일그러진 사랑이 보여 준 환상이다. 테레시아는 자신이 본 것을 믿을 수 없었다.

그런 테레시아 앞에서 검사가━━『검귀』가 녹슬고 무딘 칼을 들고 있었다.

"━━━."

말없이 자세를 잡는 『검귀』 앞에서 테레시아 또한 의전용 검을 들었다.

발칙한 자를 포위하려는 경비병들을 단상에 있던 국왕이 제지했다. 그 판단에 감사했다. 이로써 결코 훼방은 안 들어온다.

꿈이라도 좋다. ━━이 『검귀』와의 밀회를 아무에게도 방해받지 않을 수 있는 것이다.

━━신호는 없었다.

서로 짠 것만 같이 두 사람의 검이 동시에 뻗으며 날카로운 소리를 연주하는 검극이 시작되었다.

테레시아의 시야를 『검신』이 사랑하는 딸에게 보여 주는 승리로 가는 길이 뻗는다. 검으로 따라 그으면 상대를 죽이는, 살육 기교의 도달점──. 그것을『검귀』는 단순한 단련만으로 돌파했다.

미쳐 버릴 열정이 검에 깃들고 허공의 하얀 선이 녹슨 검에 모조리 베여 죽었다.

가슴이 세차게 뛰었다. 칼부림을 거듭하며 하얀 선이 끊어지고 눈길이 얽힐 때마다 사랑하게 된다.

눈앞에 있는, 검의 귀신을 사랑하게 된다.

몇 번이나, 몇 번이나, 몇 번이든『검성』은 이『검귀』를 사랑하게 된다.

──이 사람이 사랑스러워서 못 견디겠는 것이다.

한 합마다 마음이 깊어졌다. 당장 검을 내버리고 그 가슴에 뛰어들고 싶었다.

그럴 수는 없다. 그렇게는 못 한다.『검신』이 아니라 눈앞의『검귀』가 거절한다.

자신의 힘으로 빼앗겠다고. 다른 누구의 손도, 네 손조차도 빌리진 않겠다고.

자신만의 힘으로, 자신의 집념으로, 검에 바쳤던 모든 것으로『검신』에게서 여자를 빼앗는다.

몇 번, 몇백 번, 몇천 번, 몇만 번, 몇억 번, 자신을 그리며 검을 휘둘러 주었는가.

검극이 교차하고 코등이싸움을 벌이고 칼끝이 번뜩이고 수도 없이 부딪치다가, 이윽고──.

"나의."

"_____."

"나의, 승리다."

의전용 검은 테레시아의 손을 떠나 있었다.

충격에 저리는 손바닥이 있고 등 뒤로 성검이 소리와 함께 떨어졌다. 그리고 테레시아의 하얀 목덜미에는 중간에 부러진 낡고 무딘 검의 벌겋게 녹슨 칼날이 들어와 있었다.

아름답게 치장된 『검성』이 투박하게 벼린 『검귀』에게 패했다.

성검이 녹슨 검에 패배하고 『검성』이라는 환상이 깨진 순간이었다.

"나보다 약한 네가, 검을 들 이유는 더 이상 없다."

말을 거는, 무뚝뚝한 목소리. 이 소리를 듣는 것도 꽤 오랜만이었다.

그런데 처음에 거는 말이 이렇다니 정말로 이 사람답다.

"내가, 검을 들지 않는다면…… 누가."

"네가 검을 휘두를 이유는 내가 계승한다. 너는 내가 검을 휘두를 이유가 되면 그만이야."

그가 검을 휘두르는 이유는 무언가를 지키기 위해서.

그가 웃옷의 후드를 벗었다. 보고 싶던 얼굴이, 지저분하고 볼멘 얼굴로 테레시아를 노려보고 있었다.

빼앗겠다느니 지켜 주겠다느니, 멋있는 말을 하러 왔으면서 정말 여자 마음을 몰라 준다. 검이니까 어쩔 수 없지만.

"너무한 사람. 남의 각오도 결의도 전부, 망쳐 놓고."

"그 망친 것도 전부, 내가 계승하지. 넌 검을 잡고 있던 것 따위 잊고 태평하게…… 그렇지. 꽃이라도 키우면서, 내 뒤에서 안온하게 살고만 있으면 돼."

"당신의 검에, 지켜지면서?"

"그래."

"지켜줄 거야?"

"그래."

소중한 것 안에 자신을 꼽고, 이 사랑에 응답해 준다면.

테레시아는 『검귀』── 아니, 빌헬름의 말에 미소를 띠었다.

목에 들이민 검을 만지고 한 걸음 앞으로 나섰다.

손에 닿은 칼날 너머로 빌헬름이 단련한 나날을 느꼈다. 견디기 어려운 감정이 치솟아 테레시아의 눈꼬리로부터 눈물이 떨어졌다.

천천히 넘쳐 나온 눈물이 볼을 흐르며 미소 짓는 테레시아의 파란 눈을 반짝이게 했다.

"꽃은, 좋아해?"

"싫어하지 않아졌어."

"왜, 검을 휘둘러?"

"널 지키기 위해서."

한계였다.

검을 놓아 버린 순간부터 『검신』의 목소리는 더이상 들리지도 않았다.

빌헬름밖에 안 보인다.

빌헬름밖에 못 느낀다.

빌헬름밖에, 없다.

그의 가슴에 다가붙어 눈을 감은 테레시아에게 빌헬름의 입술이 겹쳤다. 부드럽고 뜨거운 감촉에 사랑하는 마음이 부풀어 올라 테레시아의 세상이 일변했다.

뺨을 붉게 물들이며 눈앞의 사랑하는 남자를 보았다.

빌헬름은 아무 말도 안 하고 조용히 말을 기다리고 있다.

그 모습에 테레시아는 웃었다. 어쩔 수 없지 전과 마찬가지로 자신이 먼저 말을 건넸다.

"나를, 사랑해?"

"──알아서 생각해라."

무뚝뚝하게 대꾸하며 고개를 휙 돌렸다.

테레시아는 그 대답에 눈이 동그래졌다가 바로 볼을 부풀렸다. 이번에야말로, 이런 곳에서 도망쳐서 배길까 보냐고 앞으로 몸을 기울였다.

"욘─석. 말로 해 주길 바라는 일도 있단 말이야."

"아─."

빌헬름은 머리를 긁고 얼버무리는 것처럼 목을 빙 돌렸다. 그러나 결국 테레시아의 시선에 꺾인 것처럼 한숨 쉬고 그녀의 가는 허리를 끌어안았다.

그리고 놀라는 테레시아의 귀에 살며시 얼굴을 가까이 대고, 속삭였다.

"언젠가, 마음이 내킬 때."

──그때가 올 때까지 긴 시간이 필요해질 것 같다.

그런 불만을 품으면서, 그래도 언젠가 찾아올 그날을 고대하는 느낌으로.

　반한 게 죄이기에 테레시아는 사랑하는 사람의 투정을 허락한 것이었다.

9

　"사랑해, 빌헬름. 당신은?"

　"―――――."

　결국 그 뒤에도 빌헬름은 한 번도 그 답을 입에 담지 않았다.

　그래도 말 대신에 행동으로 자신의 마음을 표명해 주고는 있었지만.

　그걸로 속아 주는 건 다정한 여자거나 상대인 남자에게 홀딱 반한 여자뿐. ――테레시아는 양쪽 모두였으니 어쩔 수 없이 계속 속아 주었다.

　부부간의 시간은 온화하게, 다정하게 지나갔다.

　약속한 대로 빌헬름은 그 이래로 한 번도 테레시아에게 검을 잡게 하지 않았다. 테레시아도 검에 미련 따위 없다. 『검신』의 목소리도 진즉에 들리지 않게 되었다.

　그래도 때때로 불안한 마음이 든 적은 있다.

　『검성의 가호』는 사라지지 않았다. 줄곧 테레시아 안에 존재하고 있기에.

　"테레시아."

"———음."

그런 불안을 느꼈을 때, 계산하던 것처럼 빌헬름이 껴안았다. 그리고 그는 속마음을 숨기려는 테레시아의 옷을 벗겨내어 억지로 안에 끼어들었다.

그런 면에, 구원받는다.

"나를, 사랑해?"

"————."

그 질문에만은 고집스레 대답해 주지 않았지만.

10

인생에는 많은 일이 있다. 당연히 좋은 일도, 나쁜 일도 있다. 정말로 많은 일이 있었다.

테레시아와 빌헬름, 두 사람 사이에 태어난 외동아들 하인켈.

하인켈이 아내로 맞은 루안나와 첫 손자가 되는 라인하르트.

——누가 잘못했다고 할 수 없으리라.

누구보다 검에 성실하고, 우직하게 노력하다가 끝내 보답받지 못한 하인켈도.

『잠자는 공주』라는 병에 걸려 지극히 사랑하는 남편과 자식을 원하지 않는 고독으로 몰아넣은 루안나도.

사람 하나가 짊어지기에는 너무나 끔찍한 숙명을, 무수히 짊어지게 된 라인하르트도.

아무도 잘못하지 않았다. 아무도 잘못 같은 건 안 했다.

하인켈은 일그러지고 루안나는 꿈에 사로잡혔으며 라인하르트는 사랑을 되찾으려고 했다.

그 사실을 알아차렸는데도 아무것도 하지 못한 테레시아야말로 죄인이었던 것이다.

"나는 반대다! 넌 무슨 생각이야!"

날카롭게 날을 세운 검기를 지척에서 받으며 테레시아는 남편의 서슬에 몸을 굳혔다.

짐작하던 반응이다. 반드시 반대할 줄 알았었다.

──이름뿐인 『검성』에게 왕국에서 몇십 년 만에 내린 청. 세계를 위협하는 3대 마수 중 한 축, 백경(白鯨) 토벌이 목적인 『대정벌』에 참가해 달라는 요청이었으니까.

머리카락이 희끗해지기 시작했으나 나이와 함께 더욱 씩씩해진 남편의 얼굴을 응시했다. 그 파란 눈에 깃든 격정과 테레시아에게 보내는 강한 마음은 아무런 변화가 없었다.

테레시아가 사랑하고, 테레시아를 사랑하는 남자의 얼굴. 테레시아는 남편에게 고개를 가로저었다.

"이미 결심한 문제야."

"제멋대로 굴긴! 도대체 누가 꼬드겨서 이런 짓을……."

완강한 테레시아의 태도에 빌헬름은 그것이 누구의 발안이었는지를 알아챘다.

다음 순간, 분노가 『검귀』의 뺨을 붉게 물들이고 억누르지 못한 검기가 대기를 터트렸다.

"이 못난 놈이, 부끄러운 줄 알 것이지……!"

"나나 당신에게 그 소리를 할 자격은 없어."

아들에 대해 후회하는 건 빌헬름도 마찬가지다.

그렇기에 그 때문에 아들을 책망하길 바라지 않았다. 테레시아의 마음을 참작해 빌헬름은 이를 갈았다. 조금은 세상을 배운 증거였다.

그리고 세상을 배운 그는 모든 것을 내던지기에는 지나치게 많은 것을 떠안고 있었다.

예의 백경 토벌에 빌헬름은 동행할 수 없다.

이때, 왕성은 전대미문의 사태 때문에 혼란 상태였다. ──왕제(王弟) 폴드의 따님이 누군가에게 납치되어 근위기사단은 온 힘을 기울여 그 행방을 수색해야만 했다.

당연히 근위기사단 단장인 빌헬름도 그 책무를 다해야 한다.

따라서 『검귀』가 동행하지 않는 대정벌에, 지금도 『검성의 가호』를 계승한 상태인, 허수아비 『검성』인 테레시아가 참가를 요청받은 것이다.

──테레시아는 검을 잡게 하지 않겠다는, 빌헬름이 해 준 약속을 기억한다.

실제로 그 약속은 줄곧 지켜졌다. 안온하게, 지켜지는 꽃 여자로서의 나날을 달게 보내왔다. 그 어리광과 헤어질 때가 찾아온 것이다.

"빌헬름. ──나를, 사랑해?"

"뭣."

여전히 설득하려던 남편은 미소 지은 아내가 오랜만에 건넨 물음에 굳어 버렸다.

그 동요를 틈타 테레시아는 미소 지은 채로 남편의 어깨에 손을 흘려서 상처를 냈다. 남편과 맺어진 이후로 자기 의지로 제어가 가능해진 『사신의 가호』로, 상처를 냈다.

빌헬름은 얕게 베인 어깨 상처를 보고 눈을 부릅떴다.

깊지는 않지만 피는 그치지 않는다. 테레시아가 곁에 있는 한, 떨어지지 않는 한.

"테레시아?"

살며시 남편의 다부진 가슴팍에 몸을 기대었다.

안아 주는 팔의 따스한 온기를 느끼면서 테레시아는 빌헬름의 어깨 상처에 입을 맞추었다.

입술이 붉게 물들고 처음 맛보는 남편의 피 맛이 났다.

"이걸로, 당신은 나를 쫓아오지 못해. 그랬다간 상처가 아물지 않으니까."

"그래서 이런 바보 같은 짓을? 말해 두지만 난 피가 안 멈춰도 널 쫓을 거다."

"그렇게 하면 의미가 없잖아."

작게 웃으며 테레시아는 몸을 떼었다.

그리고 쩔쩔매는 빌헬름의 어깨 상처를 손가락으로 가리키고 말했다.

"그 상처, 그대로 놔둘게. 당신이 나를 쫓지 못하도록. 서로 할 일이 끝나면 제대로 메꿔 줄게."

"_____."

"괜찮아. 내가 누구인 줄 알고 그래? 이 세상에서, 당신 다음으로 강한 최강의 검사야."

"오십 가까워져서 젊은이랑 겨룬들⋯⋯."

"괜한 소리 하지 말고."

딱 잘라 무례한 소리를 하는 입을 막았다. 정말이지, 20년 이상 함께했는데 이렇다.

강철은, 검은 지금도 변함이 없다.

그렇기에──.

"사랑해, 빌헬름."

"_____."

"응, 그러면 돼. 그 답은, 다음에."

"다음?"

눈썹을 모은 빌헬름의 되물음에 테레시아는 끄덕였다.

그렇게 재회를 남편 어깨의 상처에 맹세하면서──.

"──돌아오면, 그날 듣지 못한 말을 해 줘."

11

기억이, 날아갔다.

모래폭풍 속에 있는 것처럼 시야가 어지러워지며 주위 소리도 띄엄띄엄해서 듣기 어려워졌다.

"———!"

누군가의 노호가, 비명이, 절규가 들렸다.

토벌대는, 백경을 쓰러뜨리기 위해서 출진한 군세는 괴멸 상태에 빠져 있었다.

주위를 짙은 안개가 에워싸고 있어 어느 쪽으로 도망치면 되는지 당최 짐작도 가지 않았다. 그저 막연히, 강대한 압박감으로부터 달아나듯 모두가 소리를 지르고 있는 것 같았다.

"————."

무슨 일이 일어났는지 창졸간에 기억이 나지 않는다.

가혹하기 그지없는 격전이었지만 전황은 토벌대가 우세했을 터다. 백경을 상대로 한 걸음도 물러서지 않은 채 일선에서 물러났던 자신이라도 보탬이 된다고, 그렇게 생각한 기억은 있었다.

거기까지 생각했다가 위화감을 깨달았다. 그것은 희미한, 그러나 절대적인 위화감.

팔다리에, 눈에 문제는 없다. 하지만 마치 날개를 잃은 것만 같은 상실감이——.

"가호가……."

『검성의 가호』의 감각을 느낄 수 없었다.

아무리 검을 멀리해도 결코 사라지지 않던 감각이 사라졌다.

"——라인하르트!"

한순간, 자기 안에 있던 가호가 누구에게 계승되었는지 손에 잡힐 듯 알 수 있었다.

숙부가 테레시아에게 가호를 계승한 사실을 알아차린 것과 비슷하게. 혹은 단순히 테레시아가 라인하르트의 한계를 모를 천부적 재능을 깨달았기 때문일지도 모른다.

어쨌든 테레시아는 차기 『검성』이 라인하르트라고 확신했다.

그 감각은 어쩌면 『검성』을 동경하던 하인켈에 대한 배신이었을지도 모르지만—— 그 생각을 탓할 이도, 그럴 시간도 남아 있지는 않았다.

"——어머, 이런 데 여자가 한 명. 참 용감하군요."

"웃——."

단아한, 그리고 생뚱맞은 목소리가 들려서 테레시아는 전율하며 돌아보았다.

짙은 안개 속에서 백금색 머리 소녀가 나타났다. 소녀는 부드럽게 미소 지으며 낯선 상대에게 건네는, 무상의 우애가 연상되는 자비로운 눈빛을 띠고 있었다.

그것은 공포를 품게 할 만큼 뒤죽박죽에 일그러졌으며 너무나 방대한 애정.

"미움을 사고 말았네요."

테레시아는 뽑을 수 없어진 『용검』을 내버리고 발밑의 장검을 주워 덤벼들었다.

평시라면 하지 않을 판단. 그러나 이곳은 백경의 안개가 지배하는 죽음의 세계—— 그곳에서 유유히 걸어 나온 소녀라면 괴기를 넘어서서 위험에 불과하다.

『검성의 가호』를 잃어도 테레시아의 몸은 과거의 검술을 재현할 실력이 있었다. 충분하고도 남을 검기를 담아 내지른 검격이 소녀의 몸을 양단하고——.

"——당신을, 이해하고 싶답니다."

다음 순간, 고혹적인 목소리가 고막을 간질이고 의식이 어둠에 떨어졌다.

하늘에서 떨어지듯이, 물속에 잠겨들 듯이 의식이 아래로, 더 아래로 내려갔다.

무슨 일이 일어났는지 모르겠다. 무슨 일이 일어나는지도 모르겠다.

그저 손자의 미래를, 아들의 마음을, 두 사람을 잇는 며느리를 생각하는 마음이 내달렸다.

그리고 마지막으로——.

"——빌헬름."

사랑하는 남자의 이름을 부르고, 의식은 완전히 사라졌다.

그리고——.

12

"얼굴, 청승맞긴……."

천천히 뜬 눈꺼풀 너머로 엉망진창인 얼굴이 보였다.

머리카락은 완전히 하얗게 셌고, 얼굴에도 연륜이 깃든 주름이 늘어서 이건 이거대로 멋있다고 느끼는 건 어쩔 수 없다. 당연히 착각할 턱이 없었다.

남편의 얼굴이니까. 그 이별로부터 시간은 꽤 지난 모양이지만.

"_____."

길게, 숨을 내뱉었다.

가까이에는 그 밖에도 하인켈과, 라인하르트일까. 둘의 기척이 느껴졌다.

아스트레아의 사내 셋이 모여서 일부러 마중하러, 배웅하러 와 준 걸지도 모른다.

다들, 착한 아이들이었으니까.

"테레시아, 나는……."

쭈글쭈글한 얼굴로 빌헬름이 말을 잇지 못하고 있었다.

아들과 손자 앞인데 볼썽사납다. 위엄과 늠름함은 어디다 놔두고 온 것일까. 하긴 돌아보면 의외로 이렇게 약하고 여린 면도 귀여운 사람이었지만.

"저기, 빌헬름……."

자신의 목소리는 쉬어 있었는데, 그런데도 묘하게 젊었다. 이미 할머니일 텐데.

마치 처음 사랑을 하던 시절 같은 목소리라 창피하다.

"_____."

처음 사랑을 하던 시절, 그런 감각에 낯간지러워진다.

남은 시간도 별로 없는데 그저 서로 바라보기만 하며 시간을 낭비하고 말았다.

하지만 그래도 좋다. 테레시아가 전해야 할 말은 충분히 전했다. 그건 빌헬름도 알리라.

그렇기에 시간과, 기회와, 말이 필요한 건 이 양반 쪽.

테레시아는 조용히 그 말을 기다리면 된다. 기다리게는 하지만 반드시 기대에는 부응한다. 그런 남자니까, 빌헬름 트리아스는.

그럼 남편이니까, 빌헬름 반 아스트레아는.

"네게, 해야만 하는 말이…… 있다."

"_____."

"나, 나는 말이 서툴러서, 자기 생각도 잘 못 전해서 네게도 고생을……. 그래서, 20년 넘게, 네게 한 번도……."

"_____."

"20년, 불안하게 만들었을지도 몰라. 하지만, 나는……."

"──바보 같은 사람."

제대로 말도 못 하는 요령 없는 모습에, 잠자코 있을 생각이었는데 가만있지 못하게 됐다. 웃음이 터진다. 정말 이 남자, 무슨 말을 하는 거람.

"정말로, 몰랐던 거야?"

당장에라도 울어 버릴 듯한 얼굴로 열심히 고심하려는 뺨에 손을 뻗었다.

몸이 몹시 무겁다. 이제 힘이라곤 거의 남지 않은 몸이지만 남은 힘 전부를 손끝에 담아서 그 뺨에 흐르는 눈물을 닦았다.

말을 못 잇는 그 뺨에 손가락을 보낼 수 있었다.

남은 힘 전부를 그 손끝에 담아 사랑하는 남자의 뺨에 흐르는 눈물을 닦을 수 있었다.

"당신은 계속, 말해 주고 있었어."

숨겼다고 생각했을까.

말로 표현하지만 않았다고, 숨겨낼 수 있는 줄 알았던 것일까.

"당신의 눈이, 당신의 목소리가, 당신의 태도가, 당신의 행동이, 계속."

빌헬름이 테레시아에게 보내는 모든 것이.

이 사람의 마음을 무엇보다 또렷하게 전해 주었는데.

"나는, 너를——."

"당신은, 나를——."

그러니까, 충분했었어.

"——사랑해."

처음부터 끝까지, 틀림없이 축복받은 인생이었어.

사이가 좋은 형제가 있었고, 사랑해 주는 부모님이 계시고, 육친 같은 친구가 있었으며.

많은 사람들에게 도움받았고, 빌헬름과 만났기에.

아마 이것저것 아직 문제는 있겠지만.

당신들이라면 꼭 괜찮을 거라고 믿으니까.

당신들을 처음부터 끝까지, 늘 변함없이 사랑하니까.

——마지막에 딱 하나, 듣지 못해서 미련인 게 있었어요.

사실은 첫눈에 반했던 걸 알면, 당신은 얼마나 놀라 줄래요?

13

서로 사랑의 말을 나눈 것이 마지막이었다.

만족스럽게 미소 지으며, 사랑스럽게 볼을 붉히며 그 눈을 눈물로 적신 테레시아 반 아스트레아의 모습이 순식간에 형상을 잃고 무너졌다.

빌헬름의 품속에서 테레시아는 잿더미가 되어 이번에야말로 정녕 사라진 것이다.

"_____."

자신의 가슴에서 생명을 불사르고 끝내 재로 변한 테레시아. 빌헬름은 그런 그녀의 잔재를 내려다보며 오로지 침묵하며 고개만 숙이고 있었다.

"……이걸로, 만족하냐?"

그리고 침묵하며 움직이지 않는 빌헬름을 대신해, 남자가——하인켈이 언성을 높였다.

하인켈은 자신과 마찬가지로 그 상황을 바라보던 라인하르트를 증오 서린 눈초리로 노려보았다. 그 눈초리에 라인하르트는 돌아보며 짧게 숨을 내뱉었다.

"만족이라 하심은?"

"시침 떼지 마! 본 그대로잖아! 만족하냐? 만족하겠지, 너는! 이로써 『검성』의 자리는 명실공히 네 것이란다, 축하해! 선대를 죽게 해서 가호를 빼앗았단 풍문도 의심할 여지가 없는 사실이란 거군. 이봐, 만족하지? 야!"

"무슨 말씀을 하시는지 의미를 잘 모르겠습니다."

"뻔뻔한 낯짝 하지 마라, 망할 애새끼가!"

거칠게 노성을 쏟아내며 하인켈이 라인하르트의 멱살을 잡으려 들었다. 그러나 라인하르트는 그 손끝을 피하고는 헛발을 디딘 친아버지를 손바닥으로 제지했다.

전혀 상대받지 못하고 있다. 그 사실 앞에서 하인켈은 어금니를 세게 깨물었다.

"기고만장하지 마라, 라인하르트……."

하인켈이 라인하르트에게 삿대질하며 침을 튀기고 아들을 탄핵했다.

"네가 무슨 말을 해 봤자 내가 본 건 변함없어. 네가 어머니를…… 테레시아 반 아스트레아에게 칼을 댄 건 사실이다. 공표할 거야. 세상에 퍼뜨려서 아무도 널 『검성』이라고 인정하지 못하게 해 주마!"

"_____."

"이러쿵저러쿵 해도 넌 『검성』이란 명예를 포기하지 못하잖아. 여태까지는 흐지부지 덮어왔을지도 모르지만 더는 그렇게 못 해. 육친을 베어 죽여 놓고 『검성』? 왕국의 검? 핫, 웃기는군! 이 살인자가!"

"──부단장님, 몇 번 말씀하셔도 의미를 모르겠습니다. 제가 선대를 베었다는 건 부단장님의 착각입니다."

"뭐, 어……?"

숨을 씩씩대는 하인켈의 추궁에 라인하르트는 차분하게 대꾸했다. 그 내용에 하인켈은 눈이 동그래지지만 라인하르트에게는 발뺌하려는 기척이 없다.

변명조차 없다. 라인하르트는 사실을 읊고 있다.

"방금 적은 비술로 움직인 송장입니다. 선대『검성』…… 할머니일 리가 없지요. 뭔가 착각하신 거 아닙니까?"

"_____."

라인하르트의 말에 하인켈은 아연해서 말문을 잃었다.

그리고 하인켈은 자신의 빨강머리에 손을 집어넣고 거칠게 쥐어뜯었다. 희미하게 경련하는 웃음소리가 목에서 새어 나왔다. 하인켈은 미치광이 같은 웃음을 띠면서 물었다.

"그럼 마지막의 그건 뭔데? 아버지랑 대화하던 그건?! 나나 너를 원망스럽게 노려보고…… 그게 어머니가…… 우리 어머니가 아니라면!"

"──이제 그만해라, 하인켈."

이를 드러내며 증오 이상의 감정으로 가슴을 태우는 하인켈. 여태까지 침묵을 고수하던 빌헬름이 하인켈의 격정을 말렸다.

노검사는 숙인 자세 그대로 배에 두르고 있던 웃옷을 풀고는 그 소매를 찢어 자신의 오른발── 장검에 뚫려 대량으로 출혈하던 상처를 응급 처치했다.

『사신의 가호』의 힘으로 아물지 않아야 할 상처는 테레시아의 존재가 사라진 순간부터 효력을 잃었다. 그것은 오른발만이 아니라 빌헬름의 왼쪽 어깨에 있던 해묵은 상처 또한.

산 사람이던 테레시아는 왼쪽 어깨에, 죽은 사람이던 테레시아는 오른발에.

『사신의 가호』로 아내가 새긴 상처는 그 양쪽이 사라짐으로써 효력을 잃은 것이다.

"그만하라니…… 아버지! 아버지는 그걸로 되는 거야?! 이놈 은……!"

"그만해라, 하인켈. ……그만해."

빌헬름은 물고 늘어지는 하인켈을 거듭해서 제지했다.

소매를 잃은 웃옷을 펼쳐 빌헬름은 재가 된 테레시아의 주검을 감쌌다. 이대로 바람에 그녀를 맡기면 너무나 쓸쓸하다.

최소한 이 뼛가루만이라도 그녀가 사랑하는 가족과 같은 무덤 에 넣어 줘야만 한다.

"──윽."

그런 아버지의 모습을 보자 하인켈은 분한 듯 이어질 말을 거두 었다. 그리고 뼛가루를 회수한 빌헬름은 휘청거리는 다리로 일어 섰다.

지혈했다고는 해도 상처는 깊다. 출혈도 많다. 순간적으로 그 몸을 라인하르트가 부축하려고 손을 뻗었다. 하지만──.

"──건드리지 마!"

그, 닿으려던 손끝을 빌헬름의 노호가 내쳤다.

라인하르트는 뻗으려던 팔을 멈추고, 빌헬름은 그런 그가 있는 방향을 쳐다보지도 않았다. 그저 서로 시선을 나누지 않은 채로 『검귀』는 가라앉은 숨을 내뱉었다.

"라인하르트……."

"——예."

떨리는 빌헬름의 목소리와 달리 라인하르트의 목소리는 당당한 것이었다.

그 음성에 빌헬름은 한 차례 눈을 감았다가 말을 이었다.

——그것은, 질문이었다.

"할머니를…… 테레시아를 벤 것을, 후회하느냐?"

"_____."

대답이 나올 때까지, 미미한 시간이 걸렸다.

어쩌면 방금 하인켈과 주고받은 문답과 비슷하게 무의미한 문답이라고 내쳐야 할 내용이었을지도 모른다.

그러나 라인하르트는 한 박자 띄우다가 대답했다.

"아니요. ——저는 옳은 일을 했습니다. 그 사실을, 후회하진 않습니다."

"……그……렇군. 네 말이 맞다."

"_____."

"너는 옳다. 내가 틀렸지. ——그러니까, 너와 할 말은 이제 아무것도 없다."

빌헬름은 조용히 고하고 라인하르트에게 등을 보였다. 그리고 조부와 손자는 얼굴도 안 보고 결정적인 문답을 마쳤다.

"도시 내에 당신의 힘이 필요한 상황은 그 밖에도 있을 겁니다. 중간에 놓친 가필 공도 심려됩니다. 부탁하지요, 『검성』 라인하르트 경."

"_____."

심히 남남 같은 말투에 라인하르트는 숨을 죽였다. 그리고 라인하르트는 끄덕인 다음, 마지막으로 하인켈 쪽을 힐끔 쳐다보았다.

증오가 서린 하인켈. 그는 라인하르트의 시선에 희미하게 몸을 굳혔다. 그런 자잘한 주눅은 언급하지 않으며 라인하르트는 눈을 내리깔고 말했다.

"바깥은 위험합니다. 부단장님. 가능하다면 피난소로 가시길. —— 빌헬름 님과 함께."

"너, 너한테 들을 필요까지 있을까 보냐! 빨리 꺼져!"

끝까지, 한 톨의 온정도 없는 말을 얻어맞고 라인하르트는 고개를 돌렸다. 그대로 라인하르트는 무릎을 굽혔다가, 다음 순간에는 밤하늘의 달을 향해 도약했다.

순식간에 모습이 시야에서 사라지는 『검성』. 그 인간을 벗어난 운동력을 지켜보며 하인켈은 침을 뱉었다. 그리고 발을 질질 끌며 걷는 빌헬름의 등에 달려갔다.

"아버지, 혼자서 하면……."

"가만 놔둬 다오. 지금은 아무에게도 얼굴을 보이기 싫다."

"아버지……."

"내 걱정은 필요 없다. 너는, 자기 안전만 생각하면 된다. …… 그걸로 충분해."

배려할 심산인지, 메마른 말을 남기고 빌헬름이 하인켈을 놔두었다. 아내의 뼛가루를 감싼 웃옷을 안은 채로 다리를 질질 끄는 등이 멀어졌다.

"_____."

뒤에서 불러 세우지도, 같이 서서 걷지도 못하고 혼자 남는다.

홀로 남고, 이윽고 빌헬름도 시야에서 사라지자 하인켈은——.

"뭐, 냐고…… 뭐야, 뭐냐고, 뭐야, 뭐, 제길, 대체 뭐냐고!"

모두 다 사라진 곳에서 포석을 노려보며 하인켈은 격정을 토해 냈다. 머리를 쥐어뜯고 말이 되지 못하는 분노를 외치며 발밑에 떨어져 있던 자신의 검을 걷어찼다.

아름다운 기사검이, 『아스트레아』가 지면에 튕기고 미끄러지 듯이 굴러간다.

"제길, 제길, 제길, 제길, 이놈이고 저놈이고……! 이놈이고 저 놈이고 다 죽어 버려……! 죽어 버려어어어어어——!"

혼자밖에 없는 광장에서 피를 토하는 듯한 하인켈의 절규만이 메아리쳤다.

언제까지고, 언제까지고, 원망과 한탄을 뒤섞은 절규가 드높 이, 저 멀리——.

할아버지, 아버지, 손자, 아스트레아 가문이 모두 모인 전장은 이렇게 끝났다.

할머니이며, 어머니이자, 아내였던 여성.

테레시아 반 아스트레아의 최후는 세 사람의 마음에 저마다 상 처를 남기고.

——여기서 수문도시 프리스텔라 공방전의 모든 전장이 결말 을 맞았다.

제6장 『프리스텔라 공방전 리절트』

1

　　──그 방송은, 『탐욕』의 대죄주교를 쓰러뜨린 스바루와 에밀리아가, 레굴루스의 신부였던 이들을 데리고 도시청사로 돌아가는 도중에 도시 전체에 울려 퍼졌다.

　『사방의 제어탑을 탈환해 도시를 위협하던 비열한 마녀교는 전부 격퇴되었습니다! 이로써 도시의 안전은 확보됐으며── 수문도시, 프리스텔라의 승리입니다!』

　희색으로 가득한 그 호소는 온 도시에 도달하는 『미티어』를 이용한 방송이었다.

　다소 소리가 깨지긴 했으나 방송한 인물의 목소리가 상기된 것 이상의 문제는 없다. 그 환영할 만한 내용에는 '말하도록 지시받는' 느낌은 일절 느껴지지 않았다.

　"스바루! 방금 저 말……!"

　"그치. 어떻게, 잘 풀리긴 했단 말이군……."

스바루는 옆에서 기뻐하는 에밀리아에게 끄덕이고 일단락되었다는 안도감에 어깨에서 힘을 뺐다.

이로써 최소한 대수문이 개방되어 도시가 수몰하는 전멸 엔딩은 회피했다. 자그마한 염려가 있다면, 방송의 목소리에 들은 기억이 있었다는 점이다. ──기억에 착오가 없다면, 목소리 주인은 안부가 불투명하던 키리타카 뮤즈일 것이다.

매일 아침 『미티어』로 방송하던 그의 목소리를 통해서 하는 호소는 피난소에서 구원을 기다리는 도시 주민들의 귀에 익숙하다. 따라서 위화감 없이 마음에 닿을 것이다.

그마저도 악랄한 『색욕』 같은 녀석의 책모라는 생각이 들기도 하지만.

"그 소리를 시작하면 한이 없으니까. 아무튼 서둘러 도시청사로 돌아가자. 이 눈으로 똑똑히 확인해야 안심이 되지."

스바루는 그렇게 말하고 에밀리아와 신부들에게 귀로를 재촉했다.

괴로운 경험을 한 사람들에게 무리를 시키자니 가슴이 아프지만, 지금은 발을 멈출 수 없다. 조속히 이 불안을 털어내어 진짜 의미로 안도를 쟁취하고 싶었다.

물론 그리 쉽게 마음속 초조함이 제거될 수는 없겠지만──.

"────."

스바루의 그 불안은 도시청사에 돌아온 순간, 산산조각 났다.

도시청사가 가까워짐에 따라 당초의 불안은 커지기만 했다. 그것은 멀찍이서 보이기 시작해야 할 도시청사가 흔적도 안 남아서 무슨 일이 있었을 거라고 쉽게 상상이 갔기 때문이다.

실제로 도시청사는 허물어져 잔해 더미로 변해 있었다.

건물 안에 있었을 부상자와 비전투원들이 그 잔해 밑에 깔린 게 아니냐고 거세진 초조함이 스바루의 마음을 태우려 들었다.

하지만 그런 스바루의 불안과 초조는 오래가지 않았다.

"————."

스바루 일행 외에도 그 방송을 들은 주민 대다수가 이 자리에 와 있었다.

그들 또한 스바루와 똑같이 위급한 사태를 벗어났다는 확신을 원했을 것이다. 그리고 역시 비슷하게 무너진 도시청사를 보고 심하게 동요한 것이리라.

어쩌면 동요가 혼란으로 변해 재차 패닉이 확대될지도 모른다.

──그것을, 단 한 음절의 류리레의 선율과 이어진 노랫소리가 단숨에 날려 버렸다.

"————."

잔해를 무대 삼아 한 『가희(歌姬)』가 노래하고 있었다.

부드러운 노랫소리, 아름답게 연주되는 악곡. 심각한 옆얼굴에는 그녀답지 않은 진지한 정감이 가득 차 있어서 거기에 서 있는 게 진짜배기 『가희』라며 영혼을 뒤흔든다.

자연히 굳어 있던 마음이 풀리며 길고 깊은, 도취된 숨결이 흘러나왔다.

그렇게 긴박감이 풀린 스바루 옆에서 에밀리아가 살며시 손을 포갰다. 슬쩍 보니 그 주위에서 오래도록 감정이 얼어붙어 있던 신부들이 눈물을 흘리고 있었다.

해빙의 순간에 흐른 눈물이 『가희』의 노랫소리로 다시 하염없이 넘친다.

감정의 폭발은 신부들만이 아니라 이 자리에 있는 청중 전원에게 전파되었다. 눈물과 오열이 퍼지며 노래가 가져다준 감동이 사람들을 속수무책으로 흠뻑 빠트렸다.

자상하고 부드러운, 노랫소리를 이용한 마음의 침략 행위였다.

노래의 끝이 다가오며 류리레의 선율이 달콤하게 올올이 풀려 나가는 것을 알 수 있었다. 스바루의, 청중의 마음을 차지하는, 끝을 거부코자 쥐어뜯는 것만 같은 충동──.

하지만 모든 존재에는 끝이 있다. 따라서 인간은 덧없이 떠도는 존재를 사랑할 수 있는 것이다.

그러니까──.

"────."

노래가 끝나고 사람들의 시선과 고막을 한 몸에 모은 『가희』가 잔해 더미 위에서 인사했다.

순간, 가위 눌린 몸이 해방된 것처럼 시간의 흐름 속으로 돌아와 사람들이 손뼉을 쳤다. 박수가, 우레 같은 박수가 일어서 노래의 여신에게 축복받은 『가희』에게 찬사가 쏟아졌다.

쏟아지는 찬사 속에서 『가희』는 천천히 고개를 들고──.

"들어 주셔서, 가샤하미다!"

정정. ──릴리아나 마스커레이드는 대차게 발음을 망쳤다.

2

"──스바루! 이제야 돌아왔구나!"

"……베아트리스?"

잔해 위의 라이브가 여전히 이어지는 가운데, 친숙한 소녀의 목소리에 스바루는 뒤돌아보았다.

베아트리스가 펑퍼짐한 드레스 옷자락을 들고서 도시청사 흔적지에 모인 많은 사람들의 인파를 우회해 걸어오고 있었다.

베아트리스는 스바루와 에밀리아 곁에 당도하자 그 동그란 눈으로 두 사람을 바라보고 말했다.

"응, 둘 다 크게 다친 곳은 없는 것 같구나. 돌아오는 게 늦어서 걱정한 것이야. 만약 베티가 없는 사이에 크게 다치기라도 했다면 마음 놓고 화장실도 못 보내."

"그렇게까지 손이 가다니 뭔 유치원생이냐……. 아니 베아코, 너야말로 어떻게 된 거야? 마나를 탕진했다가 탈이 나서 전선 이탈했던 것 아니었어?"

"그, 베티가 잘못한 것처럼 들리는 말투 관둬! 애초에 스바루의 다리가 남아난 건 베티의 헌신 덕분이라고! 감사와 안아 주기가 모자란 것이야!"

"알아, 안다니까."

스바루는 툴툴 노발대발하는 베아트리스를 안아 들고 친애를

담아 볼을 비볐다. 그러고 있으려니 뽀로통한 표정의 베아트리스
도 서서히 태도가 부드러워졌다.

"또 내가 자리 비운 와중에 힘내 줬던 거냐. 항상 미안하다. 민
폐만 끼치고."

"스바루가 베티에게 민폐를 끼치는 건 당연하니까, 신경 쓸 필
요 없어. ……거짓말인 것이야. 역시 조금은 신경 써. 신경 써서,
감사하는 것이야."

베아트리스는 스바루의 사과를 받아들여 관용을 드러내면서도
결의를 잊지 않았다. 그리고 베아트리스는 에밀리아 쪽도 돌아보
며 말했다.

"에밀리아도 무사해서 안심했어. 너한테 무슨 일 있으면 빠냐
가 슬퍼하는 것이야."

"응, 그렇겠지. 베아트리스도 걱정해 줘서 고마워. 스바루와 라
인하르트가 와 준 덕에 끄떡없어."

에밀리아가 알통을 만들어 건재함을 어필하자 베아트리스가
"흥!" 하고 고개를 돌렸다. 살며시 빨개진 볼이 쑥스러움을 못 숨
기고 있다. 귀엽다.

"그래서, 귀여운 베아코에게 질문 있어. 릴리아나가 저러고 있
단 말은, 우리 편 대승리가 틀림없겠지만…… 다른 사람들은? 제
대로 빌딩 무너뜨리기 전에 피난시켰어?"

"어? 이거 베아트리스가 부순 거니? 용돈으로 변상할 수 있을
까……."

"심각한 표정으로 무슨 말을 하는 거야! 베티가 저지른 게 아냐!

이 건물은 베티가 나가고 나서 멋대로 가루가 됐어!"

"농담이야, 농담."

누명을 쓴 베아트리스의 변명에 스바루가 웃고, 에밀리아가 "어? 어느 쪽이 맞아?" 하고 혼란 중. 하지만 이렇게 베아트리스 가 시답잖은 대화에 어울려 주고 있는 판국이다.

"다시 말해, 베아코가 침착할 정도로는 다들 괜찮다는 뜻이 고……."

"──글타. 내도 딱 빠져나왔으니 탈출 걱정 안 캐싸도 된다."

"어차차, 그 목소리는…… 어라?"

스바루의 결론을 긍정하는 목소리가 나서 세 명의 시선이 그쪽 으로 돌아갔다.

그러자 역시 잔해 더미와 인파를 우회하는 작은 인물── 한순 간, 상대의 용모에 위화감을 느낀 것은 그 머리색이 낯익은 색과 달랐기 때문이었다.

"아나스타시아 씨……지?"

"그 확인은 뭐꼬…… 맞나, 그랬었제. 지금 내 머리색이 달랐 네."

기모노 복장의 아나스타시아가 그렇게 말하고 자신의 머리를 손으로 빗었다. 그 머리카락은 원래의 연보라색 대신 짙은 녹색 으로 염색했기에, 인상이 크게 달라져서 에밀리아의 눈이 동그래 졌다.

"아나스타시아 씨, 그 머리 어떻게 된 거야?"

"음~, 안 어울리노? 내 맘에 쏙 드는 건데……."

"아, 으응, 어울려! 하지만 갑작스러워서 팔짝 놀라는 바람에……."

에밀리아가 허둥지둥 고개를 가로젓고 아나스타시아의 물음에 성실하게 대답했다. 그 말을 들은 아나스타시아는 "고맙데이." 하고 미소 지었다.

"설명하믄 길어지는데, 이기도 작전이데이. 쌓인 얘기는 치아두고…… 좌우간 에밀리아 씨가 무사해서 다행이다카이. 나츠키도 사내애는 사내애구마."

"그 평가도 신경 쓰이지만…… 아나스타시아 씨, 다른 사람들은 무사해?"

"────."

"제어탑을 되찾아서 도시가 구원받았단 건 릴리아나 라이브를 봐도 알겠어. 남은 문제는 그걸 위해서 싸워 준 모두의 상황이야. 그건, 어때?"

진지한 물음. 스바루는 그 진의를 가슴에 숨긴 채로 아나스타시아와 마주 보았다.

────기본적으로 스바루는 자신의 『사망귀환』을 포함하는 전략을 좋게 보지 않는다.

그것은 죽음에 대한 저항감은 물론이거니와 『성역』에서 보여 준 스바루가 죽은 뒤 세계의 영향이 크다. 그 세계가 참인지 거짓인지는 알 수 없다. 그냥 악질 마녀가 보여 준 심술일 가능성도 있다. ────하지만 『사망귀환』에 기대기만 하는 선택지는 그때 사라진 것이다.

그럼에도 스바루가 자발적으로 『사망귀환』을 선택한다면, 그것은 잃은 채로 나아가는 것을 허용할 수 없는 결과가 기다리고 있을 때.

그리고 이번에 스바루는 그 가능성을 고려해서 각오했다.

대죄주교에 도전해 도시 탈환을 위해서 힘을 합친 왕선 후보자나 그 기사, 관계자들.

잃고 싶지 않은 사람들을 잃지 않기 위해서 아픔과 괴로움이 따르는 시간을 반복할 각오를.

"스바루……."

옆에 선 에밀리아가, 품속의 베아트리스가, 스바루의 각오에 눈을 근심으로 흐렸다.

왠지 위태로운 결의를 내비친 스바루를 바라보며 아나스타시아는 입가의 힘을 뺐다.

"——안심하그라. 나츠키캉 에밀리아 씨가 마지막에 돌아온 거니까."

"우리가 마지막…… 아니 다른 사람들은?"

"안심혀."

확증을 원해 애태우는 스바루에게로 아나스타시아는 깊은 미소를 지으며 한쪽 눈을 찡긋하고 대답했다.

"전원, 자알 돌아왔데이. ——결원 없음. 우리가 이긴 기라."

3

"대장! 무사히 돌아온 거냐!"

도시청사 흔적지의 가장 가까운 피난소, 그곳은 사람이 넘쳐나는 야전병원의 양상을 띠고 있었다.

동료를 찾아 베아트리스의 안내를 받고, 그때 합류한 스바루 일행을 알아채고 기세등등하게 소리친 것은 금발의 인물── 가필이었다.

"오오, 가필…… 아니 너, 괜찮냐?!"

스바루는 웃으며 손을 흔드는 가필을 봤다가 저도 모르게 눈이 휘둥그레졌다.

웃통을 훌렁 벗은 가필이지만 그 온몸은 검푸른 타박상으로 그득했다. 하지만 정작 본인은 얼굴을 활짝 펴고 격전을 극복해서 나온 자신감을 내비치고 있었다.

그 표정을 보자 스바루는 바로 놀람을 웃음으로 전환했다.

"남더러 무사하냐고 할 참이냐. 너, 얼굴 꼴이 말이 아니라고."

"얼굴 얘기는 대장한테 들을 소리가 아니지. ……근데 역시 대장이야. 남자 값 좀 해 본 모양이잖아. 에밀리아 님, 용케 구해냈어."

"당연하지."

스바루가 자신만만하게 웃고 주먹을 내밀자 가필도 자신의 주먹을 마주 내밀었다. 남자끼리, 서로의 건투를 칭송하려면 이걸로 충분하다.

그런 두 사람의 대화에 에밀리아와 베아트리스가 얼굴을 마주했다.

"어쩐지, 스바루랑 가필은 엄—청 남자애란 느낌이야."

"나 원 참, 베티는 이해하지 못할 세계이지 뭐야. 후덥지근해서 못 배기겠어."

미소 짓는 에밀리아와 대조적으로 베아트리스는 남자의 세계에 대한 이해가 낮다. 그런 그녀의 태도에 이를 딱 부딪친 가필이 "이봐, 이봐." 하고 날카로운 시선을 보냈다.

"헹, 여자들은 모를 세계일지도. 애초에, 이 어르신은……."

"——오—! 가프, 찾았다—! 두구당탕—!"

"끄워?!"

이야기 중에 옆에서 날아든 충격에 날아가는 가필. 쓰러진 그 가슴 위에 올라탄 것은 파닥파닥 꼬리를 흔드는 자묘인(子猫人) 소녀였다.

귀를 쫑긋 세운 그 소녀는 깜찍한 얼굴을 웃음으로 한가득 채우면서 외쳤다.

"후—하하! 가프, 방심은 금물! 진정한 적은 자기 마음속에 있다! 그리고 마음속에는 소중한 사람도 있다! 즉, 만석!"

"너, 넌 사람 위에서 웬 난리야……."

"흐흥—, 미미, 아가씨한테 들었어! 남자는 왠지 깔고 뭉개는 게 좋다, 라던가? 그게 밀당인가 뭔가라고 그랬어! 그래서, 깔아봤지—!"

그렇게 말한 미미가 가필을 엉덩이에 깔고 웃었다.

크게 다쳤을 미미가 건재한 모습을 보고 스바루는 안도하며 가슴을 쓸어내렸다.

"미미, 너도 기운 차렸냐!"

"오ㅡ, 오빠, 어서 와ㅡ! 어서 와ㅡ! 미미가 자는 동안 뭔가 되게 힘들었던 느낌? 수고했어ㅡ! 미미, 되게 잘 잤어! 그래서 기운 차림!"

"그만큼 별일 다 있었는데 여전하네, 너. ……하지만 가필도 한 시름 덜었겠지."

미미가 빈사에 빠진 건 가필을 감쌌기 때문이라고 들었다.

죽어가는 그녀를 들쳐 메고 달려왔다가 아물지 않는 상처라고 알자 지독하게 충격을 받았던 가필이다. 이렇게 차도를 보인 미미에 오죽 안심한 게 아닐 것이다.

"핫, 지나치게 여전해서 난처할 지경이라고. 애초에 아까부터 말하잖아. 나은 지 얼마나 됐다고 그렇게 날뛰다간…… ."

가필이 가슴 위에서 웃는 미미를 노려보며 설교했다. 하지만 그 설교 중에 미미가 "아!" 하고 큼직한 눈을 끔뻑이더니 말했다.

"가프, 위험해! 또 상처 터졌어! 피가 철철ㅡ!"

"이 멍청아! 그래서 말했잖아! 젠장! 손봐 줄 테니까 이리 와!"

"우캭ㅡ! 아파양ㅡ! 아파양ㅡ!"

가필은 상처가 벌어져 웃기 시작하는 미미를 떠메고 허둥지둥 피난소 안쪽으로 달렸다. 마치 폭풍 같은 소란에 스바루는 저도 모르게 얼이 나갔다.

"후훗……. 저러는 걸 보면 가필이 고민하고 있을 새도 없어지겠어."

미소 짓는 에밀리아가 멀어지는 두 사람의 등에 그런 코멘트를 남겼다. 그 말에 스바루도 "그러게." 하고 얼굴을 폈다.

"이러니저러니 해도 괜찮은 짝이지, 쟤들은."

"미미는 귀엽고, 가필을 엄―청 좋아하는 모양이니…… 가필은 람을 좋아하는 것 같으니까 쉬운 이야기는 아니겠지만."

"응, 알지, 알아……. 엇, 에밀리아땅이 남녀상열지사에 코멘트를?!"

자못 알기 쉬운 사례라고는 해도 생각지 못한 발언이라 스바루가 깜짝 놀랐다.

스바루의 고백을, 남녀의 연애를 도통 모르겠다고 답변을 보류하던 에밀리아가 설마 남의 연애를 언급하다니.

"나 참, 못 말리겠는 것이야. 어린이가 다들 까치발 들어서 귀엽기도 하지."

"제일 겉모습이 어린 베아트리스가 그러니 체면이 말이 아니네요."

그런 모습을 방관하며 여유로운 태도로 어깨를 으쓱이는 베아트리스. 참으로 외견과 안 어울리는 코멘트지만, 그 말에 응답한 것은―.

"뭐야. 있었냐, 오토."

"처음부터 있었는데요?! 원래부터 다 같이 우르르 저 있는 곳에 모여든 거면서, 뻔뻔해!"

그렇다. 스바루의 말에 과도하게 반응한 사람은 오토다.

오토의 말대로, 스바루와 가필이 주먹을 맞대던 시점부터 그는 줄곧 이 자리에 같이 있었다. 스바루 일행은 가설 침대에 뻗어서 요양 중인 그 곁으로 모여 있었으므로.

"베아코한테 들었다, 무투파 내정관. 너, 또 피 맛 좀 보겠다고 사냥감을 찾으며 도시를 서성거렸다며. 밝히긴."

"또다시 이상한 소문이 도니까 밑도 끝도 없는 유언비어는 그만 하시죠?!"

평소처럼 오토가 외쳤다. 하지만 그 안색은 결코 좋지 않다. 침대 위의 그의 두 다리에는 애처롭게 붕대가 감겨 있어 중상자라는 사실도 의심은 없었다.

"오토, 다친 곳은 괜찮니?"

"한동안 걷기 어려울 성싶지만 제대로 낫는대요. ……상황으로는 에밀리아 님이 더 큰일이었는데 제가 중상이란 것도 한심한 얘기지만요."

"안 그래. 열심히 싸워 준 결과잖아? 오토는 싸우는 게 직업이 아니니까 심한 상황이 되지 않아서 정말 다행이야."

"내정관이란 직업에 정상적인 상식이 있는 사람은 현재로서 에밀리아 님뿐이에요……."

어지간히 순수한 걱정에 굶주렸던 모양인지 절로 나온 오토의 답변에 에밀리아는 곤혹스러운 눈치다. 뭐, 직전의 문안객이었던 가필의 태도는 스바루와 썩 다를 바 없었을 테니까 오토의 심정은 짐작할 만하다.

그렇긴 해도 오토가 다리를 다친 경위는 스바루도 내심 편치 않았다.

"——책을 가지러 가는 도중에, 『폭식』 자식과 맞닥뜨렸다고?"

스바루는 베아트리스로부터 들은 이야기에 관해 딱딱한 목소리로 오토에게 물었다.

『예지의 서』취급에 관해서 스바루 일행을 철저히 멀리하려던 오토다. 그 걱정은 이해한다. 이해하지만, 같은 우려는 스바루에게도 있는 것이다.

"일단 상담이나 해라, 그쯤은. 친구잖아."

"에밀리아 님이 끌려갔고, 덤으로 도시의 명운까지 영웅처럼 짊어졌죠. 그런 와중에 또 하나 성가신 짐을 얹으라고요? 사양하죠. 저는 그렇게 바보처럼 제 친구에게 책임만 떠넘길 생각은 없어요."

"켁."

너스레를 가장할 작정이었는데 생각지 못한 대꾸가 나와서 스바루는 뚱하니 눈을 돌렸다.

"둘 다 번거롭게 굴긴……. 이것도 남자끼리의 영문 모를 세계 얘기일까."

"하지만 그게 스바루랑 오토답다고 생각해."

어깨를 으쓱이는 베아트리스와 입에 손을 대고서 키득키득 웃는 에밀리아.

그 모습에 스바루는 오토에게 눈짓하고── 오토도 살짝 끄덕였다.

『예지의 서』 이야기는 에밀리아에게 그다지 들려주고 싶지 않다. 그 점에서는 오토도 같은 의견인지 여기서 화제를 더 키우는 걸 피하기로 말없이 동의했다.

『복음서』의 상위호환이며 『마녀』가 남긴 사연 있는 책이다. 가급적 그것들과 에밀리아를 엮이지 말게 하자는 것이 스바루의 마음속 조용한 결의 중 하나다.

"어쨌든 네가 무사해서 천만다행이지. 정말로 악착같이 사는 자식이군."

"이 다리를 무사한 걸로 취급하는 데 항의하고 싶은데요……."

화제 전환과 걱정이 반반인 스바루, 그 대답 도중에 오토가 의미심장하게 침묵했다.

그것은 다리 부상 및 『예지의 서』와도 다른, 다른 걱정거리가 있는 듯한 태도였다.

"뭐야? 아직 뭔가 덜 말한 게 있어?"

"네, 상당히 어려운 문제가. ──나츠키 씨, 옆 피난소에 주의하시길."

"옆 피난소……?"

갸우뚱하는 스바루 옆에서 에밀리아와 베아트리스도 똑같이 갸우뚱했다. 그런 그들을 쳐다보며 오토는 살짝 턱을 까닥였다.

그리고──.

"대죄주교 하나가 그곳에 포박되어 있습니다."

4

"──여어. 누가 왔나 싶었는데 형제잖아."

그렇게 말하고 문제의 피난소를 방문한 스바루 일행을 맞은 것은 통로에 등을 기대고 있던 쇠투구를 쓴 남자―― 프리실라의 시종, 알이었다.

그는 무리 지어 걸어오는 스바루 일행 가운데 에밀리아 쪽에 시선을 보내며 말했다.

"흐응, 아가씨도 무사했던 모양이잖아. 진심으로, 형제도 참 용해."

"응, 걱정해 줘서 고마워. 알도 내 전언을 스바루 쪽에 전해 줘서 엄―청 도움이 됐어. 진짜, 알은 좋은 사람이구나."

레굴루스에게 끌려간 뒤, 에밀리아가 입수한 귀중한 정보의 메신저가 된 것이 알이다. 그 사실을 가리켜 감사하는 말에 알은 자신의 목을 손가락으로 거칠게 긁었다.

"……근질근질거리는 데다가, 그거 과대평가라고. 형제도 말 좀 해 주셔."

"음, 그렇지. 에밀리아땅, 그건 과대평가야."

"진짜로 말하고 자빠졌냐?! 사람이 애썼는데 그러는 법은 없잖아, 형제?!"

항의하는 알의 목소리에 스바루는 "농담이야, 농담." 하고 가볍게 응수했다.

말은 그래도 이번 소동에서 알의 언행에는 이래저래 복잡한 심정이 있다. 불명료한 행동들과 스바루에 대한 조언―― 불신감은 심해지기만 할 따름이다.

"그래서, 알은 여기서 뭐 하고 있어?"

"감시랄까, 밭에 둔 허수아비 같은 거지. 누가 망을 안 보면 위험하다고 공주가 그래서 말이야. 그래 놓고 당사자는 꾸몄던 거 갈아입는다니까 난감한 노릇이지."

"⋯⋯하지만 알은 싫은 것처럼 안 보이는데."

"으윽."

에밀리아의 악의 없는 발언에 알이 아픈 곳을 찔려 신음했다.

실제로 주위를 휘두르기만 하는 프리실라를 따라다니는 이상, 알에게는 알 나름의 충절이 있는 것이리라. 그것은 타인이 헤아릴 수 있는 게 아니다.

"제길, 영 태도가 꼬이네. ⋯⋯그래서, 여기에 온 목적은 안쪽에 있는 녀석으로 보면 되냐?"

"그 밖에 목적이 있다고 생각하는 것이야? 일부러 너하고 잡담하기 위해서만 올 만큼 베티와 스바루는 시간이 남지 않아."

"표현이 신랄한걸, 이봐. 그렇게 성질부리지 마라, 베아코⋯⋯ 이크."

"──베티가 그 호칭을 허락한 건 스바루뿐인 것이야."

경박한 알의 태도에 베아트리스가 눈에 노기를 담으며 내뱉었다.

"다음에 또 불렀다간 정녕코 두려운 보복이 널 기다릴 거야."

"예이, 예이. 알았수다. 나 참, 야속하기도 하지."

투구의 걸쇠를 손가락으로 만지작거리며 알이 베아트리스의 태도에 투덜거렸다. 다만 확실히 베아트리스답지 않은, 애교가 없는 시비였다.

하지만 그 점을 언급하기 전에 알은 스바루 일행을 위해서 통로의 길을 텄다.

"대죄주교는 안에 있다. 나쁜 짓은 하지 못하게 묶어놨으니 일단 죽고 죽일 일은 없을걸. ——그럼에도 하나만 충고해 두마."

"충고?"

"녀석들과 얽혀 봤자 좋을 거 없어. 대화 같은 거 집어치우고, 방치하고 돌아가."

"……그럴 수가, 있겠냐."

어조를 낮추고 진지한 감정이 담긴 알의 충고. 그 말에도 불구하고 스바루는 고개를 가로젓고 재차 통로 안쪽으로 눈길을 돌렸다.

짜릿짜릿하게 살갗이 소름이 돋는 기척—— 가장 깊은 곳의 철문 안에 대죄주교가 잡혀 있다.

"이만큼 사고 친 놈들이야. 그리고 내가 싫어해 봤자 마녀교와의 연은 못 끊어. 그러니까 가끔 내가 먼저 쳐들어가야지."

"……그러시냐. 그렇게까지 각오가 됐다면 나는 더 이상 아무 말도 안 하련다."

스바루의 결의가 어느 정도인지 알자 알이 체념한 기색으로 그 자리에 털썩 주저앉았다. 그리고 알은 고개만으로 안쪽 문을 가리키면서 말했다.

"일단 확인하겠지만 아가씨들도 갈 거지?"

"응, 물론. 스바루만 위험을 겪게 할 수 없는걸."

"그러냐. ……그럼 형제 혼자만 가는 것보다 훨씬 안심되는군.

안 그래?"

"시끄럽네! 무슨 일 생기면 너도 사양 말고 구하러 와라!"

끝말만 너스레를 주고받고 스바루 일행은 알의 배웅을 받으며 통로 안쪽으로. 굳게 닫힌 철문에 가까워질수록 알 수 없는 압박감이 이쪽의 온몸에 엉겨들었다.

마치 스바루의 본능이 영혼이 문 너머의 존재를 거부하고 있는 것 같았다.

"……스바루."

발길을 멈추고 문을 노려보는 스바루를 에밀리아가 걱정스럽게 불렀다.

말없는 베아트리스도 스바루의 빈손을 살며시 잡아 주었다.

"미안. 괜찮아. ──가자."

두 사람의 존재에 용기를 받고, 스바루는 착각을 떨쳐내고는 문고리를 세게 쥐었다.

그리고 철문이 삐걱거리는 소리와 함께 열리고──.

"──아하. 와 준 거군요, 당신. 일부러 찾아오게 해서 미안해라. 고마워요."

광원이 희박한 방 안에, 의자에 사슬로 구속된 괴인──『분노』의 대죄주교 시리우스 로마네콩티가 그런 말로 스바루의 방문을 웃으며 환영했다.

"────."

그 피비린내 나는 웃음에 스바루는 가슴속을 쥐어뜯기는 감각을 맛보았다.

지하에 건설된 피난소의 가장 깊은 곳, 사람을 물린 곰팡내 나는 방이다. 그 방 중앙에서 시리우스는 자신이 가지고 있던 금빛 사슬로 온몸이 묶여 포로 신세가 되어 있었다.

프리실라와 릴리아나, 제어탑으로 향한 두 사람의 전과―― 그것이 이 괴인의 신병이었다.

"와 줘서 기뻐요. 아무도 오시지 않나 싶었더니, 이 때문이었군요. 고마워요. 미안해요. ……그런데 훼방꾼도 있나 보지만요."

스바루의 모습에 목소리가 들떴지만 한편으로 에밀리아와 베아트리스에게 칙칙한 적의를 보내는 시리우스.

그것은 정인을 빼앗기지 않겠다는 여자의 정념 그 자체여서, 아무래도 시리우스 내면에선 스바루가 페텔기우스의 그릇이라는 착각이 속행 중인 모양이다.

"이 상황에서, 아직도 둘에게 시비를 걸다니 여유깨나 있으시군. 말해 두지만 잡은 이상은 쉽게 해방은 못 해 준다."

"하지만 쉽게 처리할 수도 없단 거죠? 고마워요. 당신이 저를 걱정해 주는 건 알아요. 하지만 미안해요. 그 걱정은 무의미하답니다."

세게 나오는 스바루의 협박 멘트를 시리우스는 배려라고 독자적으로 해석한다.

그리고 괴인은 "알잖아요?" 하고 깨진 목소리로 비웃었다.

"누구의 마음에도 타인을 생각하며, 타인을 바라는 '사랑' 이 있죠. 그러는 한, 누구라도 절 부정할 수는 없어요. 그건 그 오만한 계집애여도 마찬가지죠."

시리우스는 언외로 자신이 상대했던 프리실라를 언급하고 애정 어린 눈으로 스바루를 바라보았다. 그 태도에 스바루는 말을 찾지 못했다. 그때——.

"——스바루, 헛수고인 것이야. 이런 치들에게 반성이니 공감이니, 그런 인간다운 감정을 바라 봤자 헛수고라고. 이 녀석들은 그런 생물인 것이야."

"……여자 모양을 한 정령이, 내가 사랑하는 페텔기우스에게 접근하지 마."

베아트리스가 살며시 스바루에게 다가붙자 시리우스가 노기를 터트렸다.

괴인의 독 오른 눈초리에 베아트리스는 스바루의 팔을 쓱 끌어안았다.

"안되셨네. 베티는 스바루 것이고, 요구받아서 여기에 있는 것이야. 너야말로 틀린 이름으로 스바루를 부르지나 마시지, 착각녀."

"건방 떨지 마, 꼬마 계집년이. 일방적으로 추잡한 편애로 그 사람한테 어딜 들러붙어? 엉덩이로 불을 쑤셔 넣어 속을 불살라서 오드 라그나의 장작으로 삼아 줄까?"

"둘 다, 멋대로 신나서 싸우지 마. 나도 화낼 거야."

베아트리스와 시리우스, 둘의 험악한 분위기에 에밀리아가 끼어들었다.

일촉즉발의 분위기. 그것은 시리우스의 권능에 따른 영향일까. 감정을 헤집어 쉽게 이성을 잃게 하는 마성의 힘. 그 위험성은 오래 접할수록 증대된다.

"스바루, 역시 위험하다고 봐. 이 사람이랑 얘기하는 건……."

"──그래도 부탁해. 용케 얻은, 마녀교도에게 직접 이야기를 들을 기회야."

이런 상황이라도 아니면 마녀교도와 자리 깔고 대화할 기회는 감히 얻을 수 없다. 그것도 상대는 대죄주교. ──다른 대죄주교의 권능을 캐낼 수 있을지도 모르는 것이다.

"……위험하다 싶으면 바로 끼어들 거야."

스바루의 탄원을 귀담아들은 에밀리아가 베아트리스와 함께 한걸음 뒤로 물러났다.

이로써 상황을 위임받은 스바루는 꽁꽁 묶인 괴인 쪽으로 재차 돌아섰다.

"바라는 대로 내가 이야기 상대를 하지. 먼저 말해 두겠지만 밖의 동료분들은 전원 당했거나 퇴각했어. 도움은 안 온다."

"도움 따위 기대하지 않아요. 그런 뻔히 아는 얘기나 해서 쑥스러움을 감추다니, 정말로 귀여운 사람이네요, 당신은."

스바루의 대화 시도에 잡혀 있는 시리우스는 흡족해했다.

괴인은 에밀리아와 베아트리스라는 존재를 완전히 의식 밖에 두기로 마음먹은 모양이다. 그렇다면 둘에게 위해가 가지 않는다고 단정하고, 스바루는 대화에 임했다.

"도움이 안 올 걸 뻔히 안다니 무슨 뜻이지? 우리의 승리 요인은 너희에게 동료 의식이 없었다는 점이지만. 그래도 한도가 있을 거 아냐."

대죄주교 사이에 연계할 의지가 없다는 사실. 그것이 스바루 일행의 저항 작전의 근거이며 실질적인 승리 요인이다. 다만 그래서는 납득이 가지 않는 구석도 있다.

"이번에 너희는 프리스텔라를 동시에 공격했어. 그 점만 너희의 태도와 모순되지.『예지의 서』이니, 인공정령이니 하는 걸 요구한 것도……."

"그걸 원하는 건 제가 아닌걸요. 다른 녀석들의 생각은 추잡스러워서 알고 싶지도 않지만, 저희가 도시에 모인 건『복음서』의 지시랍니다."

"……또『복음서』인가."

마녀교도가 길을 벗어나고 악에 물드는 원인으로 여겨지는『복음서』.

소유자가 다다라야 할 미래를 가리키는 예언서라고 하지만, 그것이 만능의 책이 아님은 페텔기우스의 말로를 감안하면 명확하다.

미래를 아는 게 전부가 아니라는 사실을 스바루는 누구보다 잘 안다.

그렇기에 신기하기 그지없다.

"너희 마녀교는 어째서 그런 책에 따르는 거지? 그 책이『마녀』의…… 너희가 좋아 죽는『질투의 마녀』의 부활에 보탬이 되기 때문인가?"

"──착각하지 마세요."

"착각?"

"제가 사랑하는 건 당신뿐. 당신 한 사람뿐이어요. 『마녀』 따위 제게는 아무래도 좋아요. 전부, 당신에게 당도하기 위해서 필요할 뿐인 존재."

스바루의 질문에 돌아오는 답, 거기서 느닷없이 희열의 감정이 지워졌다.

대신에 솟은 감정은 끈적끈적하게 졸인 어둡고 어두운 마이너스의 상념, 집착, 망집──.

"다른 녀석들도 비슷한 존재. 누구랄 것 없이 끔찍한 욕망을 품고 자신의 권능에 매달릴 뿐. '사랑'만이 목적인 나와 당신하곤 달라. ──모든 게 다, 달라."

──마녀교의 목적은 『질투의 마녀』 부활이다.

페텔기우스 로마네콩티의 언동과 전해 들은 마녀교의 교리 및 만행으로부터, 스바루는 그것을 믿어 의심하지 않았다. 그런데 근본적인 이유가 흔들렸다.

"다른 대죄주교의 목적은 어떻지? 마녀교는 최종적으로 뭘 노리는 거야?"

"글쎄요? 미안해요. 당신 말고는 흥미가 없어서, 모르겠어요."

"마녀교가 평소부터 이용하는 근거지는? 누군가, 책임자나 지도자가 있을 텐데!"

"아니요. 딱히 그렇게 정해 둔 사항은 없어요. 당신도 잘 아시는 바와 같아요."

붕대 속에 흉소를 감추며 시리우스는 스바루의 질문을 뺀들뺀들 피했다. ──아니, 피하려는 의도는 없다. 시리우스는 정말 아무것도 모르는 것이다.

아무것도 모르는 채로 자신이 집착하는 목적을 위해서 타인을, 세계를 짓밟는다.

그런 자질이 있기에 녀석들은 대죄주교라고 불린다.

"─────."

모르겠다고, 마음속 깊은 몰이해가 스바루의 속을 지배했다.

그 순간, 살짝 의자가 기우뚱하는 소리가 나더니 스바루의 콧잔등에 시리우스의 얼굴이 확 접근했다.

"아──."

"──당신, 삼켜졌네요?"

눈앞에서 핏발 선 남보라색 눈에 응시받은 스바루의 목이 얼어붙었다.

발목까지 사슬에 구속된 시리우스는 기울어진 의자를 발끝만으로 균형을 잡고 스바루의 가슴에 기대는 모양새로 자세를 유지하고 있었다.

"그릇으로 삼을 육체에 정신이 먹혀서 자유를 빼앗기다니⋯⋯ 당신은 정말로, 제가 없으면 안 될 사람이라니까요."

열띠게 중얼거리던 시리우스의 혀가 스바루의 목을 달콤하게 쓸었다.

꺼끌거리는 감촉을 살갗에 맛본 스바루는 온몸의 털이 곤두섰다. 치미는 불쾌감에 눈이 격정으로 새빨갛게 물들었다. 그대로,

사고는 열기에 삼켜져서──.

"──아이스브랜드 아츠!"

"커, 훅!"

비스듬히 후려친 얼음 망치의 일격이 스바루에게 매달린 시리우스의 옆구리를 직격하고, 괴인은 옆쪽 벽에 의자째로 격돌했다.

"이상한 짓은 하지 마! 나, 덤벙이라서 힘을 잘 조절하지 못한단 말이야!"

가차 없는 일격을 얻어맞아 바닥에 쓰러진 시리우스에게 에밀리아가 경고했다.

그사이 베아트리스도 휘청거리는 스바루의 몸을 부축하며 괴인에게 경계심 어린 눈길을 보냈다.

정말이지 방심할 틈이 없다. 팔다리를 완전히 봉하고 이렇게까지 구속 상태에 몰아넣었어도 대죄주교는 잡아 둘 수 없다. 알고 있던 사실이었다.

그 권능의 흉악함에 놓치기 십상이지만, 시리우스의 전투력은 대죄주교 중에서도 남다르다.

언뜻 보면 마녀교 최강은 『무적』인 레굴루스 같지만, 실태는 권능만 믿는 『탐욕』 따위 진정한 위협에선 급이 떨어진다. 권능에 의지하지 않는 강함이야말로 대죄주교의 본질이라면, 다른 대죄주교 쪽이 레굴루스보다 훨씬 버거울 것이다.

"더 이상 대화해 봤자 헛수고인 것이야, 스바루. 이 여자는 위험할 뿐이야."

다가붙는 베아트리스의 충고를 이번만은 스바루도 내치지 못했다.

리턴보다 리스크가 크게 웃돈다. 하물며 이 괴인의 권능은 상대의 마음에 독을 심는 데 지나치게 특화되었다.

너무나 아쉽지만 더 이상의 접촉은 리스크가 너무 앞선다.

"_____."

"……잠깐."

그리 생각해서 베아트리스의 의견에 따르려던 스바루가 숨을 죽였다.

시리우스는 차가운 바닥에 얼굴을 붙이고 가쁘게 콧숨을 쉬고 있다. ──아니, 콧숨이 아니다.

그것은 콧노래다. 땅바닥에 누워 시리우스가 콧노래를 흥얼거리고 있었다.

"그 노래 그만둬. 뭔 수작이야."

"_____."

"그만두라고 했잖아! 그 노래, 머리에 쨍쨍 울린다고!"

"──아아, 미안해? 하지만 노래는 좋죠. 그렇게 배운 직후거든요. 노래는 정말로 멋지다고. 그러니까 그만, 불러 보고 싶어서."

"릴리아나인가……!"

노래가 멋지다는 의견에 이견은 없다.

하지만 어떤 노래든 무턱대고 칭찬할 것도 아니다. 애초에 시리우스와 릴리아나는 노래에 대한 감정이 근본부터 다르다.

지금도 피난소 밖, 많은 사람들의 마음에 다가붙어 다정하게 구원하는 『가희』.

그 존엄하고 아름다운 것과, 삐뚤어지고 음산한 것은 같아질 수가 없는 것이다.

"네 노래와 개 노래를 같이 취급하지 마. 너는 달라. 딴 종류야."

"──그건 당신에게도 할 수 있는 말. 당신은, 달라요. 달라졌어. 내가 사랑하는 그 사람과는 결정적으로 달라. 같은데, 달라."

"뭐?"

"페텔기우스는 당신 안에 있어. 영혼과 영혼이 녹아들고 육체와 육체가 뒤섞여서, 그리하여 사랑스러운 그 사람이 떠오르는데 시간이 걸려. 내가 할 일은 그것을 거드는 것. 그 사람이 깨어나는 것을 가장 가까운 곳에서 지켜보는 것."

바닥에 쓰러진 채로 고개를 구부려 시리우스가 스바루를 올려다보았다.

그 광적인 눈에 떠오른 것은 휘몰아치고 있는 격정의 폭풍이다. 분노가, 기쁨이, 슬픔이, 그리고 숨길 여지 없는 사랑이 시리우스의 눈에 휘몰아치고 있다.

"당신 안에서 그 사람을 끄집어내겠어. ──고마워요. 미안해요. 그날까지 꼭 몸과 마음을 소중히 간직해요."

그 말에는, 진심으로 스바루를 염려하는 자애가 있었다.

스바루와 페텔기우스는 다른 존재라고, 시리우스는 그렇게 이해했다. 이해했음에도 괴인은 자신에게 편리한 망상으로 현실을 덮어썼다.

언젠가, 스바루의 내면에 잠자는 페텔기우스를 맞으러 가겠다고 망언을 거듭한다.

"하나만 충고하죠. ──『폭식』을 조심해요. 『미식』도『악식』도『포식』도, 당신을 빼앗으려 들겠죠."

"……『폭식』을?"

"녀석들에게 먹히면 아무도 당신을 기억하지 못하게 돼요. 그런 건 싫어요. 기회가 생긴다면 꼭, 『폭식』은 죽여요. 거슬리거든요."

땅바닥에 누운 채로 시리우스는 사악한 연정이 어린 미소로 스바루를 배웅했다.

진짜 마지막까지, 조금도 이해할 수 없고, 양립할 수도 없다.

그것이 대죄주교라고, 충분하고도 남을 만큼 스바루의 마음에 새기고서.

"──────."

그걸 끝으로 문이 닫힐 때까지 시리우스는 일그러진 콧노래를 계속 불렀다.

음률이 뒤틀려 음악이라는 개념을 짓밟으며 가지고 노는 듯한, 청각을 쥐어뜯는 악랄한 선율.

──괴인은 완전히 새롭고 저주스러운 불협화음, 『원념의 노래』를 끝없이 불렀다.

"어때. 역시 기분만 잡쳤지?"

시리우스와의 대화를 마친 스바루 일행에게 알은 그렇게 말하고 어깨를 으쓱였다.

실제로 알의 충고는 옳았다. 시리우스와 대화함으로써 스바루는 현저한 기력 소모를 맛보았다. 다만 수확이 하나도 없던 건 아니었다.

"맘대로 허탕 친 것처럼 간주하지 마. 일단, 들은 얘기도 없던 건 아냐."

"허엉? 대죄주교로부터 얘기를 들었다고? 참말이냐."

어깨를 으쓱인 스바루의 대꾸에 알이 놀란 투로 에밀리아와 베아트리스를 보았다. 그 시선에 두 명은 얼굴을 마주 보고, 에밀리아 쪽이 끄덕였다.

"응, 진짜야. 그, 좀 위험했으니까 난폭한 짓도 했지만……."

"아, 그래서 요란한 소리가 들렸던 건가. ……설마, 죽이진 않았지? 난 딱히 상관없지만 공주의 심기는 보증 못 한다고?"

"프리실라 비위를 맞추려는 건 아니지만, 안 죽였어. 포로 학대를 운운하면 나중에 변명이 필요한 감이 있지만."

어색한 표정의 에밀리아를 스바루가 미묘한 투로 두둔했다.

이쪽 세계의 포로 대우는 모르겠지만 의자에 묶어 둔 상태의 시리우스를 후려갈긴 것은 사실이다. 바닥에 눕힌 채 방치하고 온 것도 칭찬받을 대우는 아닐 것이다.

"그렇긴 해도 기분만 잡치고 끝났다면 대박이군. 혹시 형제랑 저 녀석들은 파장이 맞을지도 모르겠어."

"섬뜩한 소리 하지 마라……. 나랑 호흡이 딱 맞는 건 베아코만으로 충분해. 그치?"

스바루는 알의 무시무시한 상정에 고개를 내젓고 옆의 베아트리스의 머리를 쓰다듬었다. 당연히 바락바락 대드는 대꾸를 기대한 행동이었는데.

"베아코?"

"──스바루, 여기는 이제 충분한 것이야. 기왕이면 다른 곳에 갈래."

딱딱한 표정으로 소매를 잡아끄는 베아트리스에게 스바루는 의아해하면서도 "그래." 하고 턱을 주억였다.

"그러면 우리는 저기 가서 다른 사람이랑 합류하지. 알은 어쩔 거야?"

"나야 사양해 두마. 어차피 대죄주교 감시할 필요가 있잖아? 내가 있어 봤자 별달리 쓸모 있는 이야기는 못 하고, 이쪽에서 공주의 충실한 머슴 스타일이나 관철하지, 뭐."

대답한 알은 그 자리에 몸을 내려 털썩 책상다리로 앉았다.

그런 알을 바라보고 에밀리아는 가슴 앞에 주먹을 쥐는 파이팅 포즈.

"응, 그럼 알도 조심해. 엄──청 중요한 역할, 고생하고."

"예이, 예이. 열심히 노력하겠습니다. ──무사해서 다행이야, 아가씨."

마지막에 그런 알의 배웅을 받고, 스바루 일행은 시리우스의 감금실을 뒤로했다.

　그리고 통로를 나와 알의 모습이 사라졌을 즈음에서——.

　"그래서, 왜 그랬어? 베아코. 알을 꽤나 싫어하는 것 같던데."

　"——딱히 그렇지 않은 것이야. 스바루의 착각이야."

　"아니, 그걸로 얼버무릴 수 있을 리 있겠냐. 에밀리아땅이 아니라고."

　"어? 무슨 소리야?"

　손을 잡은 채로 베아트리스가 스바루의 질문에 뻔뻔스럽게 고개를 돌렸다. 그 진의를 추궁하는 스바루가 이름을 들먹이자 에밀리아가 갸웃했다.

　"알이랑 무슨 일 있었어? ……지금, 베아트리스가 일어나 있는 거랑 관계있니?"

　"……이럴 때만 감이 좋은 계집애는 성가신 것이야."

　"그 말은, 진짜로 그게 맞냐! 알이 무슨 짓 해서, 그래서 베아코가 움직일 수 있어?"

　떨떠름한 표정을 지은 베아트리스가 스바루와 에밀리아의 질문에 부득이하게 끄덕였다. 그러고 나서 그녀는 자신의 품속을 뒤적이더니 살며시 뭔가를 내밀어 보여 주었다.

　"이거……."

　"우리 목적이던 마정석이지. ——그 남자가, 가져온 것이야."

　그렇게 덧붙인 베아트리스, 작은 손 위에 있는 것은 희미한 빛이 맺힌 특별한 마석—— 스바루 일행이 프리스텔라에 찾아온 목적인 마정석이다.

　본래는 뮤즈 상회의 키리타카가 소유한 물건일 테고, 뮤즈 상회의 건물이 붕괴한 현재 회수하기는 어려울 거라고 짐작하던 물건이었다.

　"근데 그걸 알이 파내 왔다는 뜻인가? 무슨 수로?"

　"──모르겠어. 그리고 묻지 말라고 당사자가 말한 것이야."

　"당사자라니, 알이 그랬니? 제발 그러지 말아달라고."

　"그런 귀여운 부탁이었는지는 모르겠지만…… 그놈 쪽이 더 모를 지경이군."

　에밀리아의 의문은 평화적이지만, 스바루의 의문은 그보다 한 발짝 더 나아가서, 알의 행동이 불투명하다는 데 있었다. ──솔직히 이 도시에서 알의 암약은 도를 넘어섰다.

　이렇게까지 수상한 행동이 이어지면 역시 알을 경계하지 않을 수 없지만──.

　"──하지만 알은 나쁜 사람이 아니라고 봐."

　그런 스바루와 베아트리스의 긴장을 입술에 손가락을 짚은 에밀리아가 한마디로 깨트렸다. 그녀의 말에 베아트리스가 "끄응." 하고 목을 그렁거리고 말했다.

　"또 에밀리아는 근거도 없이 그런 소리를 꺼내고 그래. 실제로 그 남자는 마정석으로 베티를 깨우거나, 이것저것 수상한 행동을……."

　"그래도 덕분에 베아트리스가 일어나서 오토랑 펠트가 살았잖아? 없어지면 어떡하지 싶던 마정석도 찾아 줬고, 그치?"

"으그그인 것이야."

억척같은 성선설에 밀려 베아트리스가 에밀리아의 주장에 함락되었다. 실제로 에밀리아의 말에는 어느 정도 설득력이 있다.

알의 행동은 정말 수상하다. ──하지만 적의는 느껴지지 않는다.

사실 알의 선택은 일관적으로 스바루 일행에 유리하게 작용했다. 이번 도시 방어에서 큰 역할을 완수한 공로자 중 한 사람임은 틀림없다.

"마정석은, 나중에 키리타카에게 확인해 보자. 그래서 다시 대화해 보고 이번에야말로 양도받자."

"……몰래 가져가도 안 들키는데, 우직해."

에밀리아의 의견에 베아트리스가 작은 소리로 중얼거리지만 심하게 반대하진 않았다. 그 점에서 양쪽 다 속내가 착한 아이인 것이다. 보면서 흐뭇하다.

어쨌든 알에 대한 대응은 보류. 마정석을 어떻게 할지는 키리타카와의 직접 교섭에 맡길 방침이다. 그 방침을 결정하고 스바루 일행은 다시 처음 피난소로 돌아왔다.

본래 스바루의 가장 큰 바람은 동료의 안부 확인, 그쪽을 다시금 우선했다.

"─────."

그런 생각으로 시선을 내돌리다가 스바루는 피난소 안에서 유달리 눈에 띄는 존재를 발견했다.

야전병원 같은 피난소는 사람의 출입이 많아 간신히 위기가 떠난 도시를 가족과 친구를 찾아다니는 사람의 모습이 북적였다.

　──그 소란 속임에도 고요한 분위기를 두른 『검귀』는 이채를 띠고 있었다.

"스바루."

"미안. 잠깐 나만 가 보게 해 줘."

걱정이 배인 에밀리아의 목소리는 스바루와 같은 존재를 알아챈 증거였다. 스바루는 에밀리아에게 끄덕인 뒤 베아트리스와 잡은 손을 놓고 그리로 발길을 돌렸다.

주위의 소란과 분리되어 왠지 접근하기 어려운 분위기가 있는 『검귀』에게로, 혼자서.

그리고──.

"──스바루 님이십니까."

"……네, 맞아요."

걸어갔다가, 처음에 꺼낼 말을 망설인 스바루를 빌헬름이 알아챘다. 응시하는 파란 눈, 그 정적을 보고 스바루는 자신이 묻고 싶던 물음의 답을 깨달았다.

빌헬름은 상처투성이로, 사투의 여운이 느껴지는 모습이다.

웃옷을 벗은 몸에는 다수의 검상이 있고, 묶어 두었던 백발이 풀려 등에 퍼져 있다. 가장 깊은 상처는 오른발을 관통해 생명에 관련된 중상이었다고 한눈에 알 수 있었다.

그러나 그 이상으로 스바루의 눈길을 끈 것은 빌헬름이 입은 상처가 아니다.

그의 바로 옆에, 무언가를 감싸듯이 놓인 웃옷이 있는 것이다.

"빌헬름 씨, 그건⋯⋯."

소중히 접힌 웃옷, 그것에 무엇이 감싸여 있는지를 확인하려고 하고 말았다.

그 말에 빌헬름의 시선이 웃옷으로 돌아갔다.

그대로, 그는 잠시 침묵하며 5초, 10초가 경과했을 즈음.

"⋯⋯짐작하신 대로, 안사람입니다."

"──아."

상상과 같은 답변이 돌아왔지만, 스바루는 말문을 잃었다.

그런 스바루의 반응에 빌헬름은 눈을 내리깔고 갈라진 목소리로 말을 이었다.

"유해는 재가 되었습니다. 그대로 바람을 맞게 두기는 너무나 가여워서, 볼썽사납기는 하지만 웃옷에 싸서 가져왔지요. ⋯⋯ 최소한 뼛가루만이라도 제대로 가족의 무덤에 넣어서 공양하고 싶더군요."

섭리에 반해 움직인 유해가 맞이한 잔혹한 최후에 스바루는 말이 나오질 않았다.

유족의, 빌헬름의 속마음을 생각하면 그 처사는 상상을 초월하는 게 있었다.

"죄송합니다. 너무나 연약한, 무의미한 집착이지요."

"──윽! 그런 말씀을!"

자신을 탓하는 어감에 스바루는 순간적으로 언성을 높였다.

스바루는 뜨거워지는 자신을 자각하면서 희미하게 놀란 눈빛을 하는 빌헬름을 정면으로 바라보았다.

"저는, 백경 때도 지금도, 빌헬름 씨가 잘못되었다고는 생각지 않고, 대단하신 분이라고 존경해요. 소중한 사람을 소중히 여기는 게 무슨 잘못이라고요. 부끄러울 것 없고, 그렇게 여기는 쪽이 잘못이죠."

"스바루 님……."

"빌헬름 씨는, 훌륭하세요. 부인분을, 제대로 무덤에 묻어 공양해 드리겠단 생각은 잘못이 아닙니다. 말을 잘 못 하겠지만, 대단하신 분이에요."

마음속 깊은 곳에서 우러나온 스바루의 본심이었다.

백경 때도 그렇고, 이번의 슬픈 재회도 그렇고 운명은 너무나 빌헬름에게 신랄하다.

그럼에도 『검귀』는 운명에 항거해 자신의 의지를 관철하여 사랑을 일관하려고 했다.

그 결과 전부가 보답받지 못했을지도 모른다.

원통한 마음도, 후회도 한이 없을지 모른다. 그렇지만, 필히 옳을 것이다.

사랑하는 사람을 사랑하는 빌헬름의 사랑은, 전부 옳을 것이다.

"볼썽사나울 건 없어요. 무덤에 잘 묻어드리세요. 그리고 기회가 닿고, 불편하지만 않다면, 저도 성묘하게 해 주세요."

"————."

"저는 그만큼 하고 싶고, 그런 대우를 받아 마땅한 분이라고 생각하니까요."

혀가 잘 안 굴러가고, 심지어 감정적이라 스바루는 자기 자신이

분했다.

이기적이기 짝이 없어서 관계없다고 빌헬름이 내쳐도 당연할 요청이다.

그러나 빌헬름은 그런 스바루의 말에 작게 미소를 띠었다.

뻣뻣하고 팽팽하던 옆얼굴에 자그마한 틈이 생겼다.

그리고——.

"……네, 부탁하지요, 스바루 님. 저도 스바루 님이라면 안사람에게 말을 걸어 주셨으면 합니다. 스바루 님이라면."

"——앗, 네, 네! 저, 영광입니다."

허락을 받았다……기보다는 빌헬름의 도량 덕이리라.

스바루의 억지스러운 소원을 들어준 빌헬름이 짧게 숨을 뱉었다. 그 얼굴이 더 이상의 대화를 바라지 않음을 알아챈 스바루는 고개를 숙였다.

잠시 빌헬름과 그 아내를 둘이서만 있게 해 줘야 마땅했다.

다만 그러고 그 자리를 떠나기 전에, 마지막으로 딱 하나만 확인하고 싶었다.

"빌헬름 씨. ——부인분과는, 저, 제대로?"

결판을, 낼 수 있었을까. 뜻하지 않은 결과는, 되지 않았을까.

물론 송장인간이 된 아내와의 재회는, 처음부터 바랐을 리가 없었다.

그럼에도 그 결말이 빌헬름 말고 다른 것에 기인해서는 결코 안 되었다.

"안사람과는……."

한 번, 빌헬름의 말이 끊겼다. 희미하게 시선을 피하고 빌헬름은 스바루가 아니라 아내의 뼛가루를 감싼 웃옷을 보았다.

한순간, 방대한 감정의 소용돌이가 그 파란 눈에 오가고──.

"──네. 안사람과는 충분히 말을 나누고, 확실하게 이별을 고했습니다."

말이란 건 비유적인 표현이리라.

선대 『검성』이던 빌헬름의 아내, 그녀와 칼을 맞댄 것이 『검귀』에게는 더할 나위 없는 대화이며, 결말의 칼날이야말로 이별의 말이었을 터다.

그러니까, 그 결말에 필시 빌헬름은 자신의 말 전부를 다했을 것이다.

"저는 안사람을 사랑합니다. ──그 마음은, 전해졌을 겁니다."

차분한, 빌헬름의 사랑 고백.

그 담담한 목소리와 정반대로 듣는 이를 마음을 애태우는 열량이 스바루의 가슴을 뜨겁게 달구었다.

스바루는 깊이 숨을 내뱉고 넘쳐나는 감정의 거센 파도를 억누르며, 끄덕였다.

옅게 입술에 미소를 띠는 빌헬름의 모습에 스바루도 구원받은 기분으로 웃었다.

"빌헬름 씨, 수고하셨습니다."

"────."

"아직 더 정신이 없겠지만, 천천히 쉬고 계세요. 나중에 또."

마지막 한마디, 그것이 잘난 척하는 투로 여겨져서 스바루는 부끄러움에 말이 빨라졌다. 볼을 손가락으로 긁고 왠지 모르게 멋쩍어서 빌헬름에게 등을 돌렸다.

그 등에──.

"스바루 님."

"네?"

불러 세우는 목소리에 뒤돌아본 스바루는 고개를 모로 꼬았다. 그러자 빌헬름은 살짝 놀란 표정으로, 바로 "아니요." 하고 고개를 가로저었다.

"실례했습니다. 별일 아니었으니 개의치 마시길. 가 보십시오."

"──어? 알……겠습니다. 어, 저, 그럼, 네. 이번에야말로, 나중에 또."

빌헬름답지 않은 반응을 묘하게 여기면서 스바루는 그 자리를 떠났다.

돌아오는 스바루의 모습에 에밀리아와 베아트리스 둘이 안도하는 게 보였다. 그만큼 갈 때와 올 때로 스바루의 표정이 달랐다는 것이리라.

그 자각은 있었다. ──결코 죽은 이와의 재회가 기쁜 것이었을 리는 없다.

그럼에도 최소한 빌헬름은 자신의 손으로 결판을 내고, 그 결과에 수긍했다.

그런 사실이 소박하나마 위안이 되어 주는 기분이 들었기에.

"——————."

그, 멀어지는 흑발 소년의 등을 『검귀』는 가늘어진 눈매로 바라보고 있었다.

그 입술이, 뭔가를 참는 것처럼 굳게 다물렸다.

그것은 바로 좀 전, 강고한 의지로 속마음을 숨긴 위장의 붕괴다. 긴장을 풀면 당장에라도 다문 입술이 찢어질지도 모를 정도의, 격정.

그렇게까지 해서 자신의 속내를 저 소년에게 숨겨낸 것은, 틀림없이——.

"——스바루 님, 당신이."

『검귀』는 입안에서만 속삭이듯 갈라진 목소리로 소년의 이름을 불렀다.

"당신이 만약, 제——."

거기까지 입에 담았다가 『검귀』는 연약한 자신의 마음을 끊어내듯 눈을 감았다.

소리로 표현되지 못한 그 뒷말은 결코 누구도 듣지 못했다.

그리고 그것이 『검귀』의 입에서 나올 일은, 결코 없다.

——그것만은 결코, 『검귀』는 자기 자신에게 용납하지 않았다.

6

"빌헬름 씨, 괜찮을 것 같았어?"

"응, 괜찮을 거야. 몸의 상처는 몰라도…… 마음의 상처는, 자력으로 어떻게 하신 모양이야."

"그래. ……당연하지만, 강한 사람이지."

그렇게 말한 에밀리아가 피난소 귀퉁이에 서 있는 빌헬름 쪽을 남보라색 눈으로 보았다. 그쪽으로 돌아보는 멋없는 짓은 하지 않고, 스바루는 그저 그녀의 말에 연거푸 끄덕였다.

그렇다. 빌헬름은 강하다. 훌륭하다. 같은 남자로서 존경하는 마음밖에 없다.

그런 생각으로 있는 스바루의 모습에 에밀리아가 "후훗." 하고 입가에 손을 짚고 말했다.

"정말로, 스바루는 빌헬름 씨 일이 되면 엄—청 진지하더라. 뭐라고나 할까, 헤롱헤롱댄단 느낌이야."

"헤롱헤롱댄다니 요새 못 듣는 말일세……."

여느 때처럼 넉살로 넘기긴 했지만 에밀리아가 하고 싶은 말은 이해했다. 실제로 그 점은 스바루 본인도 자각하는 사항이었으니까.

"빌헬름 씨는 뭔가, 특별한 위치야. 순순히 존경할 수 있고, 하고 싶어."

"응, 엄—청 좋다고 봐. 아마 빌헬름 씨도 위안받을 테니까."

"빌헬름 씨가? 그건 역시 아니라고 보는데…… 하지만 나도 언젠가는 중후한 댄디로 나이를 먹어서 빌헬름 씨 같은 박력을 가지고 싶단 말이지."

"네, 네. 알겠어요. 그렇게 쑥스러움 안 타도 되는데."

쑥스러워서 그러는지 뭐 때문인지, 스스로도 모를 발언에 에밀리아가 미소 지었다. 그 웃음이 귀엽기에 스바루는 내심의 답답한 기분은 치워 두기로 했다.

이 감정은 아마, 말로 표현하지 않아도 될 부류일 테니까.

"베티는 스바루에게 저런 수염이 나는 건 안 어울린다고 생각하는 것이야."

"그런 얘기가 아니었을걸! 뭐, 그래도 이해는 해. 내가 수염을 기르는 건 베아코가 그러기에 어울린다고 판단해 줄 때까지 기다릴게."

"글쎄, 그럴 때가 올지 두고 볼 일이야. 사랑스러움과 수북한 털은 빠냐 정도의 소양이 없으면 양립할 수 없는 것이야. 정진이 필요해."

"네이, 네이, 어차."

에밀리아는 순진하게, 베아트리스는 배려로, 각자 스바루에게 기운을 북돋아 주었다. 그녀들의 존재에 위안받으면서 스바루는 깊이 숨을 내뱉고 앞을 돌아보았다.

"─────."

아까와 다름없이 피난소에는 많은 사람이 드나들고 재회를 기뻐하는 장면이 여럿 보였다.

피난소 밖에서 들리는 노랫소리와 환성, 릴리아나가 끝나지 않는 노래를 하염없이 부르는 건 노래가 사람의 마음에 용기를 준다고, 다름 아닌 그녀가 믿고 있기 때문이리라.

물론 도시는 대참사에 직면했다.

노래하는 릴리아나의 마음도, 이런 광경을 좋게 여기는 스바루의 심정도, 어쩌면 불행 속에서 행복을 찾는 듯한, 그런 모순된 행위일지도 모른다.

그럼에도 의미는 있다. 의의는 있다. 기쁨이나 슬픔이나, 이 상황에서의 진짜였다.

스바루 일행이 애쓴 의미는 확실하게 있다고 느껴져서——.

"——아?"

그렇게 생각한 순간, 별안간 스바루는 피난소 입구에서 눈치를 살피는 인영을 알아챘다.

그것은 멀끔한 하얀 복장을 낭창한 장신에 두른 인물이었다. 밉살맞을 만큼 단정한 옆얼굴과 색기 어린 광택이 나는 보라색 머리, 착각할 턱이 없다.

율리우스다. 그 안부를 확인하고 싶던 한 사람, 그가 그곳에 모습을 보이고 있었다.

"어이, 율리——."

"——윽."

순간적으로 손을 들어 멀찍이 보이는 미장부에게 말을 걸었다.

하지만 그 즉시 율리우스는 휙 몸을 돌려 빠른 걸음으로 피난소를 뛰쳐나갔다.

"허?"

생각지 못한 율리우스의 태도에 스바루는 멍하니 놀랐다.

그 반응은 완전히 예상을 벗어났다. 율리우스가 스바루의 언동을 빈정대거나 비꼴 때는 있어도 이렇게까지 알기 쉽게 무시한 적은 한 번도 없다.

걱정했던 건 아니다. 그런 건 아니지만, 저 태도는 좀 아니지 않은가.

"스바루? 왜 그래?"

"방금 저기, 율리우스 그 아니꼬운 자식이 있었는데 무시하고 자빠졌어. 잡아 올게!"

"어어?"

부글부글 화가 치밀어 스바루는 에밀리아를 팽개치고 율리우스의 등을 쫓았다.

소란스러운 피난소를 내달려 길 너머로 사라지려는 그에게 전력으로 따라붙었다. 마치 남의 눈을 피하는 내색이지만 도대체 뭔 생각이냐고.

"야, 이 자식아! 너 말이야. 뭐 때문에 다들 바쁠 때 어슬렁거리고 있어! 얼굴이 안 보이면 걱정이 되잖아. 아니, 일반적인 의견이지만."

"————."

모퉁이를 꺾어 인기척이 없는 골목 입구에서 율리우스의 발이 멈추었다. 고개만으로 돌아보는 율리우스는 거친 말을 건 스바루에게 노란 눈을 돌렸다.

스바루는 그 말없는 시선을 의아해하지만 율리우스는 그 자세대로 입을 열었다.

"——미안하네. 사람을 찾고 있는데 이 안에는 없던 것 같아서 말이야. 또 바로 다른 피난소를 둘러보고 싶군. 이만 실례하지."

"잠깐잠깐잠깐, 뭔 소리 지껄여. 찾는 사람이라면 아나스타시아 씨 쪽이지? 다들 제대로 피난소에 있다니깐. 놓쳤을 뿐이야. 너답지 않게 왜 이래."

"흡──."

유난히 데면데면한 말을 남기고 아직도 떠나려는 어깨를 쥐었다. 그러자 잡힌 어깨를 들썩이며 율리우스가 극적인 반응을 보였다.

그는 노란 두 눈을 부릅뜨고 아연실색한 기색으로 스바루를 돌아본 것이다.

"────."

그, 율리우스의 본 적 없는 표정에 스바루는 숨을 집어삼켰다.

경악── 아니다. 그 표정에 있는 것은 경악만이 아니다. 그것은 매달리는 것만 같은 통곡이었다.

율리우스에게 너무나 어울리지 않는 감정, 그것을 머금은 채로 율리우스는 뺨을 굳히고 물었다.

"……스바루. 너는, 나를 기억하나?"

"무, 무슨 질문이야. 고작 몇 시간 정도로 까먹을 만큼 싱거운 성격이 아니라고. 『가장 뛰어난 기사』, 율리우스 유클리우스 씨가 뭔 어처구니없는…… ."

어깨를 으쓱이고 스바루는 짐짓 율리우스를 비아냥대는 대구를 했다. 그리고 그 대화 도중에 깨달았다. ──자신의 미련함에.

방금 들은 율리우스의 질문은 명백하게 이상하다. 그리고 그 이상함은, 스바루가 고려한 최악의 상황, 그 일보 직전에 상상력이 미치면 깨달아야 할 문제로.

"설마——."

"스바루! 갑자기 뛰어가면 어떡하니!"

전율에 경직된 스바루와, 미덥지 못한 표정으로 마주 본 율리우스.

골목에서 대면한 두 사람의 장면에 쫓아온 에밀리아와 베아트리스가 합류했다. 그녀들은 말없이 우두커니 선 두 사람을 보자 그 큰 눈을 깜빡이고 물었다.

"어어, 저…… 바쁜 와중이지?"

이상한 분위기와 긴박감을 깨달아 에밀리아가 쭈뼛쭈뼛 속눈썹을 떨었다. 그녀의 반응——특히 율리우스를 보는 시선에 스바루는 꺼림칙한 예감을 느꼈다.

그 꺼림칙한 예감을 부정하고 싶어서 스바루는 율리우스를 손가락으로 가리키고 말했다.

"……아아, 그렇긴 한데, 그게 아니야. 에밀리아땅, 베아코도, 저기."

"——?"

에밀리아와 베아트리스가 더듬거리는 스바루의 말에 물음표를 띄웠다.

뭔가, 결정적인 물음을 해야만 한다. 한 번 물으면 돌이킬 수 없어질, 돌이킬 수 없어지는 부류의 물음을.

왠지 체념한 눈빛을 하는 율리우스. 그를 시야에 담아 두며 스바루는 물었다.

"율리우스를 찾았어. 그러니까 모이는 곳에 데려가도 되지?"

"——율리우스."

물음에 베아트리스가 율리우스를 쳐다보았다.

그 옆에서 에밀리아가 아름다운 남보라색 눈을 덧없이, 불안스럽게 일렁이다가——.

"율리우스 씨는, 스바루랑 아는 사람이니?"

과거의 악몽을 재현하는 것처럼, 그렇게 말한 것이었다.

제7장 『수면에 파문을 남기고』

1

"──우선 여러분께 감사를. 이번에는 도시의 방위를 위해 진력해 주셔서 진정으로 감사의 마음을 금할 길 없습니다."

도시를 대표해 키리타카 뮤즈가 깊이 허리를 굽히며 회담이 시작되었다.

그 키리타카 앞에는 도시의 공방전에 참가한 왕선 후보자의 각 진영── 총원 15명 가까운 인원이 모여 이번 전후 회담에 참가해 있었다.

물론 에밀리아 진영에서 오토와 가필이 불참가한 것처럼, 각 진영의 부상자 자리는 비어 있다. 그럼에도 대강의 관계자가 한데 모인 상태다.

그런 쟁쟁한 이들 가운데, 처음 한마디를 꺼낸 키리타카에게 스바루가 손을 들었다.

"감사의 마음은 받기로 하고, 키리타카는 용케 무사했군. 시리우스가 뮤즈 상회를 습격해서 끌려간 게 아니냐고 들었는데……"

"저 자신도 죽음을 각오했었죠. 실제로 습격한 대죄주교에게 살의가 있었더라면 전 지금쯤 여기에는 없었을 겁니다."

"시리우스에게, 살의가 없었다?"

생각지도 못한 이야기에 놀란 것은 스바루만이 아니라 참가자 태반이었다. 그 놀람의 물결이 잦아들기를 기다리다가 차분한 표정으로 키리타카가 턱을 주억였다.

"상대에게 그럴 맘이 없었음은 제 생명이 증명하고 있습니다. 물론, 제 부하들의 분투 및 아나스타시아 님의 『철 어금니』의 조력이 있었기 때문입니다만……."

"그것만으로 달아날 수 있을 만큼, 대죄주교는 어설픈 상대가 아니지."

"맞습니다."

스바루의 결론에 키리타카가 분한 듯 눈을 내리깔았다.

스바루는 그의 무력감을 쓰라리도록 이해했다. 자책은 독처럼 자신의 마음을 좀먹기 마련이다.

"하지만 왜 시리우스는 키리타카를 놔준 거야? 그러면 처음부터 뮤즈 상회를 습격하질 않아도……."

"그건, 키리타카 씨가 십인회 마지막 한 명이라서, 그렇죠?"

"어?"

웬일로 얌전히 있던 릴리아나가 갸웃거린 에밀리아의 의문에 대답했다.

그 사실에 주목이 모이자 릴리아나는 "저기, 저기요." 하고 손을 파닥거리며 말을 이었다.

"십인회 분들이 전원 돌아가시면, 『마녀의 유골』의 위치를 알 수 없어진다던가! 그래서, 죽게 할 수는 없어서 확보한다고……
그렇죠, 프리실라 님?"

"머저리, 소녀를 들먹이지 마라. 애초에 그 또한 추측에 불과
하다. 어리석을뿐더러 광란을 일으킨 치의 생각을 소녀가 알 바
더냐."

"에에에엑?! 여기에 와서 무정한 사다리 걷어차기?!"

부채로 자신을 부치는 프리실라가 건성으로 릴리아나의 시선
을 뿌리쳤다. 그대로 프리실라는 붉은 눈으로 실내를 둘러보고
나른하게 숨을 뱉었다.

"그런 패거리가 하는 생각 따위 쫓아가 봤자 헛수고니라. 무
의미한 사색에 시간을 쪼갤 여유가 있다면, 당사자로부터 듣는
방법이라도 강구하도록."

"공주가 하는 말도 모르는 긴 아인디……."

과격한 프리실라의 의견을 들은 아나스타시아가 자신의 뺨에
손을 짚으면서 말했다.

"본심을 말하자믄 내는 그 대죄주교를 살려 두는 데 반대한데
이. 그건 반드시 불화를 뿌리는 화근덩어리…… 가능하다면 시
급히 처리하는 편이 낫다카이."

"──하지만 그럼 단서가 없어져!"

붙잡은 시리우스의 처우에 관한 아나스타시아의 제안에 페리
스가 덤벼들었다.

그의 입장과, 떠안은 문제로 따지자면 당연한 반응이다. 지금
도 이 자리에 부재중인 크루쉬는 『색욕』이 두고 간 선물, 용의

피의 저주에 고통받고 있다.

　대죄주교의 존재는 그 저주를 풀기 위한 유일한 단서일지도 모르는 것이다.

　"크루쉬 씨 사정은 딱하다 본다. 근데 내로선 도저히 『색욕』에 대해 『분노』가 아는 것 같지가 않데이. 헛걸음이 될 끼야, 고래 생각한다."

　"그런 건 그냥 추측이잖아?! 내키는 대로 말하지 마!"

　언성을 높이며 페리스가 아나스타시아의 말을 정면으로 부정했다. 페리스의 감정론이지만 아나스타시아도 받아들이기 어려운 제안이었다는 자각 때문에 받아치려고 하지 않는다.

　그 거칠어진 분위기 속에서 스바루가 "한마디 해도 될까?" 하고 손을 들었다.

　"나는, 『분노』로부터 얘기를 듣는 게 완전히 헛걸음일 거라고는 생각 안 해. 하지만 그 녀석을 잡아 두는 게 불안하단 생각도 이해가 가."

　"애매한 소리나 하고…… 스바루 너는 누구 편이야?!"

　"두 사람 다, 편을 가르는 얘기가 아니잖아. 최악의 경우 크루쉬 씨 몸의 검은 부분은 내가 거둬갈 수 있다면 전부 거둬 가도 상관없다는 생각 중이고."

　"……하."

　크루쉬를 괴롭히는 검은 육종의 극단적인 대책에 페리스가 아연실색했다. 페리스 말고도 놀란 눈초리가 스바루에게 쏟아지는 가운데, 에밀리아가 "스바루." 하고 나무라듯 입을 열었다.

"그건, 진짜 마지막 수단이야. 스바루는 자신을 더 소중히 여겨야…….."

"그야 나도 좋아서 그런 건강에 안 좋을 문신 넣고 싶은 건 아니라고. 그런데 크루쉬 씨는 여자애고, 괴로워하던 게 조금은 편해졌단 실적도 있거든."

"＿＿＿＿."

"내가 하고 싶은 말은, 결론을 급하게 내지 말란 거야. 초조한 마음은 이해하지만 내 등이나 엉덩이로 괜찮으면 크루쉬 씨를 위해서 써도 상관없다. 그런 얘기야."

어떻게든 할 수 있는 수단이 있다면, 그것을 못 본 척하고 싶지는 않다. 하물며 스바루는 크루쉬를 존경하고 있었다. 큰 은혜도 입었다. 가능한 한 그녀의 힘이 되고 싶다.

그래서 크루쉬를 위해 자신의 피부를 검게 더럽히는 것쯤이야 별것 아니었다.

"페리스, 앉도록. 일단, 스바루 님 말이 옳다."

"……알아. 알고 있다고."

빌헬름이 말을 잃은 페리스의 어깨를 건드려 진정시켰다. 페리스는 촉촉한 눈으로 스바루에게 뭔가 말하려다가, 결국 아무 말도 안 하고 앉았다.

어쨌든 격발할 뻔한 분위기야 누그러졌지만 상황은 아무것도 변하지 않았다.

"대죄주교의 취급에 대해서는 평행선인기라. ——이도 저도 마녀교를 살려서 잡는다는 생각을 절대 몬 했을 양반이 고스란히

적을 데리고 돌아와 준 덕분이다카이."

그렇게 야유하는 말투로 아나스타시아의 시선이 또다시 프리실라에게로 돌아갔다. 그 시선에 프리실라는 눈길도 주지 않고 가슴에서 뽑은 부채로 조소하는 입가를 가리며 말했다.

"그치의 생사가 소녀의 탓이라는 말이라도 하겠느냐? 웃기지 마라, 여우가. 물에 빠진 그치를 건진 것은 노래꾼을 찾아서 수로를 뒤지던 어리석은 무리 중 누군가니라. 소녀가 관여할 바가 아니다."

"그라믄 숨통을 안 끊은 기는 우짜 보까?"

"그거야말로 반대지. 소녀는 죽일 맘으로 검을 휘둘렀다. 그럼에도 죽지 않았다면 소녀는 두 번 죽일 맘은 없다. 그치는 소녀의 손으로 죽지 않는 편이 소녀에게 편리할 것이겠지."

"……하아. 모르것지만도, 알겠십니더."

변함없는 프리실라의 지론에 아나스타시아가 논의하기를 포기했다. 프리실라의 논리는 타인이 이해하기 어렵다. 한 식구인 알과 슐트라도 미심쩍은 노릇이다.

한편으로, 또 다른 곳에서는 주종의 의견이 갈라졌다.

"외람되지만 저는 『분노』의 처형에 반대합니다. 크루쉬 님 문제는 물론이지만, 왕국으로서도 다시 없을 기회. 대화해서 마녀교를 알 호기입니다."

"……난 처죽이는 편이 낫다고 본다. 그 패거리는 잡놈들이야. 멀쩡한 대화를 할 수 있을 것 같지 않고, 쓸데없는 짓 하기 전에 죽여 놓는 편이 뒷맛이 깔끔할걸, 아마."

"펠트 님……."

"말해 두지만, 이건 평소처럼 너한테 반발해서 그러는 게 아니라고."

『분노』의 처우를 둘러싸고 라인하르트와 펠트가 정면으로 대립했다. 구실만 생기면 라인하르트의 의견에 시비 거는 펠트지만 이번만은 반발심이 원인이 아니다.

직감을 이유로 내세운 펠트, 그 의견에 라인하르트가 "하오나." 하고 말을 이었다.

"대죄주교의 처우는 왕국에 위임해야 합니다. 그 신병은 신속히 왕도로 이송해서 기사단에 인도해야만 합니다."

"그렇지만도, 그기도 위험하지 않나? 상대는 대죄주교, 뭔 짓을 할지 모른데이?"

"염려되신다면 『분노』를 왕도로 호송하는 역할은 제가 맡지요. 만에 하나 대죄주교가 뭔가를 꾸민다고 해도 제가 제일 적임일 겁니다."

"적임은 적임이긋제. 근데 그 경우, 펠트 씨는 우짤 낀데? 한 식구에 부상자도 있는 모양이고, 일단 둘이서 따로따로……."

"──라인하르트가 간다면 나도 간다. 이번만은 별수 없어."

펠트의 그 말에 다름 아닌 라인하르트가 놀란 표정을 지었다. 주군과 의견이 어긋났으니 당연히 내쳐질 줄로만 알았을지도 모른다.

펠트는 그런 라인하르트를 올려다보며 혼신의 우거지상을 만들었다.

"바보야, 착각하지 마. 네 의견에 찬성한 게 아냐. 근데 지금의 널 혼자만 둘 수 있겠냐."

"저를 혼자 둘 수 없다는, 말씀인가요?"

"몰라. 지 가슴에나 물어봐라. 내 가슴은 대답해 줄 만큼 부드럽지 않으니까."

펠트는 나이에 비해서 발달이 미숙한 가슴을 펴고 라인하르트에게 혀를 내밀었다. 그녀의 태도에 라인하르트는 눈을 깜빡이다가 머뭇머뭇 끄덕이는 데 그쳤다.

그 대화의 진의는 당사자인 두 사람 말고는 알 수 없다. 다만 스바루에겐 펠트의 그 자세에 라인하르트가 구원받은 것처럼 보이기도 했다.

"——그럼, 라친스 일행은 어쩌시겠습니까?"

"너네 아버지한테 한 방 먹어서 캠벌리 녀석은 쭈그러져 있으니까. 부상자 라친스랑 가스통의 수발 같은 일 떠안겨서 먼저 저택으로 돌려보내마."

척척 자기 진영의 방침을 굳히고 그렇게 말한 펠트에게 라인하르트가 묵례했다. 그 모습을 지켜보고 펠트는 "결정 났군." 하고 손뼉을 쳤다.

"그런 이유로 잡아 놓은 대죄주교는 나랑 라인하르트가 왕도로 끌고 가련다. 고양이 귀도 빨강녀도, 그걸로 불만 없지?"

펠트가 결정 내린 방침에 처형에 반대하던 페리스는 마지못해 끄덕였다. 그리고 '빨강녀'가 자신을 가리킨다고 여기지 않는 프리실라는 그 확인을 유유히 무시했다.

뭐가 어쨌든 간에 라인하르트가 맡는다면 시리우스에 대한 불안은 꽤 경감된다. 남은 건 왕도의 전문가가 그 괴인으로부터 어떤 유용한 정보를 캐낼 수 있느냐다.

"도시의 대표로서 키리타카 씨는 그걸로 상관없긋나?"

"네, 상관없습니다. 도시의 대표라 할지라도 대죄주교는 제 손에 부칩니다. 왕도나 기사단 분들께서 대처해 주신다면 그 편이 훨씬 낫지요."

끄덕인 키리타카가 도시 대표로서 프리스텔라의 총의를 표명했다. 그걸로 시리우스의 처우에 대해서는 결말이 나고, 그다음에 키리타카는 "하지만." 하고 말을 이었다.

"골치 아픈 문제는 그 밖에도 있습니다. 도시 각처에 마녀교가 초래한 피해——."

"——파리가 된 사람들과 『무명(無名)』의 사람들. 『색욕』과, 『폭식』의 피해자 말이제."

키리타카의 침울한 말을 아나스타시아가 받고, 그 자리의 전원이 입을 다물었다.

파리와 『무명』—— 그것이 현재 이 수문도시 프리스텔라에서 발생한 공방전의 전후처리에서 가장 문제가 되는 사정이다.

편의상 『색욕』의 피해자를 파리라고 뭉뚱그려 부르고 있지만——.

"엄밀히는 파리만이 아니라, 다른 생물로 모습이 바뀐 사람도 많이 있습니다. 열거하자면 한이 없습니다만……."

"그 악질녀가 한 짓이지. 다들, 끔찍한 모습이 됐겠지."

키리타카의 흐린 말 뒤에는 상상조차 가소로운 현실이 가로 놓여 있다.

　『색욕』의 마수에 걸려 도시청사의 생존자는 전원이 모습이 바뀌었다. 내역은 흑룡이 한 마리, 파리가 수십 명. ──도시 전체가 되면 얼마나 피해가 확대했을는지.

　"페리스, 피해를 입은 사람들에게 치유 마법의 효과는 없다고 여겨도 될까?"

　"……응, 맞아. 그건 나라도 못 고쳐. 아니, 고치니 마니 하는 문제가 아냐. 그건 그런 생물로 다시 만들어 버렸어. 치유 마법은 상처나 병을 제거할 뿐. 그러니까 변이에는 아무것도 못 해. ……미안해."

　라인하르트가 물어보는 말에 페리스가 몹시 초췌한 기색으로 사과했다.

　그 애처로운 모습은 보는 쪽도 괴로웠다. 크루쉬의 몸만이 아니라 이 도시에서의 사건은 페리스의 마음에 무수한 상처를 입혔다.

　무력감이란 쉽사리 인간을 절망에 빠트린다. 그리고 절망이란 죽음에 이르는 병이다.

　그것은 자기를 상실한 사람들에게도 같은 말을──.

　"끔찍한 버러지로 모습이 바뀐 것들은, 죽음을 바라고 있겠지. 원래 모습으로 되돌릴 가닥이 안 선다면, 그리해 주는 것도 자비일 게야."

　"──윽, 프리실라, 그건."

"닥쳐라, 미련한 것. 주둥이뿐인 이상론 따위 아무런 가치도 없다. 필요한 것은 상황을 바꿀 수단이렷다. 그걸 이루지 못한다면 소녀가 이 손으로 자비를 내려 줄 뿐이니라."

순간적으로 언성을 높인 스바루에게 프리실라가 매서운 의견과 시선을 쏟아냈다. 하지만 이번만큼은 프리실라의 강한 논조에 반론할 말이 나오지 않았다.

그것은 공교롭게도 그녀의 불타는 눈이 들이민 말이 진실이기 때문이다.

주둥이만으로는 아무것도 바꿀 수 없다. 혹시 이 자리에서 가장 『색욕』이 휘두른 권능의 피해자들에게 진지하던 건 자신의 손을 더럽힐 각오가 있는 프리실라일지도 모른다.

그렇기에——.

"——잠깐. 그 문제, 나한테 맡겨 주지 않을래?"

"에밀리아 님?"

손을 들어 대화에 끼어든 에밀리아에게로 전원의 시선이 집중했다. 그 대책의 기척에 프리실라가 "하." 하고 도발적으로 자신의 풍만한 가슴을 안았다.

"재미있군. 반마(半魔) 나부랭이가 무슨 말을 할 게지? 소녀를 납득시킬 수 있느냐?"

"프리실라를 납득시킬 수 있을지는 모르겠어. 그리고 지금 당장 문제를 해결해 줄 방법이 있는 건 아니야."

"흥, 하면 어쩔 것이지? 잘하는 우는 소리더냐? 그 말로, 지금 이 순간을 한탄하는 것들을 구할 수 있다고 보느냐? 시간이 걸리면 녀석들의 마음은 도저히 버티지 못할 것이야.”

프리실라가 에밀리아의 태도를 코로 비웃고 시간의 문제라고 단언했다.

인간이 인간 아닌 존재로 바뀌었을 때, 그 마음이 받는 상처는 얼마나 클 것인가.

솔직히 그 공포와 절망은 수도 없이 『죽음』을 경험한 스바루라도 상상이 가지 않는다.

하지만 그 시간이 길면 길수록 마음이 죽어간다는 논리는 이해할 수 있다.

“따라서 소녀는 그 전에 자비를 내리겠다. 하면 네 대책은 어떠하지?”

“──원래대로 돌아가는 방법을 찾는 시간, 그 시간을 만들 수 있어.”

“뭣이?”

“내가, 다른 모습에 바뀐 사람들을 다들 얼음 속에 잠재울 거야. 같은 일을 한 지 얼마 안 되어서 할 수 있을 거라 생각해. ……아니, 할 수 있어! 하게 해 줘.”

“────.”

일어난 에밀리아가, 프리실라가 아니라 전원을 둘러보고 굳세게 단언했다.

그 의견에 놀라는 이들 가운데, 스바루는 손가락을 딱 튕기고 말했다.

“그렇군, 콜드 슬립……! 확실히, 그거라면 시간을 벌 수 있어!”

"얼려서, 잠든 채로……? 그기, 가능한 기가? 그냥 얼음덩이가 되어서 얼어 죽게 할 뿐인 기 아이가?"

"괜찮아! 나, 스스로 백 년 정도 잠잤던 적이 있거든!"

"스스로 백 년 잤다……?!"

가슴을 편 에밀리아의 발언에 불필요한 혼란이 집회장에 생겨났다.

그러나 에밀리아의 제안은 무릎을 탁 치고 싶었다. 게다가 에밀리아가 자신의 힘을 긍정적으로 활용할 수단을 모색해 주었다는, 그것 자체도 스바루에게는 기쁜 오산이었다.

확실히 문제의 근본적인 해결이라고는 할 수 없지만 해결법을 찾기 위한 시간은 만들어낼 수 있다. 적어도 눈앞의 시간제한이 없어진 것만으로도 강구할 수단은 현격하게 늘었을 터다.

"그리고……."

최악의 경우, 떠오르는 해결법이 한 가지, 있기는 있다. ──그것은 스바루의 손으로 카펠라를 쓰러뜨려 『색욕』의 마녀인자를 빼앗는다는 것이다.

"───────."

현재 스바루에게는 『나태』와 『탐욕』, 두 개의 마녀인자를 흡수했다는 자각이 있다.

그렇다면 인비지블 프로비던스처럼 『색욕』의 권능을 재현해서 모습이 바뀐 사람들을 원래대로 되돌릴 수 있을지도 모른다.

물론 『탐욕』의 마녀인자의 영향이 미확인 상태인 지금, 그것은 그림의 떡일지도 모른다.

하지만 가능성은 가능성. 손을 뻗을 가치는 충분히 있다.

"뭘 고민하는 거예요, 키리타카 씨. 뭐 어때요. 시켜 봐요!"

"리, 릴리아나?"

골똘히 생각에 잠긴 스바루를 아랑곳하지 않고 집회장의 분위기가 전진했다.

에밀리아의 제안을 곱씹는 키리타카, 그 등을 힘차게 두드린 것은 릴리아나다. 그녀는 류리레의 현을 치며 리드미컬하게 호소했다.

"에밀리아 님이 이렇게까지 말씀하시잖아요. 당연히 승산이 있어서 나온 제안이고말고요!"

"물론, 나도 믿고 싶은 게 본심이다마다. 하지만 일은 많은 인명과 관계되어 있어. 다른 십인회 분들도 없는 지금, 내가 쉽게 결론을 내릴 수는……."

"걱정 접어 두시길! 에밀리아 님은 실패 안 하세요! 왜애냐아하아며언! 역사에 이름을 남길 위인이란 이런 시련을 극복하는 사람이기 때문이죠! 막아서는 장애물 그까짓 거! 피가 솟고 살이 튀는, 만물을 매료하는 이야기란 그리해서 완성되는 거예요!"

집회장을 소리로 채우며 이야기 뇌의 릴리아나가 힘껏 판판한 가슴을 폈다.

근거 제로의 이상론, 그러나 그녀의 말에는 묘한 설득력이 있었다. 그것을 느낀 것은 스바루만이 아닌지 프리실라가 큭큭 목을 그렁거리며 웃었다.

"퍽이나 큰소리를 다 치는구나, 노래꾼. ──만약 네 안목이 엇

나가면 어찌 되느냐. 네가 사랑하는 이야기에 참견했다가 그 줄 거리가 어긋난다면."

"그때는, 제 목을 바칠 뿐. 이 릴리아나, 뱉은 침은 안 주워 담아 요!"

당당히, 정말로 당당히 릴리아나는 프리실라에게 주눅 들지 않 고 단언했다.

숫제 시원할 정도의 호언장담을 들어 프리실라는 "후." 하고 끄 덕였다.

"좋다. 노래꾼의 지저귀는 소리를 보아 소녀의 자비는 거두어 두리라. 그 대신……."

"나한테 맡겨. ──반드시, 잘할 거야."

"흥."

자신과 확신, 그것과는 거리가 멀지만 강한 마음가짐과 각오로 에밀리아는 주먹을 쥐었다.

그 모습을 보고 프리실라는 작게 콧방귀를 뀌더니.

"해 보아라. ──그로써 너를 소녀의 적으로 인정해 주마."

그렇게, 프리실라다운 매서운 말로 이야기를 매듭지은 것이었 다.

2

그렇게 『색욕』의 피해자에 대한 화제는 일단락 지어졌다. 하지 만 그로써 정리된 것은 아닌 것이 이 도시가 놓인 상황이 각박함을 설명하고 있었다.

　남은 문제, 그것은 앞선 문제와 동등하거나, 어쩌면 그보다 더 골머리를 썩이는 난제다.

　그것이 바로──.

　"다수 발견된 『무명』의 희생자. ──『폭식』의 소행이라고, 그리 추측됩니다."

　심히 애매한 피해 보고, 그것 자체가 폭식의 권능이 끔찍하다는 증명이다.

　싸움 뒤, 도시 각처에서 발견된 『무명』의 희생자들.

　그들을 애매하게 호칭할 수밖에 없는 건, 그 신원을 아무도 확인할 수 없기 때문이다.

　『폭식』의 희생자는 관계자의 기억으로부터 모조리 존재가 사라진다. 더해서 당사자도 의식이 없는 상태로 발견되면 내력을 찾을 단서는 전무하다.

　그거야말로 자세한 조건── 제복 및 주변 상황에서 임기응변으로 피해를 추측해 희생자의 내력을 이해한 척해서, 겨우 자신들을 납득시킬 방법 말고 없다.

　"『폭식』이 만만찮기도 했지만 애초에 정보부터 부족했던 게 완전히 우리의 실수였어. 그 바람에 이곳저곳, 피해가 커져 버려서……."

　여럿, 그 존재가 확인된 『폭식』의 대죄주교── 그 정보의 부족으로 『폭식』과 싸운 멤버는 쓰라린 반격을 받아, 그 결과 많은 피해를 냈다.

그 가장 큰 것이 바로 아나스타시아 옆에서 책상다리로 앉은 덩치 큰 수인──.

"_____."

"청승맞은 얼굴 치아라, 형씨. 확실히 실수한 기는 사실이지만도 목숨은 건졌다. 이번 일 생각하믄 내 팔 한 짝으로 끝난 기는 기적 같은 기제."

스바루의 시선을 알아채고 리카드가 팔꿈치 아래를 잃은 오른팔을 들었다.

애처롭게 피가 밴 붕대, 그의 팔을 앗아간 것은 예의 『폭식』중 한쪽이다. 제어탑의 탈환에 임한 리카드는 적을 물리치긴 했으나 한 팔을 잃고 귀환했다.

베인 팔은 회수하지 못했기에, 치유 마법으로도 잃어버린 팔은 다시 채울 수 없다.

그것이 전투 도중, 아군을 감싸고 입은 상처라고 하니까 정말이지 리카드다운 부상이라고 할 수밖에 없었다.

단, 그 '아군을 감싼' 사실을 리카드 본인은 기억하지 못했다.

그 사실을, 스바루는 자기 옆의 『기사』에 쏠리는 시선으로 통감하고 말았다.

그리고──.

"모두에게 중요한 이야기가 있어. ──누군가, 내 옆에 있는 녀석의 이름을 아는 사람은?"

"_____."

스바루의 물음에 집회장을 침묵이 지배했다.

말없는 시간은 몰이해가 원인이 아니다. 그 질문의 의도를 바르게 알아채고 스바루 옆에 선, '모르는 남자'의 입장에 생각이 미쳤기 때문이다.

그런 다음에 번진 침묵은, 그것 자체가 질문에 대한 대답이 되었다.

"정말로 아무도 없어? 누군가, 조금이나마 짚이는 곳이 있으면……."

"그만 됐어. ——충분하다, 스바루."

없는 대답에 견디다 못해, 포기하지 못한 스바루를 기사 본인이 말렸다.

쓸쓸한 미소를 띠며 고개를 가로저은 미장부. ——스바루로서는 낯익은 얼굴이, 이 자리의 누구 한 명의 기억에도 남지 않았다.

그 사실은 이미 그와의 애처로운 재회 시점에서 알고 있었던 사항이었다.

그럼에도 그를 이 자리에 부른 것은 새로운 사례로서 이야기를 나눌 필요가 있었던 것과 다름 아닌 그의 관계자만이라도 다른 반응을 해 주지 않을까 기대했기 때문에.

하지만——.

"————."

갑갑하고 무거운 정적이 사실을 서글플 만치 설명하고 있었다.

『가장 뛰어난 기사』—— 율리우스 유클리우스를 아무도 기억하지 못한다.

그의 존재는 확실하게, 이 세계의 누구 기억에서도 잃어버려 저편으로 사라진 것이라고.

"하지만 이 녀석만은 다른 『폭식』의 피해자와 입장이 달라."

이를 세게 앙다문 스바루는 율리우스를 손으로 가리키며 전원의 얼굴을 둘러보았다.

이번에도 예외적으로 『폭식』의 피해를 입은 상대를 스바루의 기억은 잊지 않았다. 그러나 율리우스의 돌출된 상황은 그것만이 아니었다.

"이 녀석은 율리우스다. 율리우스 유클리우스. 다른 사람들도 알아챘겠지만 『폭식』에게 먹혀서 『무명』이 됐어. 하지만 본인은 의식이 남아 있어."

지금까지 나온 『폭식』의 피해자는 『기억』을 먹힌 크루쉬 같은 상태거나, 『이름』과 『기억』을 먹힌 렘과 같은 상태밖에 예가 없었다.

거기에 와서 율리우스는 그저 『이름』만을 먹힌 새로운 피해자——.

"즉, 예외란 뜻이야? 주위에게 잊혔고, 하지만 자신은 기억하고 있는…… 그럼 이 사람은 우리 중 누군가의 관계자?"

"그런가 보군."

율리우스를 바라보며 놀란 표정을 지은 페리스의 말에 라인하르트가 끄덕였다.

"본 바로, 이 남자…… 율리우스는 상당히 실력이 있는 기사야. 아마 나와 페리스와도 아는 사이였겠지. 어쩌면 더 가까운,

벗이었을지도 몰라."

"……적어도 나는 너희를 벗이라고 여겼었지."

낯선 상대에게 벗이라고 불려 라인하르트와 페리스의 표정이 어두워졌다. 그 반응을 어쩔 수 없는 것이라고, 체념과 함께 받아들이는 율리우스가 애처로웠다.

스바루는 이 세 사람의 만남을 모른다. 어떠한 경위로 우정을 거듭하고 서로 동료 이상의 존재가 되어갔는지, 자세한 사정은 무엇 하나 듣지 못했다.

하지만 그들은 친구 사이였다. 확실한 유대가 있었던 것이다.

그것이 지금, 지난날의 모습을 찾아볼 수도 없다.

"……제길."

렘의 『이름』을 빼앗겨 누구나 그녀의 존재를 잊었을 때, 스바루는 이 세상에 이보다 더한 슬픔은 존재하지 않을까 하는 생각까지 했다.

하지만 지금 율리우스의 상태는 어떠한가. 세상 전부에서 밀려나서 고독을 맛보는 모습은.

슬픔은 비교할 것이 아니다. 하지만 이건 너무나도 끔찍한 소행이었다.

"……그냥 두 사람의 친구라는 걸로 끝날 얘기가 아니긋제."

그, 친구 사이의 비통한 첫 대면을 지켜보다가 갑자기 아나스타시아가 말했다.

그녀는 그 부드러운 표정에 사려의 빛을 띠며 살며시 자기 목덜미의 목도리를 만졌다. 하얀 여우의 털을 쓰다듬으면서 아나스타시아는 리카드를 힐끔 곁눈질하며 말했다.

"크게 다친 리카드를 데려와 준 기 율리우스 씨데이. 그 뒤, 바로 없어져 부려서 마음에 얹혔지만도…… 그건, 그런 기였던 기 아이가?"

"아나스타시아 님……."

검을 바친 주군에게 낯모르는 사람 취급을 받은 기억, 본래 있을 수 없는 주종의 두 번째 첫 대면이 되살아나 율리우스가 떨리는 목소리로 충의를 담아서 아나스타시아를 불렀다.

그 부름을 받아 아나스타시아는 짧게 숨을 내뱉고는 말했다.

"──모두에게, 내가 제안이 있는데, 괜찮긋나."

율리우스의 시선을 옆얼굴에 받는 채로 아나스타시아가 재차 논의를 전체로 되돌렸다. 그녀의 말에 키리타카가 "제안, 말입니까." 하고 받아서 말을 이었다.

"이 흐름에서, 어떠한 말씀이신지요."

"대략적인 문제는 모두 공유되었제? 『색욕』이 모습을 바꾼 사람들이캉, 『폭식』에게 『무명』이 된 사람들캉고. 그라치만도 범인들은 행방을 모르고 애초에 순순히 답을 가르쳐 줄 놈들이라곤 도저히 생각 몬 한다. 속수무책인 상태데이."

"구태여 그런 사정 확인 안 해도……."

"하지만 그 얘기를 했단 말은, 뭔가 떠올랐단 뜻이지?"

아나스타시아가 술술 거침없이 진퇴양난에 처한 사실을 확인하자 페리스는 떫은 표정을 지었다. 거기에 끼어든 에밀리아가 아나스타시아에게 "그치?" 하고 갸웃했다.

그 말에 아나스타시아는 가는 어깨를 으쓱이면서 대답했다.

"에밀리아 씨 말이 맞다카이. 성격이 나쁜 대죄주교로부터 직접 듣기는 무리. 그라믄 달리 알고 있을 듯한 사람한티 캐물으믄 되는 기라."

"달리 알고 있을 듯한 사람…… 엄—청 척척박사님?"

"맞다. ——있지 않노. 이 나라에는, 그 엄—청 척척박사님이."

"……설마."

아나스타시아의 의미심장한 발언에, 누군가가 갈라진 숨소리와 함께 말했다.

하지만 주위 반응과 달리 스바루는 그것이 무엇을 의미하는지 알 수 없었다.

대죄주교의 권능을 풀 방법, 그런 수단을 아는 이가 그 밖에 있다니——.

"야, 모르겠거든. 빼지 말고 확실하게 말해."

그런 스바루와 같은 이해도로 입술을 삐죽인 펠트가 아나스타시아를 노려보았다. 그 말에 아나스타시아가 쓴웃음 짓고 "미안, 미안." 하고 사과한 뒤에 대답했다.

"——『현자』샤울라."

"앙?"

아나스타시아의 말에 펠트가 얼굴을 찌푸리며 고개를 모로 꼬았다. 그녀와 마찬가지로 눈썹을 찌푸린 스바루 옆에서 율리우스가 "옛날." 하고 말을 꺼냈다.

"친룡왕국 루그니카에 위업을 성취한 세 명의 영웅이 있었다.

『검성』과 『신룡』, 그리고 『현자』 셋을 가리켜 삼영걸이라고 부르고 있지."

"삼영걸……."

"글타. 그 삼영걸 중 한 명이 『현자』 샤울라, 이 세상 모든 것을 내다보는 지식의 파수꾼."

율리우스의 설명을 받아서 아나스타시아가 부드럽게 입술에 미소를 머금었다.

스바루 말고는 모를, 주종이던 두 사람의 일방통행적인 대화를 거쳐 아나스타시아는 연두색 눈에 집회장의 면면을 둘러보았다.

그리고──.

"루그니카 왕국의 동쪽 끝, 아우그리아 사구(砂丘)에 서 있는 플레아데스 감시탑. ──그곳에 은둔한 전설의 『현자』라면, 우리가 궁금한 답을 알지도 모르지 않긋나?"

3

"분명히 말해 두겠는데, 저는 반대해 두겠습니다."

"……뭐, 넌 그러겠지."

단호한 오토의 단언에 스바루는 볼을 긁으면서 쓴웃음 지었다.

두 다리의 부상도 애처로운 오토지만 현재는 피난소로부터 치료원으로 후송되어 거기서 사태를 타개한 공로자 중 한 명으로서 그만한 치료를 받고 있다.

그런 그에게 참가하지 못한 회의의 내용을 전한 순간, 처음으로 꺼낸 말이었다. 솔직히 그건 예상하던 반응이기도 했다.

여하튼 오토 스웰은 나츠키 스바루를 바르게 평가하고 있다.

좌우지간 과대평가 받을 때가 많은 스바루인 만큼, 정당하게 평가해 주는 건 베아트리스와 오토, 거기에 파트라슈가 들어갈 정도일까. 지금은 여유가 없어서 그럴 경황이 아니지만 페리스 등도 그중 한 명일지도 모른다.

그렇기에 오토가 반대해 두는 건 뻔히 아는 일이었다.

"다만 날 그렇게까지 아는 너라면 내 대답도 알 테지."

"……에밀리아 님은 몰라도, 베아트리스는 언짢아진 것 아닌가요?"

"뾰로통한 모습도 귀엽거든, 내 베아코는."

어깨를 으쓱인 스바루의 넉살에 오토는 기가 찬 모습으로 이마에 손을 짚었다. 그러고 나서 스바루는 그의 매달아 올린 두 다리를 쳐다보며 말했다.

"다리, 역시 한동안 무리일 것 같아?"

"프리스텔라의 현 상황으론 어렵죠. 부상자의 수에 치유술사가 못 따라가요. 지금, 키리타카 씨가 인근 도시란 도시에서 다 술사를 모으고 있다던데……."

"너만큼 깊은 부상이면 실력깨나 있는 술사가 아니라면 무리란 건가."

"페리스 씨는 크루쉬 님을 진료하는 걸로 한계라고 그러고요."

지금도 예단을 용납지 않는 상태의 크루쉬를 위해서 페리스의 손은 완전히 막혀 있다. 그 외의 술사도 있지만 도시의 참상에 일

손이 전혀 충당이 안 된다.

"우리 치유계 특공대장도 형님뻘을 팽개치고 온 도시 날아다니고 있으니."

이 자리에 없는 특공대장, 아니, 가필.

진영 내의 치료 담당이기도 한 가필은 정기적으로 오토의 다리에 치유 마법을 걸고 남은 시간을 도시의 부흥 작업에 바치고 있다. 원래 마음씨 착한 소년이다. 그러므로 곤란에 처한 사람들을 위해서 분주하는 모습에 위화감은 없지만——.

"아마, 복잡한 사정이 그 밖에도 있겠지. 너무 무리 안 하면 좋겠는데."

"뭐, 가필이 하는 일이죠. 조만간 자기가 설명해 줄 거예요. 너무 무리 안 하는지야 같이 있는 미미 씨가 봐 주리라 봅니다."

"그래 봬도 의외로 미미는 주위를 잘 보더라. 그 점은 누나라 이건가."

"그 점은 여자애라고 해야 할지도 모르죠. 어쨌든——."

거기서 말을 끊은 오토가 표정을 다잡고 스바루를 쳐다보았다. 자연히 스바루도 등을 바로 펴고 그 시선을 마주했다.

"다츠 선생으로부터 『예지의 서』를 회수할 필요도 있습니다. 전 프리스텔라에 남는 게 기정노선이겠죠. 다만 제 의견은 말한 것과 같아요. 반대해도 헛수고였지만요."

"시시콜콜 그러지 마라……. 너만이 아니라 가필도 복구 작업과 도시 방위하러 남으라고 할 거야. 없을 거라 생각하고 싶지만, 마녀교놈들의 재습격이란 선도 있을 수 있으니까."

일단 퇴각한 척하며, 희희낙락 악의의 재탕을 저지를 법한 게 마녀교다.

그 점은 스바루만이 아니라 관계자 전원이 경계를 빠트리지 않고 있다. 있든 없든 긴장을 강요하는, 정말로 성가신 패거리였다.

"어쨌든 경과를 지켜볼 눈은 필요할 테죠. 저도 다리 상태가 좋아지는 대로 이것저것 조사해 보겠습니다. 그러니……."

"그래, 알아. 모쪼록 조심하란 거잖아?"

한쪽 눈을 찡긋하며 스바루가 오토의 대사를 앞지른다. 그 대답에 오토는 깊게 한숨을 쉬고는 천천히 침대에 몸을 눕혔다.

그런 오토에게 스바루는 "미안하다." 하고 재차 한마디를 덧붙이고.

"잠깐 대상인님의 가이드로 『현자』님인지 뭔지랑 만나고 오마."

덤덤하게 웃은 것이었다.

4

"――들어오시길."

일단 예의로서 문을 노크하자 안에서 차분한 목소리로 대답이 있었다.

귀에 익지만 패기가 결여된 목소리이며, 그것이 공연히 스바루의 성질을 긁었다.

"너로군, 스바루."

"나라서 덧났냐."

"이게 신기하게도, 지금은 네 얼굴을 보면 매우 안심이 돼."

"칵—,   !"

실내에 발을 디디고 처음에 나눈 악담을 말 그대로 내뱉었다.

그런 태도임에도 뒤로 돌린 손으로 문을 닫는 스바루의 손놀림에는 배려가 있다. 소리를 내지 않고 문을 닫는 건 여기서 자는 이들에 대한 최저한의 마음씀씀이다.

"소란스럽게 해서 깨어난다면 그편이 훨씬 구원받을 텐데."

"만약 그렇다면, 네가 박수갈채 틀림없을 단발 장기자랑이라도 선보여 줄 거냐? 그건 귀중한 한 장면이군. 눈치 없는 『폭식』이 더더욱 밉살스러워져."

"후."

꺼지는 숨결 같은 웃음에서 스바루는 눈을 돌리고 방 안──간소한 침대에 눕힌 사람들을 보았다. 어수선하지는 않지만 결코 안녕을 약속받은 잠자리 모습도 아니다.

그들은 잠자고 있는 것이 아니다. 뒤에 남겨진 것이다. ──추억에 잊히고, 일상에서 분리되고, 죽어 있지만 않을 뿐인 불완전한 존재로서.

"율리우스. 내가 말하기도 뭐하지만 여기 너무 오래 있지 마."

"──────."

"아무리 쳐다봐도 못 떠올리는 건 못 떠올려. 가장 사랑하는 여동생도…… 정말로 반신처럼 여기던 상대라도, 그리돼."

안이한 위로의 말을 쓰지 않으며 스바루는 청년── 율리우스에게 호소했다.

늘어선 침대 가운데, 가장 끝자리의 침대 옆에 앉아 있는 율리우스. 단정한 표정에 숨기지 못하는 근심을 담아 노란 눈으로 그가 바라보는 것은 침대에서 잠든 인물이다.

『이름』을 잃은 사람들의 열에 더해 깨지 않는 잠에 빠진 갸름한 얼굴의 인물── 긴 보라색 머리를 가진 청년은 율리우스의 기억에 안에는 없다. 하지만 이름은 알고 있다.

"요슈아 유클리우스라고."

"……그래."

"신기한 노릇이군. 네게서 얘기를 들었고, 확실히 피를 나눈 육친이라고 여길 만한 공통점도 있는데, 내 안에는 남동생의 기억이 한 점도 남아 있지 않으니까."

그 애처로운 감정을 얼굴에 드러내지 않으며 율리우스는 눈을 감았다.

율리우스가 동생의 이름을 부를 수 있는 것은 그 관계성과 이름을 스바루가 가르쳐 주었기 때문이다. 『폭식』이 휘두른 권능의 피해자── 의식이 없는, 신원불명의 사람들 속에서 스바루가 찾아낸 지인은 요슈아뿐이었다. 그 외의 30명 이상의 피해자는 누구에게 안부를 걱정받을 일도 슬퍼할 일도 없이 잠자고 있다.

그와 비교하면 형에게 걱정을 받는 요슈아는 행복한 편이라고 할 수 있을까.

그토록 따르던 형에게 잊히고, 그 형도 형태뿐인 형제애를 덧쓰는 공허한 관계여도.

잊혀도, 잊어도, 추억에 없어도, 사실만 있어도, 괴로울 뿐——.

"……빌어먹을."

알고 있었을 터다. 알고 있던 일이었다.

대죄주교들은 누구랄 것 없이 존재를 용납해서는 안 되는 최악의 악의가 현현한 화신이다. 게다가 『폭식』만큼 모든 생명을 모독하고 짓밟는 존재는 달리 없다.

『폭식』의 대죄주교가 가진 권능이야말로 이 세상에서 가장 혐오해야 할 죄악이니까.

"호흡은, 하고 있어. 살아는 있는 거야. 신기한 일이야."

"원래 그래. 하지만 밥은 안 먹고 화장실도 안 가. 목욕할 필요도 없어. ……웃어 주지도, 않아."

"잊힌 것을 슬퍼하지도, 않지. ——그 점만은 행복할지도 모르겠군."

"행복……?"

율리우스가 읊조린 한마디에 스바루가 눈썹을 세웠다.

스바루를 돌아보며 율리우스는 입 끝을 살짝 힘없이 누그러뜨리고 말했다.

"잊힌 것을 깨닫지 못하면 남겨지는 불안에 겁낼 필요도 없지. 친할 터인 사람들에게 일방적으로 관계가 끊기는 건…… 상당히 버겁더군."

"————."

"스바루. 잊히는 것과, 잊는 것…… 어느 쪽이 더 괴로울까."

그 물음에 스바루의 목이 막혔다.

답이 막힌 게 아니다. 답은 처음부터 가지고 있었다.

그렇기에 스바루의 말을 가로막은 것은 당혹이 아니라 격정이다. ──시니컬한 웃음을 띠는 율리우스에 대한, 분노. 그치지 않는 분노가 용솟음쳤다.

"그딴 거, 내가 알겠냐. 까불지 마. 지 기분에 젖지 말라고."

"……스바루?"

"잊는 것도, 잊히는 것도 둘 다 엿이나 먹으라지! 괴로움에 순위나 매기려 하지 마. 너 부정적으로 사냐?! 세상에서 제일 불행하단 낯짝이나 하곤. 나랑 여태까지 겪은 불행 비교해 볼까? 어차피 내가 이길걸?!"

삿대질하며 언성을 높이는 스바루의 서슬에 율리우스는 말문을 잃었다.

갑자기 격화한 스바루에게 놀라서 그는 아무 말도 하지 못했다. 그렇게 침묵한 율리우스를 노려보면서 스바루는 격정에 숨을 씩씩대다가 어금니에 힘을 주었다.

"약한 낯짝, 하지 마라. 네가 괴로운 것도, 잊혀서 있을 곳이 없단 것도 알아. 근데…… 하지만 네가 약한 낯짝 하는 건 사절이야."

"────."

"잊었냐, 율리우스. ──아니, 잊지 마라, 율리우스."

격정을 머금은 눈으로 스바루는 자신의 가슴에 손을 짚고 단언했다.

옛날 그러던 것과 똑같이, 지금도 단언했다.

"네가 강한 건 내 눈이 알아. 내 수모가 알아. 누가 잊었다고 해도 말이다."

"————."

숨이 벅차다. 머리에 피가 오른 감각이 사라지지 않는다.

정말로, 이만큼 격노한 건 얼마 만이냐. 레굴루스 이후 처음이다. 아직 반나절 정도밖에 지나지 않았음에 아연실색했다. 이 도시는 얼마나 스바루의 심폐에 부담을 끼친단 말인가.

그런 시답잖은 사고가 떠오르고——.

"후, 하하……."

"아앙?"

"하하……. 아니, 너는 정말로 터무니없는 남자야. 그걸 새삼 실감해서……."

경악이 흐려지며 대신에 웃음의 충동에 떠밀린 율리우스. 그 반응에 뚱해진 스바루 앞에서 그는 계속 웃었다. 그리고 마지막에 길고 긴 숨을 내뱉고.

"그런가, 그렇군. ——모든 것에 다 버려진 건, 아니었구나."

"추월당했달까, 3마신 차이 정도로 네 쪽이 앞이지."

"3마신으로 충분할까?"

"확 날려 버린다, 너! 나랑 베아코의 페어라면 옛날과 완전 다르거든!"

중지를 세우고, 원래 가락을 되찾기 시작한 율리우스에게 침을 튀겼다. 그러자 율리우스는 날아오는 침을 우아하게 피하고 "과연." 하고 묵례했다.

"그럼, 그 큰소리, 크게 기대해 보기로 하지."

"……오오, 해라, 해. 너도 열심히 모두의 기억이 돌아왔을 때 깜짝 놀라 주저앉을 정도로 대활약하라고."

느끼한 태도에 스바루는 세운 엄지를 뒤집어서 도발. 그 품위 없는 행위에 스바루만이 아는 『가장 뛰어난 기사』는 우아하게 웃고.

"──그럼 우선 최초로, 기억이 있는 네가 누구보다 놀라도록 노력하기로 하지."

그렇게 말하고, 다음 목적지인 『플레아데스 감시탑』으로 동행할 의사를 굳힌 것이었다.

5

"율리우스는 우리랑 같이 간댄다."

"그랴, 그라노. 그라믄 내도 일단 안심이다."

그렇게 말하고, 뒤로 돌린 손으로 문을 닫는 스바루 앞에서 아나스타시아가 미소 지었다.

피난소 안의 집회장, 여기서 주된 멤버의 대화가 있었던 것은 몇 시간 전의 일이다. 참가한 진영 각원은 숙소로 물러가 저마다 이후 방침에 따른 준비를 진행 중이다.

따라서 집회장에는 두 사람을 제외하고 누구의 모습도 존재하지 않았다.

"와아? 말끄러미 보고."

그, 아무도 없는 집회장에서 아나스타시아는 누군가—— 아니, 스바루를 기다리고 있었다.

확신이 있던 건 아니다. 그저 스바루도 그녀가 이곳에 있다는 예감은 들었다. 왜냐면 지금의 그녀에게는, 어디나 할 것 없이 있기 불편할 테니까.

"이걸로, 플레아데스 감시탑으로 향하는 건 에밀리아, 나와 베아코. 거기에 율리우스와 너를 더해서 다 합쳐서 다섯 명이란 거지."

"와, 너라니 남자답게 확 지르네. 그라도 좋데이. 내캉 나츠키 사이고 그 정도의 거리감이라도……."

"——빤히 들여다뵈는 연기질은 관둬."

"————."

"넌 아나스타시아 씨가 아냐. 그 사람의 얼굴과 목소리로, 함부로 굴지 마."

집회장의 문에 등을 기대어 입구를 막은 스바루가 아나스타시아에게 엄하게 말했다.

그 지적에 키득키득 웃던 아나스타시아의 얼굴이 얼어붙었다. 해사한 미소가 녹고 그녀는 천천히 갸우뚱했다.

그리고 그 연두색 눈을 요망하게 가늘게 뜨더니.

"이런, 신기한걸. 어떻게 아나가 아닌 줄 알았지?"

뚜렷하게 그렇다고 알 만큼, 아나스타시아의 어조가 일변했다.

몹시 친근하고 허물없는 어조, 그것은 중요한 부분을 공동(空洞)으로 비웠다. 음성, 음색은 아나스타시아의 것과 동일해도 근본적인 부분이 어긋나게 들린다.

그 알기 쉬운 변화에 스바루는 자신의 안목이 맞았다고 어금니를 깨물었다.

가능하다면 그런 상상은 맞기를 바라지 않았으니까.

"숨길 맘이 있으면 더 연기를 잘하라고. 확실히, 아나스타시아 씨는 후보자 중에서 제일 리얼리스트지만…… 소중한 식구가 평생 갈 부상당하면 동요한다고. 적어도 너 같은 인간미 없는 태도도 말투도 안 할 거다."

"제법 섭섭한 평가인걸. 하지만 아나의 인간미가 원인으로 간파당했다는 건, 묘하게 싫은 기분도 아니야. ……그래도 이렇게 펑펑 간파당해서야 입장이 말이 아니군."

"펑펑이라니, 나 말고도?"

"프리실라 바리에르야. 나를 여우라고 불렀지. 그녀는 무서운 아이더군."

"또, 그쪽 주종인가……."

주종이 세트로 머리에 떠올라 스바루는 얼굴을 찌푸렸다.

솔직히 각 진영 중에서 가장 한계가 안 보이는 게 프리실라 진영이다. 프리실라 본인도 그렇지만 이번 사건에서 알의 비밀주의는 도를 넘어섰다. 아마도 그는 상상 이상으로 많은 것을 알고 있다.

하지만 그것을 고분고분 이야기해 주지 않을 거라는 확신도 있어서.

"──그 녀석들 문제는 지금 됐어. 그보다 문제는 아나스타시아 씨를 자처하며 제멋대로 서 있는 네 쪽이지. 너는……."

"『색욕』의 대죄주교라고 의심하고 있다면, 그건 착오야. 먼저 부정해 두지."

날카로운 눈매가 더욱 날카로워지는 스바루, 그 눈빛에 아나스타시아── 아니, 그 가짜가 어깨를 으쓱이고 맨 첫 번째 가능성을 부정했다.

다른 사람의 바꿔치기라고 생각했을 때, 처음에 떠오른 것은 『색욕』의 대죄주교다. 모습을 자유롭게 바꿀 수 있는 카펠라라면 아나스타시아와의 교체도 어려움 없이 할 거라고.

당연히 그 변명을 전적으로 받아들일 수는 없지만──.

"그럼, 넌 대체 뭔데. 도대체 무슨 심산으로……."

"──에키드나."

──────.

────────.

─────────────방금, 이 여자가 뭐라고 그랬지?

"……뭐?"

진의를 캐물으려던 스바루에게로 갸우뚱한 가짜가 담담한 음성으로 말했다.

그 여운에 사고가 짓뭉개지고 스바루의 목이 급속하게 갈증을 느꼈다.

"─────."

의식을 공백이 덧칠해 스바루는 호흡조차 잊으며 굳었다. 그렇게 놀라서 움직임이 멎은 스바루에게로 가짜가 아나스타시아의 얼굴로, 목소리로, 거듭했다.

"──내 이름은 에키드나. 출신은 뭐, 인공정령이란 거지."

"……아."

"솔직히 아나의 몸을 가로챘다고 여겨도 어쩔 수 없는 상황이라서. 사실을 설명하는 건 망설여지더군. 다만 입을 다문 결과, 괜히 네 의심을 불렀다고 생각하니 역시 거짓말은 좋지 않다고 통감해. 실로 유감스러운 일이었지."

굳어 버린 스바루를 아랑곳하지 않고 가짜가 나불나불 자기 말만 떠든다. 그 말을 한 귀로 듣고 한 귀로 흘리면서 스바루는 눈앞의 존재로부터 눈을 떼지 못했다.

중성적인 어조, 간접적이고 에두르는 말투, 그 전부가 그 『마녀』를 연상케 해서

"웬, 지저분한 농담이야. 네가 에키드나……?"

"──?"

그것은 스바루에게 진정한 의미로 부르는 것조차 망설이는 『마녀』의 이름이다.

달콤하게 자상한 말로 다과회의 초대객을 유혹해 자신의 뜻대로 움직이는 꼭두각시로 바꾼다. 그런 데다가 스스로는 보지 못하는 모든 가능성을 갈구하는 호기심의 화신.

이제 다시는 그 이름을 들을 기회는 찾아오지 않을 상대라고만 여겼는데.

"그런 네가, 아나스타시아 씨의 모습으로…… 아니, 그 이전에,

년 언제부터 밖을 자유롭게 움직이고 있지……? 설마, 이번의, 이 도시의 소동도 네가 꾸민 거냐?!"

"응? 아니, 기다려 줘. 그렇게까지 거센 반응이 나올 줄이 야……."

"닥쳐! 네가 떠들게 하다간 멀쩡한 일이 없어! 제길, 이번엔 뭘 꾸미고…… 나한테 뭘 시킬 작정이야?! 또 네 손바닥 위란 거 냐?!"

"지, 진정해 주지 않겠어? 아마, 크나큰 오해가 생긴 모양이 야."

제정신을 차린 스바루가 사납게 아나스타시아── 아니, 에키 드나에게 달려들었다.

숫제 그대로 상대의 목을 비틀어 죽일지도 모를 스바루의 기세 에 에키드나가 신변의 위험을 느낀 듯이 몸을 껴안고 마지못해 뒤 로 물러섰다.

"진정? 진정할 수 있겠냐! 조신한 척이나 하긴, 그리 쉽게 몇 번 씩 속일 수 있을 거라 생각하지 마! 이 악질 마녀가! 아나스타시아 씨를 어디다 뒀어?!"

"흉계의 흑막 취급은 관뒀으면 좋겠어. 애초에 나는 아나에게 위해를 끼칠 맘은 없어. 아나와는 10년 넘게 함께 있거든. 그야말 로 가족처럼 여기고 있지."

"흉계는 네 특기로…… 10년 넘게?"

눈을 부릅떴다. 그렇게 옛날부터 그녀는 『성역』 밖에서 활개를 치고 있었던 건가.

돌이켜 보면 어처구니없는 이야기다. 에키드나가 묘소 밖에 나오지 못한다는 이야기는 에키드나 본인이 하던 말을 고스란히 믿었을 뿐이었다.

『마녀』의 감언이설에 그토록 아픈 맛을 보고도 스바루는 어디까지나 생각이 짧단 말인가.

"너는, 또 그런 식으로 남을 속이고 이용하고…… 그게 그렇게 재미있냐?"

"……거참, 이건 예상을 벗어나는 방식으로 미움 사는군. 베아트리스를 데리고 다니니까 그러지 않을까 싶었지만, 너는 내 조물주를 잘 아는 모양인걸."

"잘 알아? 웃기시네. 나쁘게 안다는 걸 잘못 말했겠지."

더욱 성을 내는 스바루와 대조적으로 에키드나의 태도는 서서히 식어간다. 솔직히 그 태도도 부아가 치민다. 이미 에키드나가 무슨 짓을 하더라도 화밖에 느껴지지 않지만.

"네가 무엇을 꾸미고 있든 간에 난 안 속아. 마녀교놈들을 이용해서 너는……."

"──인공정령."

"……뭐?"

"너는 아무래도, 내 이름에 심히 집착하는 모양인데 말이지. 그쪽만이 아니라 또 하나의 직함에 주목해 주면 대화하기 쉬워질 것 같다만."

에키드나가 그렇게 말하고는 자연스러운 동작으로 의자에 앉아 스바루에게도 자리를 권했다. 그 몸짓을 스바루는 말없이 거절하고 입안에서 방금 말을 되새겼다.

"너도, 인공정령이라고? 베아코 같이? 네가? 인공정령? 네가?"

"자꾸 물어봐도 내 대답은 똑같아. 엄밀히 말하면 아나가 평소하고 다니는 이 여우 목도리가 내 본체다. 그래서 너희를 줄곧 보고 있었어."

"———."

앉은 채로 그녀는 자신의 목에 감은 고급스러운 흰여우 목도리를 어루만졌다. 그 발언의 진의를 의심해 스바루는 진지하게 사색하느라 눈썹을 모았다.

에키드나——목도리. 그녀의 말을 빌리자면 『에키도리』라고나 불러야 할까. 그 에키도리가 자기 자신을 인공정령이라고 칭한 것, 거기에는 일정한 신빙성이 있다.

왜냐하면 『탐욕의 마녀』 에키드나야말로 인공정령을 만들어낸 창조주이기 때문이다.

베아트리스도 그 인공정령 중 한 개체이며, 에키드나의 평생 유일한 선행의 성과였다.

"조금은 내 이야기에 귀를 기울여 줄 맘이 들었나?"

"……그게 멀쩡한 이야기라면, 이란 조건이 달렸지."

스바루는 손가락을 하나 세우고 에키도리를 정면으로 응시하며 고했다. 다짜고짜 공격을 가하는 건 악수, 그러나 경계는 게을리하지 않는다. 그것이 타협점이었다.

"우선, 처음에 오해를 풀어 두고 싶어. 아까부터 너는 꽤 맹목적으로 내게 불신감을 드러내더군. 하지만 그건 내가 아니라 『에키드나』에게 향한 것이지? 일단, 거기가 나와 네가 어긋난 점이라고 추측해."

"……계속해 봐."

"쉬운 얘기야. 네가 생각하는 『에키드나』와 나는 별개의 존재야. 내게는 나 외의 『에키드나』에 관한 지식이 없어. 그저 자신이 인공적으로 만들어진 정령이라는 것, 이름이 에키드나라는 것 말고 아무것도 가진 바가 없거든."

"대화 끝!"

스바루는 탁자를 세게 두드리고 더 이상의 촌극은 사절이라고 전력으로 부르짖었다.

뭔 소리를 하느냐 싶었더니 흰여우가 말한 것은 에키드나답지 않은 속이 빤한 커버 스토리였다. 즉, 지금 대화의 요점은 이렇다. ──자신은 기억상실이다.

이걸 어떡하면 들을 가치가 있는 이야기라고 여기겠는가.

"그 반응은 섭섭하군. 짤막하게, 필요한 정보와 진실을 통달했는데, 뭐가 잘못이지?"

"사람의 마음을 이해하지 못하는 그 태도! 역시 에키드나 맞잖아……!"

"네가 내 조물주를 싫어한다는 건 아주 잘 알겠어."

분노를 넘어서서 스바루의 검은 눈에 증오가 깃들었다. 그 모습에 에키도리는 느릿느릿 고개를 가로젓더니 "이렇게 생각해보면 어때?" 하고 운을 뗐다.

"만약 내가 네가 아는 『에키드나』였다면, 왜 여기서 그걸 밝혔지? 대화가 꼬일 걸 알았더라면 그런 짓을 할 의미가 없잖아."

"그건…… 그것조차 즐기는 녀석이니까, 라는 설득력이 있는 의견이."

"그렇게까지 업보가 깊으면 내가 변명할 여지가 하나도 없군. 조물주가 너무 글러 먹었어."

에키도리가 지은 떫은 표정은 아나스타시아가 처음 보이는 표정 패턴이었다. 단지 이렇게 대화를 나누는 중에 스바루 쪽에도 다소의 위화감이 생겨났다.

확실히, 도리에 안 맞기는 하다. 의심하기 시작하면 한이 없지만──.

"네가, 만약 내가 아는 『에키드나』가 아니라고 치자. 하지만 그렇다면 어떻게 베아트리스가 인공정령인 줄 알지? 기억상실이라면, 설정이 어설프잖아."

"보면 안다고밖에 할 도리가 없군. 인공정령끼리 통하는 지각 같은 것이야."

"그런 것치고 베아트리스로부터 네 얘기는 못 들었는데. 인공정령끼리 통하는 지각이라면 내 베아코가 못 알아채는 건 이상하잖아. 우리 애가 우습냐?"

"그녀도, 내가 움직이고 말하는 모습을 보면 알아챘을 거야. 그 외로 그녀가 알아채지 못한 건 어쩔 수 없어. 나는 여러모로 정령으로서 결함이 많은 존재니까."

"결함?"

"사람과 계약을 할 수 없어. 마법을 구사한 자위도 어렵지. 그 대신, 기척을 감추는 건 장기야. 그 자신감도 이번 사건으로 흔들리고 있지만."

눈을 내리깔고 어조를 낮춘 에키도리의 모습을 스바루는 의심했다. 그리고 뒤늦게 에키도리의 말의 진의를 이해했다.

그녀 또한 인공정령이라면——.

"마녀교가 요구한 인공정령이, 내 베아트리스가 아니라……."

"내 쪽이었을 가능성이 있지. 그 점에서, 너희에게 털어놓지 않은 걸 아나는 마음에 두고 있었어. 그 일에 관해서는 막은 내게 잘못이 있다. 솔직하게 사과하지."

그렇게 말한 에키도리가 고개를 숙여 스바루는 대죄주교들과의 결전 전에 아나스타시아와 대화했을 적의 기억을 떠올렸다.

중요한 이야기가 있다며 스바루와 단둘이 된 그녀는 확실히 『인공정령』의 화제에 관해서 뭔가 걸리는 것을, 망설임 같은 것을 품은 눈치였다.

"그때, 아나스타시아 씨는 내게 말할까 말까 망설였다?"

"네게 숨기는 건 이적행위라는 말까지 들었으니까. 아나는 크게 주저했었지 뭐야."

"_____."

주저했었다고 들어 스바루는 약간 그 사실을 뜻밖으로 여겼다.

아나스타시아는 자신의 우위를 위해서라면 정보를 아끼는데 저항이 없는 타입인 줄 알았다. 실제로 인공정령에 관해서는 끝까지 시치미를 떼었으니까.

"그걸 이제 와서 말하는 건 네가 아나스타시아 씨를 가로챌 준비가 갖춰졌기 때문이냐?"

"이제야 이야기가 거기로 돌아온 모양이군. ……아까도 말했지만 나는 아나의 몸을 가로채려는 생각일랑 안 했어. 현 상황은 나로서도 본의가 아니야."

"본의가 아니라면 돌아가면 되잖아. 여우 목도리로 재접해."

"그러고 싶은 마음은 굴뚝같지만…… 돌아갈 수 없어지고 말았거든."

에키도리의 힘없는 대답에 스바루는 입을 다물었다.

솔직히 말해서 고려할 만한 설명이라고는 여기지 않는다. 근거가 부족하고 『에키드나』에게 너무 형편이 좋다. 이런데 믿으라고 해서 어떻게 믿을 수 있는가.

그렇기 때문에 이런 불확실한 도박에 『에키드나』가 나서리라곤 생각할 수 없다는 점이, 도리어 에키도리의 발언의 신빙성을 높이고도 있어서.

"자세하게 얘기해 봐. ……애당초, 아나스타시아 씨의 몸은 어떤 상태야?"

스바루는 문에서 등을 떼고 에키도리와 대화할 자세를 보였다. 천천히, 권유받은 의자에 앉자 에키도리는 희미하게 놀라며 눈썹을 세우고 물었다.

"너는, 그런 식으로 이성을 기쁘게 하나? 인공정령의 성별은 어렵지만 베아트리스가 여성임을 감안하면 나도 역시 여성으로……."

"얘기 끝내도 되냐?"

"미안하다. 네가 얘기를 들어주는 흐름이 된 것에 동요해서."

방금 대화 흐름이야말로, 정녕코 진짜 에키드나스러웠지만 에키도리는 그 실수를 사과하고는 진지한 표정으로 설명하기 시작했다.

"단적으로 말하면, 아나의 오드를 매개로 내 존재를 덮어쓰고 있어. 현재, 아나의 몸의 자유는 내 뜻대로고, 본래는 결함이 있는 아나의 게이트로 마법의 행사도 가능하다."

"게이트에 결함이라니, 아나스타시아 씨가?"

"그게, 나와 아나의 특수한 관계 중 일부라서. 나도 인공정령으로서의 결함 때문에 계약을 할 수 없다는 얘기는 했지?"

"……말했었지. 즉, 아나스타시아 씨는 정령술사가 아니란 말이군."

스바루는 직전의 설명을 되새기며 자신과 아나스타시아의 입장 차이를 명확히 했다.

베아트리스와 에키도리, 함께 인공정령을 파트너로서 삼고 있는 관계지만 스바루와 아나스타시아 사이에는 명확한 차이가 있다고.

스바루의 그 이해에 에키도리는 턱을 주억이다가 "아나는 말이야." 하고 운을 떼었다.

"날 때부터 게이트에 결함이 있는 애야. 게이트가 대기 중의 마나를 흡수해 체내의 마나를 배출하는 기관임은 너도 알고 있겠지만, 아나는 그 흡수하는 쪽의 기능이 작동하지 않아. 만성적인 마나 부족이란 거지. 비슷하게 몸 밖으로 배출할 수 없는 기관이 있는 인간에는 너도 짐작이 가겠지?"

"다른 녀석? 아니, 짚이는 녀석은 없는데……."

"그건 뜻밖이군. 배출할 수 없는 결함이 있는 건 『검성』의 후예야. 그의 경우, 심상치 않은 양을 흡수하고 그 전부를 신체능력으로 돌리고 있으니까 실제 피해는 없는 모양이지만."

"라인하르트가?"

에키도리의 이야기에 스바루는 라인하르트가 떠안은 뜻밖의 문제를 알았다. 확실히, 라인하르트 본인으로부터 마법은 쓸 수 없다고 들은 적이 있었다. 그때는 자세한 사정을 듣지 않았지만 그런 배경이 있었다는 것이다.

"게이트를 무리시켜서 망가뜨린 나랑 가까운 상황이었나. 나의 경우, 베아코가 빨아 주고 있으니까 파열하지 않고 끝나고 있지만……."

"그의 경우는 살아만 있어도 마나를 소비하고 있는 거지. …… 한편, 아나 쪽은 흡수하는 쪽의 기능이 불충분해. 그러면 마법은 원래 체내에 있는 마나를 쓸 수밖에 없지만, 그걸 다 써 버리면 나머지는 생명의 원천인 오드를 소비할 수밖에 없어."

"그러니까, 아나스타시아 씨는 마법을 쓸 수 없고 마나의 공급이 대전제인 정령과의 계약도 해 줄 수 없단 뜻인가……."

아나스타시아의 게이트가 떠안은 결함, 그 내용에는 이해가 미쳤다. 그러나 거기까지 알았기 때문에 조리가 안 맞는 부분도 있다.

"하지만 네가 몸을 빌리고 있는 동안, 그 문제가 해결된 건 아니잖아. 없는 마나를 써서 네가 활동하고 있는 건 사실인 것 아니야?"

"──그리해서 생명을 덜어내지 않으면 애초에 생명이 위태로운 상황이었어. 물론, 이 일은 아나와 대화해서 동의를 얻었지. 참견당할 이유는 없어."

그 점만은 양보 못 한다고 에키도리의 시선에 강한 결의가 깃들었다. 그것은 정식 계약 관계가 아니라고 해도 아나스타시아와 에키도리 사이에 맺어진 확실한 약속이다.

스바루와 베아트리스의 관계, 그 계약이 스바루와 베아트리스만의 것이듯이. 같은 조건을 주장하면 스바루가 먼저 그 점을 따지고 들기란 불가능했다.

"이번에 아나의 몸을 빌린 건 긴급피난과 같은 거야. 본래 나는 정령으로서는 저연비라고 자부하고 있거든. 아나에게 마나 공급으로 부담을 끼친 적은 한 번도 없어."

"흐응, 그러냐. 내 베아코는 하루에 세 번은 손을 잡고 싶어 하는데."

"그건 아마 두 번은 그냥 손이 잡고 싶을 뿐이지. 화목해서 천만다행이군."

에키도리는 큭큭 스바루가 아는 『마녀』와 비슷하게 웃었다. 아나스타시아의 모습에, 에키드나의 모습이 겹치듯 느껴지는 것이 무섭다.

아나스타시아는 시급히 원래 상태로 돌아가길 바란다. 그것은 스바루 본인의 마음이 안정되기 위한 것이기도 하며, 곤경에 처한 율리우스를 위한 것이기도 했다.

"몸을 빌린 건 이번이 처음인 거냐?"

"아니, 여태까지도 네 번 있었지. 하지만 돌아오지 못한 적은 전무해. 그래서 나도 이번 일은 전례가 없어서 원인을 모르겠어. ……지금, 아나의 몸에서 내 존재를 떼어내지 못하게 됐어. 결과, 아나의 의식은 오드의 밑바닥에서 잠든 상태야."

에키도리가 밋밋한 가슴을 만지며 거기에 오드가 있는 듯한 시늉으로 말했다.

"네가, 내가 아나가 아님을 간파한 데는 놀랐지 뭐야. 다만 동시에 조금 안심하기도 했어. ……아나의 존재가, 쉽게 흉내 낼 수 있는 거라고는 생각하고 싶지 않아서."

스바루는 처음으로 에키도리의 말에 진심으로 찬동할 수 있었다.

누구라도 타인의 존재를 다시 칠할 수는 없다. 완전한 아나스타시아가 되지 못한 것. 그것이 에키도리에게 구원이며 스바루에게 구원이기도 했다.

"…… 나 말고도, 이상하다 여기던 녀석은 몇 명쯤 있었을걸. 그자리에서 퍼뜩 말을 못 꺼내도 관계가 깊은 녀석들은 금방 눈치챌거다."

"그런 것치고는 너와 프리실라 바리에르처럼 관계성이 부족한 상대밖에 간파하지 못하더군. 여기에 수긍이 갈 설명을 달 수 있을까?"

"리카드도 새끼 고양이들도, 지금은 좀 자기 일로 벅찰 뿐이야. 율리우스도, 마찬가지고."

그 말을 들은 에키도리의 눈이 가늘어졌다.

스바루는 그녀의 반응을 의아하게 여겼지만, 이어지는 말에 바로 수긍했다.

"그럴 것 같긴 했지만, 역시 율리우스는 아나의 기사인가. ……『폭식』의 권능은 두렵군. 상식 외의 존재인 내게서도 기억을 빼앗아 가니까."

"그래, 맞아. 하지만 그걸 어떻게 하기 위해서 우리는……."

거기까지 대답하다가 스바루는 퍼뜩 고개를 들었다.

그리고 그 회의장에서 에키도리가 『현자』의 이름을 꺼내고, 플레아데스 감시탑으로 가는 제안을 꺼낸 진의를 이해했다.

"나는 말이야. 아나를 좋아해."

"————."

"이 아이와 미계약 상태로 10년 넘게 함께 지낸 것은 단순한 호기심 때문이 아니야. 실감으로서 이게 옳을지는 모르겠지만 보호자나 가족에 가까운 정을 품었다는 자각이 있어. 이 아이에게는 가능하다면 튼튼하게, 무엇보다 행복하게 있길 바라."

에키도리가 스바루의 표정을 보고 자신의—— 아니, 아나스타시아의 몸을 안고 말했다.

담담한, 감정이 담기지 않은 에키도리의 발언. 하지만 아나스타시아의 가녀린 몸을 만지며 살그머니 말을 잣는 자세에는 확실하게 애정이 있는 것처럼 보였다.

팩이 에밀리아에게, 베아트리스가 스바루에게 친애의 정을 보내듯이. 그와 같은 감정을 에키도리도 아나스타시아에게 보내는 것처럼──.

"그럼, 네가 『현자』와 만나고 싶어 하는 진짜 이유는."

"눈치가 빠른걸. ──나는 『폭식』이나 『색욕』의 피해자에 관해서는 내심 아무렇게도 여기지 않아. 나는 그저, 아나에게 몸을 돌려줄 방법을 알고 싶을 뿐이야. 그러기 위해서 너희까지도 이용하기로 하지."

"원래대로 돌아갈 방법을 『현자』가 알고 있다고, 그런 보증이 있는 거냐."

"보증은 없어. 그러나 모든 것을 내다보고 온갖 지식을 가졌다고 일컫는 『현자』라면 가능성은 있지. 나는 가장 가능성이 높은 선택지를 고른다. 그뿐이야."

에키도리의, 강한 의지가 담긴 말에 스바루는 숨을 집어삼켰다.

지독히 자기 중심적이고, 이기적인 결론인 건 틀림없다. 하지만 에키도리에게는 에키도리 딴의 목적이, 그것을 달성하기 위해서 행동할 각오가 있었다.

그 점은 의심할 수 없다. 그렇다면 스바루가 꼭 확인해야 할 것은──.

"네가 플레아데스 감시탑으로 가는 길을 안다고 믿어도 되겠군?"

"물론이고말고."

"네게는 과거의 기억이 없다는 캐릭터 설정이 있었을 텐데. 그런 네가, 어떻게 아무도 모르는 감시탑으로 가는 법을 알고 있지? 조리가 안 맞잖아."

"아는 건 알아. 거기에 근거를 요구받아도 난처하지만…… 그렇지. 굳이 말을 꾸미자면 그곳에 당도하는 것이 숙명이기 때문일까."

"숙명이라니, 누가 정한 숙명인데."

"조물주라는 치 아닐까."

젠체하는 에키도리의 답변이지만 그 답변은 스바루 입장에선 최악의 답이다.

그녀가 거론하는 조물주가 에키드나가 맞다면, 감시탑으로 가는 법을 인공정령의 기억에 새긴 하수인 또한 에키드나 말고 있을 수 없다.

즉, 플레아데스 감시탑에는 에키드나와 관계있는 무언가가 존재한다.

그것은 일말의 불안과, 『현자』의 지식에 대한 기대를 동시에 부추기는 지긋지긋한 사실이었다.

"수긍은, 해 주었을까?"

침묵하며 한 가지로 결론에 다다른 스바루에게 에키도리가 물었다. 그 물음에 스바루는 끄덕이기를 망설이면서 깊이 한숨지었다.

"수긍같이 잘난 게 아니지만 일단은 이해했다. 너한테는 네가 할 일과 목적이 있고, 그건 우리 목적을 방해하는 게 아니야."

"그렇고말고. 피차, 『현자』에게 묻고 싶은 게 있잖아. 그러니까

『현자』에게로 가기 위해서 협력한다. 아무것도 이상한 게 없지."

"관둬. 네가 그런 식으로 말하면 바로 수상쩍어진다."

"그건 너무하군."

더 이상 아나스타시아의 모습을 한 에키도리와 대화를 나누다 간 머리가 돌 것 같다.

어쨌든 간에 플레아데스 감시탑을 향한 여행은 오랜 시간이 걸린다. 감시탑이 있는 아우그리아 사구는 세계도의 동쪽 끝—— 그사이, 에키도리와는 내내 동행하는 처지니까.

"그런데 이건 묻고 싶어서 묻는 거다만…… 너는 퍽이나 내 조물주를 자세히 아는 것 같더군. 에키드나란, 어떤 존재지?"

"어떤 존재라니…… 아아, 그렇군. 기록에는 전혀 안 남았다고 그랬지."

에키도리에게 『에키드나』에 관한 질문을 받은 스바루는 해괴한 요구에 까다로운 표정을 지었다.

역사적으로 보면, 과거 존재한 대죄를 이름에 앞세운 마녀들은 『질투의 마녀』에게 소멸당해 이름도 남지 않았다고 들었다. 따라서 그 이름과 『마녀』를 연결지을 수 있는 건 진짜와의 접점이 있던 에밀리아 진영의 관계자들뿐이다.

그리고 그 에키드나와의 이야기를 눈앞의 에키도리에게——.

"——네게 얘기하기에는 호감도가 부족해. 이 이상의 이야기는 너를 더 신용할 수 있다고 판단한 다음에 가르쳐 주마."

"————."

"비밀주의는 피차일반이지. 너도, 불만은 못 말하겠지?"

단순한 앙갚음, 같이 심술을 부리고 싶은 게 아니다. 그저 에키도리가 손에 카드를 남긴다면, 이쪽도 똑같이 카드를 덮어 두겠다.

그런 스바루의 대답에 에키도리는 큰 눈을 동그랗게 부릅뜨고 말했다.

"······그리 심술 안 부려도 되지 않노. 진짜, 이렇게 귀여운 아한테 나츠키는 참 야속하다카이. 내, 상처받았데이, 아유."

에키도리가 흰여우 목도리 위치를 고치고 아나스타시아의 언동을 반듯하게 트레이스했다.

오호라, 확실히 능숙한 연기라고 할 수 있지만.

"'내'의 억양이 달라. 그리고 네 사투리는 너무 술술 나온다고. 내가 아는 카라라기인과 비교해서 사이비 끼가 모자라단 말이지."

"사이비 끼?"

스바루의 불친절한 조언에 따라 에키도리는 말씨를 수정하려고 했다. 하지만 그리 쉬운 이야기도 아니다. 이윽고 그녀는 포기한 듯이 한숨을 쉬고 어깨를 축 늘어뜨렸다.

그리하여 스바루 쪽에서도 에키도리에게 캐물을 내용은 일단 없어졌다. 아나스타시아의 육체를 되돌리는 문제는 그야말로 『현자』의 지식에 달렸다.

다만 단 한 가지 할 수 있는 말은──.

"네가 아나스타시아 씨의 몸을 빌린 거, 율리우스에게······다른 사람에게 말하지 마라."

"……그건 상관없는디, 나츠키가 말 안 하는 기 의외데이."

"가뜩이나 어려운 타이밍에 쓸데없는 평지풍파 일으키기 싫어. 말해 두지만 다른 사람들은 나보다 말귀가 안 밝다고. 그걸로 발목 잡혀도 곤란해. ……이기적이지마는."

리카드와 미미 남매가 사실을 알면 아나스타시아의 신변을 염려해 말릴 가능성이 있다.

그 결과, 감시탑으로 가는 여로를 단념하는 상황이 되면 대죄주교의 권능의 피해를 입은 많은 사람들을 구할 방도가 없어진다. 그러면, 안 되는 것이다.

"감시탑에 가서 『폭식』과 『색욕』의 피해자들, 물론 너랑 아나스타시아 씨의 문제도 전부 해결하면 돼. 죄다 잘 풀린 다음이라면 리카드 쪽도 군소리는 못 하지. 아니, 해도 안 들어."

"호신 어록의, 『마지막에 장부 청산하면』이구마."

"그거, 호신 씨한테 동의."

역시 동향이란 의혹이 있는 호신. 좋은 말을 하고 있다.

그 대화로 이 자리의 회담은 막을 내리고 스바루도 안도했다.

최악의 경우 에키도리에게 아나스타시아의 육체를 악용할 생각이 있었을 때, 여기서 최종결전이 펼쳐졌을 가능성도 있었던 것이다. ──보험도, 안 쓰고 끝났다.

"그런데 좀 그렇지만도, 나츠키."

"응?"

"──『현자』에게 구할 방법을 묻고 싶은 상대라면, 네게는 따로 더 있지 않던가?"

방을 나가려던 발걸음이 멈추고, 스바루의 심장이 크고 세차게 뛰었다.

뒤돌아보니 한순간만 본래 어조로 되돌린 에키도리가 아나스타시아의 얼굴로 미소를 지으며 말을 이었다.

"우야든 간에 이 프리스텔라에도 같은 증상인 사람들이 있잖노? 그걸 되돌리는 법을 듣겠다믄 한 명쯤 피해 사례를 데려가는 편이 알기 쉽제."

"그, 건······."

"도중에, 메이더스 변경백의 저택에는 들를 끼지? 사구를 넘을 준비캉, 감시탑에 간다고 보고도 해야 카고. 그라믄 거기에 네 『잠자는 공주』가 있을 끼데이."

"————."

"내는 그거, 나쁜 일 아이라고 생각한데이. 전원 구하는, 그 안의 처음 한 명이 될 뿐인 이야기······ 그 정도의 부수입, 나츠키에겐 허용되어도 되지 않긋나."

에키도리의 담담한 음성이 왠지 몹시 악마적인 유혹으로 여겨졌다.

그녀가 하고자 하는 말은 이해한다. 그리고 그에 따르고 싶은 자신이 있는 것도 틀림없는데, 스바루는 즉답하지 못했다.

"——렘."

즉답하지 못하는 대신에, 그저 그 이름만을 입안에서만 중얼거렸다.

6

"——스바루, 안색이 안 좋은데 괜찮아?"

집회장을 떠나 잠시 걷던 스바루의 등에 목소리가 날아왔다.

그 부름에 스바루가 발을 멈추고 한 번 심호흡한 뒤에 끄덕였다.

"괜찮지. 걱정 끼쳐서 미안하다. 그리고 애먼 걱정시킨 것도 미안하다."

"아무렴, 상관없어. 아무 일도 없었으면 그보다 나은 게 없지. ······안에서 있던 일은 자세히 안 묻는 편이?"

"못 들은 걸로 해 주는 편이 평지풍파는 안 일어날걸?"

스바루는 그렇게 말하고 옆에 선 인물—— 라인하르트에게 어깨를 으쓱였다.

에키도리와 대화하는 동안, 유사시를 대비해 라인하르트더러 방 밖에서 대기해 달라고 했다.

아나스타시아에게 느낀 위화감의 정체, 그것이 카펠라의 권능일 가능성은 충분히 있었다. 직접 대결에 임하기 전에 최대급의 보험을 들어 두는 건 당연하다고 할 수 있다.

다행히 경계하던 험한 사태로 발전하지는 않았지만 『검성』 라인하르트에게는 집회장의 대화—— 에키도리가 아나스타시아를 대리한 사정은 들렸을 것이다.

솔직히 쓸데없는 혼란을 부르지 않기 위해서도 지금은 사실을 덮어 두고 싶지만——.

"공교롭게도 내게는 안에서 하는 얘기가 안 들렸어. 그러니 대화 내용을 누군가에게 전하지는 못해. 이건 상대가 펠트 님이라 도 그래."

"……땡큐다."

그 의도를 짐작해 선수를 쳐 준 라인하르트에게 스바루는 감 사했다.

생각해 보면 이 도시에선 라인하르트의 존재에 도움만 받았 다. 에밀리아의 구출극은 물론이거니와 이런 국면에서도 그를 의지할 부분이 많다.

"네가 없었으면 더 위험한 국면이 여럿 있었고, 에밀리아도 못 구했을지 몰라. 진짜, 고맙다."

"나도, 고스란히 같은 말을 네게 해 주지. 거기에다 네 힘이 될 수 있다면 영광이야. ——그렇기 때문에, 조심하길 바라."

"그래, 알아. 긴 여정이고, 더구나……."

목소리를 낮추고 웃음을 지운 라인하르트의 말에 스바루의 눈 이 살며시 가늘어졌다.

라인하르트의 걱정은 명백하다. 왜냐하면——.

"——너도 넘지 못한 아우그리아 사구니까."

"＿＿＿＿＿."

"자못 절망적인 선전 문구구만, 역시."

넉살로 덮을 셈은 아니지만 그건 무겁게 가로뉜 사실이었다.

루그니카의 동쪽에 있는 아우그리아 사구—— 그곳은 사나운 마수의 소굴임과 동시에 과거 『검성』 라인하르트가 도전했다 가 돌파하지 못한 진짜배기 마경.

그리고 만능의 지식을 지녔다는 『현자』, 샤울라가 사는 세상 끝의 땅──.

　"2년 전, 국왕 폐하를 비롯한 왕가 분들께서 병에 쓰러졌을 적, 나는 현인회의 명을 받아 치료법을 찾아서 플레아데스 감시탑을 향했지. ……하지만, 당도하지 못했어."

　부끄러운 내색을 풍기며 라인하르트가 자신의 실패담을 거론했다.

　라인하르트와 무력감, 무릇 이토록 어울리지 않을 구색은 좀처럼 없지만, 그렇기 때문에 그가 자신의 실패를 분하게 여기며 무겁게 받아들인다는 사실이 여실히 전해졌다.

　"가도 가도, 멀리 보이는 탑에 가까워질 수 없었다고?"

　"──필시, 모종의 결계야. 나는 그걸 넘을 수가 없었어."

　결과, 왕가를 엄습한 병의 치료법은 찾지 못하고 왕선으로 왕위를 쟁탈하는 현재의 루그니카 왕국의 상황이 마련되었다는 것이다.

　"그랬었는데 이제 와서, 사구를 넘을 방법이 발견되었다고 하니까 말이지."

　"그를…… 아나스타시아 님을 신용할 수 있다면, 그렇지."

　속뜻이 있는 말투는, 앞선 스바루와의 약속을 배려한 것이다.

　아나스타시아로 분한 에키도나를 신용할 수 있는지, 그는 언외로 그리 물음을 던지고 있다.

　"───."

　회담장에서 『현자』의 이름을 꺼낸 에키도나는 결계를 넘을 수 있다고, 그렇게 단언했다.

그 신빙성에 관해서는 좋든 나쁘든 『에키드나』의 이름이 뒷받침해 주었다고 생각된다. 나머지는 단순히 에키도리를 믿을 수 있느냐 없느냐.

그 물음에 대한 답변은 이미 스바루 안에서 망설이면서도 나왔으니까——.

"반드시 성과를 가지고 돌아오겠어. ——약한 소리나 할 순 없지."

스바루는 입 끝을 일그러뜨리며 라인하르트의 우려를 말 그대로 웃어 넘겼다.

스바루의 대꾸에 라인하르트는 가볍게 눈을 흡뜬 뒤, 마주 끄덕였다.

"그리고, 그쪽도 조심하라고. 대죄주교의…… 시리우스의 호송이라니 생각만 해도 골칫덩이야. 펠트가 무리 안 하게 하고."

"그렇지. 잔소리 많다고 하실지도 모르지만 이것만은 펠트 님에게 단단히 일러두기로 할게."

그렇게 말한 라인하르트가 충언할 주인을 생각해선지 입술에 미소를 띠었다. 간신히 라인하르트의 표정에 웃음이 돌아와 스바루는 그들 주종의 관계 변화에 눈웃음을 지었다.

펠트와 라인하르트, 처음은 뒤죽박죽으로 보이던 두 사람이지만, 지금도 뒤죽박죽스러움을 남기면서 전진하고 있다. 그것이 타진영의 사정임에도 묘하게 유쾌하게 여겨져서.

다만, 그와 동시에——.

"라인하르트, 너, 괜찮냐?"

불현듯 희미한 위화감이 입을 비집고 나와 스바루 본인이 놀랐다.

비슷한 놀람은 라인하르트에게도 있던 모양이라 그는 파란 눈을 깜빡이다가 말했다.

"──어쩐지, 막연한 질문인걸."

"아─, 아니, 나도 언어로 잘 표현할 수 없어서…… 역시, 할머니 문제냐?"

라인하르트에게 느낀 희미한 위화감, 거기에 짚이는 구석은 하나뿐.

15년 전에 세상을 떴을 선대 『검성』── 라인하르트의 조모이기도 했던 사람과의 결판은 났다고, 스바루도 빌헬름의 입으로 듣기는 했다.

하지만 라인하르트 본인이 받은 상처의 이야기는 듣지 못했다. 당연히 새삼 조모의 죽음을 안 그의 마음에는 말로 표현할 수 없는 충격이 있었으리라.

라인하르트는 최강의 『검성』이다. 하지만 마음까지 무쇠로 된 것은, 아니다.

그러나 라인하르트는 고개를 가로저어 스바루의 우려를 부정했다.

"괜찮아, 스바루. 할머니와의 이별은 마쳤어. ──그러니까, 괜찮아."

"그, 래. ……뭐, 네가 그렇게 말한다면."

당사자의 답변을 들어 스바루는 얌전히 걱정을 거두었다.

그 마음속이 실제로 어떤 상황인지는 모른다. 하지만 당사자가 괜찮다고 주장한다면 스바루가 할 수 있는 건 아무것도 없었다.

──단, 지금은.

"펠트에게 말하지 못하거나, 의지하기 힘들어지면 언제든 말해라. 친구잖아?"

"──알았어. 그때는 사양 않고 그러기로 할게, 친구여."

스바루는 가볍게 손을 들고 되도록 부담 지우지 않을 셈으로 말해 두었다. 그 말에 라인하르트는 한 박자 띄우고 쓴웃음 짓다가 깊이 끄덕였다.

끄덕였으니까, 아마 괜찮을 것이다.

스바루와 달리 라인하르트는 약속을 잘 지킬 테니까.

7

"아, 스바루! 어디에 갔었어?"

"오─, 에밀리아땅, 미안, 미안. 잠깐, 마쳐야 할 일이 많아서."

라인하르트와도 헤어져 피난소의 통로를 걷던 스바루. 그런 스바루를 발견해 에밀리아와 베아트리스가 잔달음질로 다가왔다.

손을 잡은 두 명은 스바루 앞에 오자 약간 나무라듯이 눈썹을 세우고 말했다.

"율리우스 씨…… 율리우스가 있는 데로 간다고 들었는데, 병실에 가 봤더니 없어서 걱정했었잖니."

"아니, 제대로 병실에도 있었거든? 근데 그 왜, 오래 보기엔 마뜩잖은 얼굴이잖아, 걔. 그래서 공기 순환은 아니지만 시력 순환하려고 말이야."

"그래? 율리우스, 예쁜 얼굴이라고 생각하는데……."

"우, 에밀리아땅도 그렇게 생각해?"

"아, 그치만 스바루 얼굴도 좋다고 봐! 보면 볼수록 운치가 있으니까!"

"두둔이 궁색해!"

당황하며 에밀리아가 정정해 주지만 표현을 바꿔도 뿌리가 똑같았다.

그 사실에 쓴웃음 짓는 스바루. 그 소매를 베아트리스가 쭉 잡아당겼다. 스바루가 "응?" 하고 그녀 쪽을 보자 베아트리스는 차분한 목소리로 말했다.

"스바루, 뭔가 위험한 짓을 할 때는 베티를 부르는 것이야. 혼자 놔두면 위험천만해서 베티는 산 것 같지가 않아."

"──그건 항상 내가 네게 느끼는 점이기도 하다고. 네가 너무 귀여우니까 나는 언제 네가 유괴범에게 사탕 미끼로 납치당할까 마음을 못 놓겠어."

"베티는 그런 싸구려 정령이 아닌 것이야! 바보로 보지 마!"

베아트리스가 분개하며 투닥투닥 때리는 것을 안아 올렸다. 그대로 "후와──!" 하고 놀라는 베아트리스를 안은 채로 스바루는 에밀리아와 나란히 걷기 시작했다.

"──음? 에밀리아땅, 왜 그래?"

불현듯 나란히 걷는 에밀리아가 물끄러미 올려다보는 것을 알아챘다.

"나랑 베아코가 장난치는 게 신기해?"

"으응, 요 1년 동안에 그건 완전 익숙해졌어. 자신의 정령을 보살펴 주는 건 계약자의 의무인걸. 그래서 베아트리스를 어르는 건 스바루의 역할이니까."

"어른다고 말해 버렸어! 하지만 그러면 에밀리아땅과 팩의 관계에 안 맞아떨어지지 않아? 에밀리아땅이 팩을 보살피던 기억은 별로 없는데?"

"말꼬리 잡지 말고! 그리고 나, 스바루가 안 보는 곳에서 제대로 이것저것 돌보고 있었거든. 털 손질이나, 발톱갈이나, 안고 잔다거나……."

정령과 사귀는 법의 포맷으로 참고해도 될지 의문이지만, 팩 이야기를 하는 에밀리아의 표정은 밝았다.

——에밀리아의 가슴팍에는 무색의 마정석을 가공한 펜던트가 달려 있었다.

팩과의 이별이 있기 전, 그녀가 몸에 떼지 않고 늘 지니던 것과 같은 디자인의 마정석이다. 스바루의 눈길을 알아채자 에밀리아는 그 가는 손가락으로 마정석을 만지고 말했다.

"지금은 아직, 팩이 나올 수 있을 만한 마나가 모이지 않았지만 앞으로 조금만 더 참아야지. 그도 그럴 게, 나와 팩의 연결 고리는 늘 이어지고 있으니까."

"이도 저도 다 베아코의 노력에, 나머지는 키리타카의 후의에 감사해야겠군.”

　본래는 교섭으로 양도받는 게 목적이던 마정석, 그것을 키리타카는 배포 있게── 아니, 도시를 구원해 준 사례라며 에밀리아에게 건네주었다.

　덕분에 프리스텔라를 찾은 당초 목적은 이루었다. 단, 그 대신에 프리스텔라에서 증가한 새 목적이 많아서, 무거워서.

　──더, 잘할 수 있던 게 아니냐고 고민하는 자신이 있어서.

　“있지, 스바루. 저기, 봐봐.”

　“──음? 왜 그래, 에밀리아땅. 무슨 일로…….”

　문득 어깨를 찌르는 손길에 스바루가 돌아보았다. 그리고 입가에 미소를 띤 에밀리아의 손가락이 가리키는 방향, 그리로 눈길을 주었다가 숨을 죽였다.

　멀리, 아름답던 프리스텔라의 거리 경관에는 애처로운 흔적이 이곳저곳에 남아 있다. 그것은 마녀교가 날뛰고 아수가 어지럽혔으며 스바루 일행이 분전한 결과의 광경이다.

　그런 황폐한 광경을, 두 소년과 소녀가 손을 잡고 달리는 모습이 보였다. 그중 어느 쪽에도 본 기억이 있어서, 그 표정에는 안도와 또렷한 미소가 있어서.

　“루스벨과 티나…….”

　마녀교의 악의로 거대한 위험에 처했던 소년 소녀.

　그 죽은 얼굴을, 우는 얼굴을, 애쓰는 모습을 여러 번 보았다. 그래서 구해야만 한다고, 구원받았으면 좋겠다고 빌던 두 사람이 손을 잡고 달려간다.

많은 비극이 있던 도시 안에서 그 두 사람의 무사만을 기뻐하는
건 조신하지 못할지도 모르지만.

"하지만 스바루랑, 그리고 우리 모두가 한 일이야."

"————."

"아마 스바루는 나로선 못 떠올릴 만큼, 엄—청 많은 생각을 해
주고 있겠지. 그 사실로 많이 고민하던 적도 있을 거야."

물끄러미 쳐다보는 에밀리아의 지적에 스바루는 희미하게 볼이
굳었다.

뇌리에 스치는 에키도리와의 대화——— 그것은 『현자』가 가진
감시탑으로 가는 길에 대한 불안이며, 동시에 나츠키 스바루에게
다가드는 선택에 대한 망설임이기도 했다.

그 사실을 가슴에 감춘 채 아무 이야기도 하지 않는 스바루에게
에밀리아는 남보라색 눈을 가늘게 떴다.

"얘기하기 싫으면 됐어. 하지만 무엇을 할지 마음먹었으면 반
드시 가르쳐 줘. 정말로 고민할 때는 꼭 상담해 줘. 그것만, 약속
해 주면 되니까."

"약속이라."

"응. 스바루는 잘 못 지키는 약속, 하는 게 특기잖니?"

"와오, 에밀리아땅치고는 드문 비꼼이군."

여태까지의 약속에 대한 실적 때문에 에밀리아에게 박한 평가
를 받고 말았다.

그런 스바루에게 에밀리아가 미소를 지으며 새끼손가락을 내밀
었다. 그것을 본 스바루는 베아트리스를 단숨에 어깨에 고쳐 메

고는, "무슨 짓인 것이야!" 하고 바동대는 여아를 안은 채로 살며시 그녀의 가는 손가락에 자신의 새끼손가락을 걸었다.

"손가락 걸고 약속, 거짓말하면 바늘 천 개 먹기—."

"손가락 걸었다."

손가락이 떨어졌다. 에밀리아는 뗀 손가락을 세운 채로 스바루에게 웃었다.

"스바루, 이걸로 통산 바늘 몇 개?"

"글쎄, 1만 개까지는 안 됐을 것 같지만."

"그럼, 진짜로 1만 개까지 안 가게 해 줘?"

기도하는 듯한 에밀리아의 말에 스바루는 "응." 하고 짤막하게 대꾸했다.

그 대답에 절대적인 안심감을 갖는—— 같은 건 에밀리아에게 무리일 것이다. 애초에 그녀도 그럴 생각으로 약속시킨 건 아닐 터다.

그러니 지금의 약속은 스바루에게 내리는 훈계였다.

「……그 정도의 부수입, 나츠키에겐 허용되어도 되지 않긋나.」

다시 한번 마지막 에키도리의 유혹이 뇌리에 울렸다.

그 정도의 부수입, 스바루에게는 허용된다. 허용될까.

그 사실에 응석 부리는 나츠키 스바루를 누가 허용해 주는 것일까.

"답은, 내겠어. ——저택에 돌아가기 전에는, 반드시."

그건 그렇고, 역시 그 악질 마녀와 같은 이름을 가진 존재라고 할까.

정말이지 사람 마음의 가장 큰 약점을 정확하게 찌르는 녀석이다.

"나 참, 얄미워서……."

"방금, 무슨 말 한 것이야?"

"아니, 이렇게 메면 베아코의 엉덩이를 맘대로 두드릴 수 있겠다 싶어서."

"무슨 말을 하는 것이야! 역시 내려놔! 꽃을 보듬는 것처럼 부드럽게 말이야!"

"핫핫핫핫."

"웃으면서 엉덩이를 두드리는 짓을 그만둬——!"

바동대는 베아트리스를 멘 채로 스바루는 앞서가는 호리호리한 등을 따라갔다. 힐끔힐끔 돌아보며 끼고 싶어 하는 표정의 에밀리아를.

──이만큼 혜택받았는데, 이만큼 구원받았는데.

한 명 더, 여기에 바라는 소녀가 있어 줬으면 하는, 그런 자신의 『탐욕』에 기가 막혀 하면서.

나츠키 스바루가 수문도시에서 치른 싸움은 막을 내린다.

──다음에 있을, 모래의 탑에 이르는 이야기를 향해서, 지금은 조용히.

《끝》

후기

──축! 리제로 5장 완결!

그런 인사부터 시작하는 나가츠키 탓페이이자 네즈미이로네코입니다.

이번 본편 20권에 함께해 주셔서 정말 감사합니다!

그런데 이미 본편을 읽으신 분은 "5장 완결! 같이 개운하게 안 끝났거든?!" 하고 생각하셨을지도 모르겠습니다만, 뭐 그렇게 됐습니다!

저 자신은 별로 의식하는 게 아닌데 지금까지 지난 장을 돌아보면, 홀수 장은 마지막에 다음 장의 기대감을 높이고, 짝수 장은 깔끔하게 마무리된다는 이미지가 있습니다.

그러므로 5장의 기대감을 받아서 틀림없이 6장은 깔끔하게 마무리될 거라고 생각하시겠죠. 그게 맞을지는 작가도 모릅니다! 이게 참 뜻밖에도, 작품이란 임기응변이라서 말이죠!

물론 처음 쓸 단계에서는 스토리 전개를 정하긴 합니다만 막상 써 보니 정한 대로 안 되는 이야기야 비일비재. 맘대로 떠들고 움직이는 캐릭터, 작가의 의도를 넘어서 음흉하게 연기하는 악역, 예정보다 더 많이 죽은 주인공! 다양하죠.

해서 5장도 매우 복잡하게 꼬였습니다만 다음 6장도 복잡하게 배배 꼬일까 싶다는, 그런 느낌인데요. 앞으로도 리제로를 잘 부탁드리겠습니다!

후기 진짜로 짧다! 쓸 것도 없어!

너무 많이 쓴 바람에!

그럼 익숙해져도 될지 모를 이 지면 속에서, 늘 하는 인사의 말로 들어가겠습니다.

담당자 I 님, 5장 완결까지 수고하셨습니다. 한 권 내로 이야기를 구성하는 등, 5장은 매우 힘들었지만 덕분에 무사히 완주했습니다. 감사합니다!

일러스트의 오츠카 선생님, 5장은 표지 일러스트가 대죄주교로 연속되는 등, 내용이 꽤 도전적이었지만 끝을 맺는 이번 일러스트 멋지더군요! 정말 감사합니다!

디자인의 쿠사노 선생님, 아스트레아 가문 3대가 총집합한 신기축 일러스트 내에서, 테레시아와 빌헬름 이야기를 끝맺는 데 걸맞은 구분선이 아닐까 싶어요! 감사합니다!

월간 코믹 얼라이브에서는 마츠세 선생님의 3장이 엔딩을 맞이하고 『검귀연가』 시리즈도 잘 나갑니다! 양쪽 다 같은 달에 단행본이 발매되어 힘차게 큰 신세를 지고 있습니다!

그 밖에도 MF 문고 J 편집부 여러분, 교열 담당자님이나 각 서점, 영업 담당자님 등 많은 분들께 신세를 지고 있습니다. 여러분, 늘 감사합니다.

그리고 끝으로, 항상 응원해 주시는 독자 여러분, 정말 고마워요.

다음부터 시작되는 6장, 가을에는 OVA 제2탄 『빙결의 유대』, 애니메이션 2기 방영도 기대됩니다. 리제로는 앞으로도 계속 한참 더 전개됩니다.

앞으로도 부디 함께해 주시길! 그럼 다음 21권에서 만나 뵙죠!

2019년 5월 《레이와 원년! 심기일전 힘내자오!》

CHARACTER DESIGN

루이
아르네브

· 하얀 원피스
 (20권에서는 로이의 망토도 걸쳤습니다.)
· 입이 크다(상어 이빨)
· 눈이 살짝 처짐

식사용 냅킨

머리카락은 시계방향으로
말렸습니다

촵촵촵…

씨익

빌헬름

Wilhelm

"——어머, 이런 시간에 여기 오는 사람이 있구나."

"——너 같은 여자가, 이런 곳에서 뭐하고 자빠졌어."

"나? 나야 사람을 잠깐 기다릴 뿐인데. 그동안 대화에 어울려 줄래?"

"……말이나 해 보시지."

"응. 그럼 그렇게. 우선 이 20권 다음 편, 리제로의 본편 21권은 9월 발매 예정 중이야. 이번 걸로 5장이 완결되었으니 이야기는 다음부터 6장에 들어간다나 봐. 눈을 뗄 수가 없겠어."

"『현자』가 있는 모래의 탑에, 스바루 님과 에밀리아 님이 가시지. 흠……. 『검성』도 공략하지 못한 플레아데스 감시탑에 어떻게 도전할지 볼 만하겠군."

"응응. 알지, 알아. 그리고 9월에는 단편집 5권도 같이 발매할 예정이라더라. 무슨 이야기가 실릴지는 모르겠지만 우리 얘기도 있을까?"

"————."

"네, 네, 알겠어요. ……그리고 딱히 뭐라 할 건 아니지만 월간 코믹 얼라이브에서 연재 중인, 리제로 3장 만화판 10권과 『검귀연가†진명담』 1권이 이 20권과 같은 6월에 발매됐어. 아마 서점에 나란히 놓여 있지, 않을까?"

"……글쎄다. 나는 책을 안 읽어. 알잖아."

"그렇지. 하지만 알아 두길 바라서 얘기해 두는 거야."

테레시아

Theáresia

※

"……하고 싶은 말, 더 있나?"

"음~, 아직 남았는걸? 예를 들어 7월에는 MF 문고 J에서 늘 하는 여름 이벤트가 있어서, 거기서 리제로 스테이지가 열립니다, 같은 거."

"그다음은."

"그다음은, OVA 제2탄 『빙결의 유대』가 2019년 가을에 극장 개봉, 같은 거."

"그다음은……."

"그다음은, 그렇지. ──내가 당신을, 사랑한다는 거?"

"──음."

"미안해. 내가 당신보다 먼저 가서."

"……그런 건 네가 사과할 문제가 아냐. 나야말로, 너한테."

"말 안 해도 돼. 잘 알아. 당신은, 나를──."

"나는, 너를──."

"──사랑해."

Re:제로부터 시작하는 이세계 생활 20

2019년 11월 25일 제1판 인쇄
2023년 01월 10일 제4쇄 발행

지음 나가츠키 탓페이
일러스트 오츠카 신이치로

옮김 정홍식

발행 영상출판미디어(주) | **등록번호** 제 2002-000003호
주소 21315 인천광역시 부평구 부평대로 283 A동 702호
전화 032-505-2973(代) | **FAX** 032-505-2982

ISBN 979-11-6466-037-7
ISBN 979-11-319-0097-0 (세트)

Re : ZERO KARA HAJIMERU ISEKAI SEIKATSU volume 20
ⓒTappei Nagatsuki 2019
First published in Japan in 2019 by KADOKAWA CORPORATION, Tokyo.
Korean translation rights arranged with KADOKAWA CORPORATION, Tokyo.

노블엔진(NOVEL ENGINE)은 영상출판미디어(주)의 라이트노벨 및 관련서적 브랜드입니다.

나가츠키 탓페이
관련작 리스트

◆

Re : 제로부터 시작하는 이세계 생활 1~20

Re : 제로부터 시작하는 이세계 생활 단편집 1~4

Re : 제로부터 시작하는 이세계 생활 Ex 1~3

Re : 제로부터 시작하는 이세계 생활 Re:zeropedia

[코믹스]

Re : 제로부터 시작하는 이세계 생활 제1장 왕도의 하루 1~2 (완)
· 만화 : 마츠세 다이치 (원작 :나가츠키 탓페이/캐릭터 원안 : 오츠카 신이치로)

Re : 제로부터 시작하는 이세계 생활 제2장 저택의 일주일 1~5(완)
· 만화 : 후게츠 마코토 (원작 :나가츠키 탓페이/캐릭터 원안 : 오츠카 신이치로)

Re : 제로부터 시작하는 이세계 생활 제3장 Truth of Zero 1~6
· 만화 : 마츠세 다이치 (원작 :나가츠키 탓페이/캐릭터 원안 : 오츠카 신이치로)

[단행본]

Re : 제로부터 시작하는 이세계 생활

오츠카 신이치로 Art Works Re:BOX
· 오츠카 신이치로 (원작 :나가츠키 탓페이 / KADOKAWA)

청춘의 상상, 시동을 걸어라!

대마왕에게서는 도망칠 수 없다?!
평범함을 추구한 대마왕의 두 번째 인생, 스타트!

사상 최강의 대마왕, 마을 사람 A로 전생하다

2

◆

일찍이 《용사》 리디아가 이끌었던 군세의 주요 멤버, '격동의 용사' 실피 메르헤븐. 오랜 세월을 뛰어넘어서, 《마왕》의 환생인 아드를 찾아 학원으로 전학을 왔다?!

아드=《마왕》이라고 실피가 주장하자, 오히려 주변에서는 아드를 숭배하기 시작한다!

그리고 실피가 아드를 감시하는 와중에, 전통 행사인 학교 축제를 중지하라는 협박문이 오는데…… 아드는 모략의 소용돌이에 서게 되지만, 물론 이에 굴복할 이유는 없다!

내 패도를 가로막는 것은 없다.
대마왕은 모든 부조리를 유린한다!

카토 묘진 지음 | **미즈노 사오** 일러스트 | **2019년 12월 출간**
청춘의 상상, 시동을 걸어라!